戦争の記憶をつなぐ

十三の物語

松野良一 編著

中央大学出版部

はじめに――戦争の記憶を後世につなぐために

風化する戦争の記憶

アジア・太平洋戦争について知らない人が増えてきたと、年を経るごとに言われ続けています。二〇〇〇年にNHKが行った世論調査によると、「日本が真珠湾を攻撃し、太平洋戦争が始まった日」を正しく回答できた人の割合は三六%、「終戦を迎えた日」の正解率は九一%でした(1)。

二〇一三年にNHKが行った世論調査では、「日本が真珠湾を攻撃し、太平洋戦争が始まった日」を正しく答えた人の割合は二〇%、「終戦を迎えた日」の正解率は六七・五%という結果が出ました(2)。

調査対象が違うので、正確に比較することはできませんが、数字だけ見ると「開戦の日」「終戦の日」の記憶は、一三年間で徐々に風化しているように見えます。

また、二〇一五年に同じくNHKが二〇歳以上の男女を対象に行った調査では、広島に原爆が投下された日を正確に答えられた人の割合は、全国で二九・五%だったことがわかりました(3)。全国で、三割足らずの人しか、広島原爆の日を記憶していませんでした。

原爆に関しては、二〇一四年五月に、衝撃的な事件が起きました。修学旅行で長崎を訪れた横浜市の公立中学校の生徒五人が、被爆の語り部に対して、「死に損ない」と暴言を浴びせかけ、校長先生が謝罪をする事態になりました。

この事件は、一部のお行儀の悪い生徒たちが引き起こした問題として、単純に片付けられないものを、含んでいるように思います。つまり、戦争体験者や語り部による「平和学習」について、新しい工夫を迫られているのではないかということです。

大学で「風化」を感じる時

大学で教えていても、最近は戦争記憶の風化を確実に感じます。授業後に提出してもらっている感想の中には、驚くべきものが増えてきました。三種類ほどご紹介します。

一つ目は、

「日本が、台湾や韓国を植民地統治していたとは知りませんでした」

というものです。

これは、明治維新以降の歴史を十分に勉強してこなかったことが原因だと思われます。

二つ目の感想はこういうものです。

「日本が真珠湾をいきなり攻撃したからアメリカとの戦争が始まったと思っていました。その前の日中戦争が関係していたことは知りませんでした」

これは、かなり多くの大学生が陥っている問題です。「太平洋戦争」という呼び方が一般的であったため、満州事変から真珠湾攻撃までが連続しているという認識が欠落しているのです。「アジア・太平洋戦争」という呼び方の方が妥当だと思います。

これぐらいなら、まだ驚きませんが、ついに、こういう感想が出てきました。三つ目です。

「日本がアメリカと戦争していたなんて、初めて知りました。びっくりです～！」

この感想を見た時には、「こっちがびっくりです～！」と思わずつぶやいてしまいました。

日本とアメリカが戦争をしていた事実を知らない学生が、ごくごく一部ですが、もう出てきているのです。もはや、確実に、そして急激に、戦争の記憶は、風化してきていると思います。

一九七〇年代にヒットした曲で、北山修が作詞した「戦争を知らない子供たち」というものがありました。その歌を懸命に歌っていた当時の若者たちよりもさらに若い世代の親の子供たちが、大学に入学してきているわけです。「戦争を知らない子供たち」よりも幼かった「子供たち」の「子供たち」が入学してきていることになるわけです。

だから、戦争の記憶の風化は、想像以上に、進んでいるのかもしれません。

戦争体験者と平和な若者をつなぐ回路

修学旅行などで「平和学習」に行く生徒や学生たちの興味は、辛く暗く重たい戦争体験者の話よりは、エンタテインメントに向きがちです。広島原爆ドームより広島お好み焼き、長崎原爆よりハウステンボス、東京大空襲より東京ディズニーランド、沖縄地上戦より海岸でのバーベキューです。

しかし、お好み焼きも、ハウステンボスも、ディズニーランドも、バーベキューも、今が平和だから楽しめるわけです。今、友達といっしょに楽しめる喜び、今皆で将来の夢を語れる社会。これらはすべて、アジア・太平洋戦争という過去の歴史、そして、大きな犠牲の上に成り立っています。さらに戦後、日本人が平和を大事にしてきたという歴史的事実の延長線上に存在しているわけです。

現在の平和と過去の戦争。その二つの時空をつなぐ新しい回路、つまり若者たちが自主的に過去の戦争を学び、今の平和な社会を今後も構築していこうという意思を育てる歴史学習、平和学習の新しいアイデアや工夫が求められていると思います。

では、どうすればよいのでしょうか。

私の研究室では、その回路をつなぐために、「取材」という方法を使いました。つまり、「戦争体験者や語り部の話を聞くのではなく、逆に学生が取材をする」という方法です。

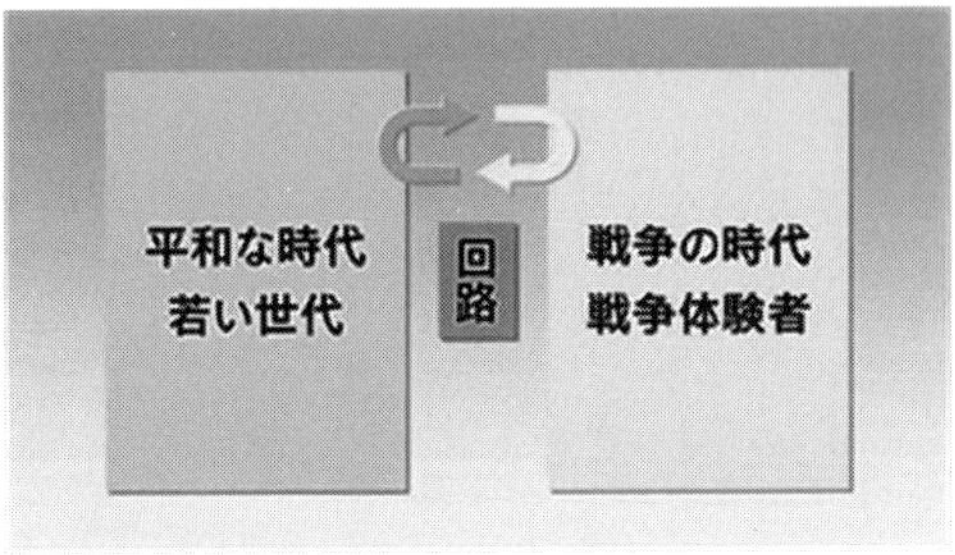

図：平和な時代の若者と戦争体験者をつなぐ回路が必要。

具体的に言うと、学徒出陣などで戦場に駆り出された大学の先輩や遺族を探し出し、後輩の学部生が取材するというものです。平和な時代を生きる学生が、素直な気持ちで戦争体験者を訪ね、素直に体験を執筆していく。そうした流れで綴られた文章こそが、それを読む若い人たちの心に伝わるのではないかと考えました。つまり、「無理をしない等身大のルポルタージュ」を目標にしたわけです。

最初は、学生たちはあまり乗り気ではありませんでした。しかし、戦争を体験した先輩を探し出す作業から自主的にやってもらったところ、学生たちは次第にモチベーションを高めていきました。多くの特攻隊戦死者を出した大学の後輩として、このプロジェクトには責任があるという自覚が学生たちの間で芽生えていきました。同時に、今まで十分に勉強をしてこなかった学生たちが、自らの意思で、近現代史の本や資料を読み始めました。

取材してルポルタージュを書くというプロジェクトは二〇〇七年から始まり、その取材成果は、書籍『戦争を生きた先輩たち―平和を生きる大学生が取材し、学んだことⅠ、Ⅱ』（全二巻、中央大学出版部）として刊行されました。

そして、今回出版したこの本は、そのプロジェクトの完結編となります。この本には、戦前、日本統治下にあった朝鮮と台湾から中央大学に学びに来ていた学徒の証言も収めました。中央大学は当時、全学生の約一六%を朝鮮・台湾からの学生が占めており、日本の大学で最多とも言われていました。日本人学徒だけではなく、朝鮮人学徒、台湾人学徒についても、その戦争体験の証言を記録することは、大学の責務であると考えました。

写真：『戦争を生きた先輩たち』第一巻と第二巻の表紙。

プロジェクトの完結編であるこの本には、中大ＯＢ以外で貴重な戦争体験をされた方の証言も盛り込みました。山本五十六・連合艦隊司令長官の伝令役だった軍楽兵、戦艦大和の水上特攻から生還された方、犬の献納運動を目撃した市役所職員、婚約者と別れ北朝鮮から北緯三八度線を超えて生還した方、の証言です。さらに、「つなぐ」という意味を、特に文章と構成に強く込めました。このため、本のタイトルを『戦争の記憶をつなぐ――十三の物語』とさせていただきました。

これまでの報道は、マスメディアが戦争体験者の話を取り上げるという方法が主でした。次の世代に、『つなぐ』という視点が弱かったように思います。それに対して、今回の本は、若い大学生が戦争体験者を取材し、素直な気持ちをルポルタージュ形式で表現しています。戦争体験者から若い学生たちに、そして学生が執筆したルポルタージュを読むさらに若い世代に戦争の記憶を伝えていく。そういう『つなぐ』という視点を特に大事にして執筆・編集しました。

戦争を知らない世代につなぐ

二〇〇七年からのプロジェクトを振り返ると、正直言って、「大学生に調査報道ができるのだろうか？」という不安が常にありました。しかし、その不安は杞憂でした。第一巻一七名、第二巻一六名、そして、今回の完結編が一三名。計四六名の戦争証言をルポルタージュ形式で記録することができました。プロジェクトに参加してくれた「戦争なんか、全く知らない学生たち」を、私はまだまだ信頼したいと思います。

二〇〇七年から続けてきたプロジェクトは、今回の出版をもって一旦終結させたいと思います。取材対象者が高齢で、証言の聞き取りがままならない状態が、このところ続いたためです。しかし、今後も機会があるたびに、戦争体験者の貴重な証言は記録し、何らかの方法で、後世に伝えていく努力をしていきたいと思います。

昔、「戦争を知らない子供たち」を懸命に歌った世代の一人として……。

注

（1）ＮＨＫ放送文化研究所「文研世論調査ファイル：先の戦争と世代ギャップ」『社会や政治に関する世論調査』(https://www.nhk.or.jp/bunken/yoron/social/page_07.html)

（2）ＮＨＫ放送文化研究所「「平和観についての世論調査」単純集計表」『社会や政治に関する世論調査』(https://www.nhk.or.jp/bunken/yoron/social/page_02.html)

（3）ＮＨＫ放送文化研究所「「原爆意識調査（広島・長崎・全国）」単純集計表」『社会や政治に関する世論調査』(https://www.nhk.or.jp/bunken/yoron/social/index.html)

中央大学総合政策学部教授　松野良一

目次

本文中に記されている取材者の学年及び証言者の年齢は、すべて取材当時のものです。

『惜別の歌』に込められた思い
――赤紙配達を任されて――

取材・執筆者（つなぎ手）
半谷菜摘
▼中央大学商学部二年

×

戦争体験者（証言者）
藤江英輔
▼取材時、八六歳

証言者の経歴

大正一四（一九二五）年…三月二五日に生まれる。

昭和一九（一九四四）年…四月一日、中央大学予科（独法科）入学。一〇月、学徒動員のため、東京第一陸軍造兵廠に配属。二月、『惜別の歌』作曲。

昭和二五（一九五〇）年…中央大学法学部独法科卒業。株式会社新潮社に入社。

昭和二六（一九五一）年…『惜別の歌』を中央大学のグリークラブがレコード化して発売。また、『惜別の歌』が中央大学の学生歌になる。

昭和三六（一九六一）年…小林旭がレコード化した『惜別の歌』が発売。その後、多くの歌手によってカバーされる。

平成二七（二〇一五）年一〇月一四日、逝去。

取材日

平成二三（二〇一一）年九月二五日

プロローグ

平成二三（二〇一一）年九月二五日、私は中央大学の先輩である藤江英輔さんのもとを訪れた。藤江さんは、中央大学予科に入学した後、学徒勤労動員によって東京第一陸軍造兵廠（現在の北区十条）に配属され、そこで学生に「赤紙」（召集令状）を配っていた方だ。また、中央大学の学生歌である『惜別の歌』を作曲した方でもある。

私が藤江さんの存在を知ったのは、平成二三年六月のこと。中央大学の卒業生についてインターネットで調べていた際、藤江さんの名前を見つけた。名前の横には、「中央大学学生歌『惜別の歌』作曲者」と書いてあった。そして、その歌は、今でも中央大学の卒業式で歌われている。

『惜別の歌』を聞いてみた。そのメロディーを口ずさみながら、私は「どうして藤江さんは、戦時中にこの歌を作ったのだろう……」と思った。

藤江さんはこの歌にどんな思いを込めたのか、どのような経緯で中央大学の学生歌となったのか……。私は、藤江さんに話を聞きたいと思った。私のような一大学生が、出向いて取材をしていいのかという不安はあったが、それよりも話を聞きたいという思いのほうが強かった。

思い立ってすぐ、私は藤江さんの連絡先を探し始めた。最初はどうやって探せばよいかと、悩んだ。そんな時、私は藤江さんが、中央大学が出している『Hakumon ちゅうおう』という小冊子に随筆を寄せていたことを知った。その冊子の出版に関わった人なら、藤江さんの連絡先を知っているかもしれない。私は中央大学にある、冊子の編集部に行き、藤江さんの連絡先を知りたい旨を話した。すると、「そういうことなら……」と取り次いで頂けることになった。

私は決意を固め、恐る恐る受話器を手に取り、ゆっくりと番号を押した。何コール目かで、「もしもし」という藤江さんの声が聞こえた。とても優しそうな声だった。私は、『惜別の歌』を通して藤江さんを知ったこと、大学の後輩として藤江さんの戦争体験をお聞きしたいことを伝えた。すると藤江さんは、「当日は孫に話すような気持ちで話すから、緊張しないでいいからね」と快諾してくださった。嬉しかった。そして、その言葉に、藤江さんの人柄が表れているような気がした。

ついに、取材の日。待ち合わせの都立大学駅へ向かった。車内で、私は今日聞きたいことの最終確認をしていた。緊張で、背筋はずっと伸びきっていた。電車の窓の向こうに広がる青空を見ながら、深呼吸して気持ちを落ち着かせた。

　駅に着き改札を出て、私は指定された場所で待った。間もなくして、藤江さんがいらっしゃった。藤江さんは微笑みながら、「今日はよろしく」とおっしゃった。

　藤江さんがよく行くという小料理屋に到着し、私はさっそく取材を始めようとした。しかしあまり緊張して、要領を得ない私の態度に気づかれたのか、藤江さんは優しい笑みを浮かべ、「緊張しないで。度胸をつける練習だと思っていいからね」と、声をかけてくださった。私は恐縮しながらも、緊張がほぐれていくのを感じ、「ありがとうございます」とお礼を述べた。そして取材を始めた。

大学での生活

　昭和一九（一九四四）年四月一日、藤江さんは中央大学予科に入学した。予科とは、大学令または各帝国大学官制に基づいて設置され、昭和三〇年まで存在した日本の高等教育機関のことである。藤江さんは中央大学予科の独法科クラスに所属した。同級生は一二〇人ほどだったという。

「中央大学の予科に入った時は、大学の匂いっていうものを感じたよ。いい雰囲気だなって。アカデミズムっていうのはこういう匂いなんだなって、実感したね」

　藤江さんは瞳を輝かせながら、入学した当時のことを語った。

　当時、義務教育は小学校だけであったため、大学への入学者数はとても少なかった。義務教育が終わったらすぐ働きに出るのが、当たり前だったのだ。そんな中で、大学まで通う学生たちの〝学ぶ意欲〟は、今とは比べられないほどだったという。

　予科では、万葉集や源氏物語、三国志などのように、専門科目ではなく一般教養を中心に学んだという。

学生時代の思い出を語る藤江英輔さん。

　大学で充実した時間を過ごしていた藤江さんだったが、次第に勉学ばかりをしているわけにはいかなくなった。昭和一九年当時はすでに戦況が悪化していたため、大学でも軍事教練をさせられることが多くなっていた。

「学問をするために、義務教育を終えても必死で勉強し、大学へ入学した。それにもかかわらず軍事教練ばかりさせられ、思うように学問ができなかったね。今後、戦争がどうなるかということをよく友人と話していた。『日本はこの戦争に絶対に負けない』という軍の言葉に疑問を持っている学生が多かった。しかしそういった会話を、憲兵は厳しく取り締まった。そのため、友人との会話も、戦争に関することは大声で話すことなんて絶対にできなかったんだよ」

藤江さんは、中央大学予科独法科に在籍。文学青年で、時間があれば本を読んでいたという。

友人との会話にも、常に気を使う必要があるなんて、と私は驚いた。現在において、友人との会話が厳しく取り締まられることは考えられない。私がそう言うと、「当時のことを知らない人は、そう思うだろうね」と藤江さんは言った。

藤江さんが大学に入学した昭和一九年は、大学生にとっても大きく環境が変わった年である。成人男子がどんどん戦場に駆り出されたため軍事工場などでの労働力が足りなくなり、同年三月七日、「決戦非常措置要綱ニ基ク学徒動員実施要綱（1）」が閣議決定された。これにより、中等学校以上の学生は学徒勤労動員の対象となった。労働力不足を補うため、学生が軍需工場などへ強制動員されたのである。

さらに同年七月、サイパン島で日本軍が玉砕。大学は閉鎖され、学生たちは一斉に、軍需工場に動員されることとなった。同年一〇月一日、藤江さんは東京北区にある東京陸軍第一造兵廠《しょう》に動員された。大学に入学してから、わずか半年後の出来事であった。

陸軍造兵廠について

東京陸軍第一造兵廠は、日露戦争時から日本の兵器や弾薬を作る工場として存在していた。音無川（現在の石神井用水）に沿った丘陵地帯に建てられていたため、周りの土手から市街を一望することもできたそうだ。大きい赤レンガで組まれた二階建ての建物の中に、兵器を作る機械がおよそ五〇〇台設置された大工場であった。

藤江さんはそこの第六区隊で、飛行機を撃ち落とす高射砲の信管を作っていた。作業自体は、機械を運転して鉄の棒を切断機で切るだけだったので、難しくはなかったという。工場でのシフトは、日勤・夜勤それぞれ一〇時間勤務で、日勤と夜勤は一週間で交替した。

藤江さんと同じ区隊には、中央大学の学生だけではなく、立教大学や女子高等師範学校（現・お茶の水女子大学）の学生、さらに年齢の若い中学生も集められていたそうだ。一般の工員と動員された学生の割合は、半々くらいだったという。

大学生や中学生までが工場に駆り出され、当たり前のように軍の兵器を作らされていたという事実が、信じられなかった。私は改めて、戦時中と平和な時代との違いを認識した。

造兵廠に動員されている間は、藤江さんは港区に住む家族の下を離れ、巣鴨の祖父母と暮らしていた。家族に会えない寂しさは、特に感じなかったという。

「二〇歳の男が、そんなことでメソメソしていられなかったしね。それに、空襲で家族を亡くしている友達もいたから。彼らに比べたら、僕は離れて暮らしているだけだったから、寂しくはなかった。少しは強がっていたけれど」

私は、「では、一番辛かったことは何ですか？」と問いかけた。すると、藤江さんは、少しの間沈黙し、こう答えた。「赤紙を渡すことです……」。

藤江さんは、造兵廠に配属される際、学校の教師から重

陸軍造兵廠で働いていた時のことを語る藤江さん。工場でも、何かあれば日々学生同士で議論していたそうだ。

要な役目を任された。工場に届いた赤紙を本人に渡す、という役目だった。

赤紙を渡す役目

学生宛ての召集令状が直接工場に届くようになったのは、学徒勤労動員後すぐのことだったという。学生の中には、空襲で家が焼けてしまった人も多くいたため、郵便局員は大学に動員先を問い合わせ、そこに召集令状を配達したのだ。

藤江さんは、「おめでとう、お前のところにも来たぞ」と言いながら、友人に赤紙を渡したという。

「当時は、天皇陛下万歳と言って死ねることは、おめでたいことだったからね。本心では、なぜ死に行く友人に『おめでとう』と言わなければいけないのかと思っていたよ。同じように感じていた人は、ほかにも大勢いたと思う」

しかし、そのような思いや疑問を表立って言えなかった。そんなことを言えば、「非国民」というレッテルを貼られ、密告され、最悪の場合は憲兵に逮捕される。それが当時の世の中の風潮だったという。

「死んでいく人間の枕元で『おめでとう』と言うような行為はおかしいと、今の若い人たちは思うだろうね。だけど、あの時は、それが普通になってしまっていたんだね」

藤江さんは、悲しそうにつぶやいた。

そのうち、工場には毎日赤紙が届くようになった。藤江さんはそのたびに、届いた本人へ赤紙を渡しに行った。手渡す時、工場に響く機械の轟音が一瞬消える感じがしたと、藤江さんは言う。

「赤紙を渡した時、『勝ってくるぞ』なんて喜んでいる人は、一人もいなかったと思う。皆渡された瞬間、サーッと顔が青ざめる。そしてがっくりして『ああ、きたか』って。渡した友達に、『藤江、お前はまだか』って聞かれたこともあった。僕は、『ああ、まだだよ』って返したけれど、その会話のやり取りは、とても辛かった。皆声には出さないけど、『何でお前より先に俺が……』って思っていたんだろう。自分より若い奴に渡す時なんて、特に苦しかったよ」

藤江さんは、じっと一点を見つめながらそうつぶやいた。そして、藤江さんの目が、少し赤くなって潤んでいるのに気づいた。

『惜別の歌』を作るきっかけ

赤紙を渡した後、藤江さんは決まって、その友人と学徒控え室で冷えた麦茶を飲んだという。そうやって二人で乾杯していると、自然と他の学生たちも集まってきたそうだ。「まぁお前にもお世話になったな」「しっかりやれよな」などと言って、皆で赤紙が届いた友人を送り出したという。

「その時友人に向けて皆がかけていた言葉は、決して本心ではなかったと思う。本心なんか、皆言えなかったんだよ。だからこそ僕は、戦地に向かう友人へ、本当の思いを託せる歌を探したんだ。でもその頃あったのは軍歌ばっかりで、もう会えないだろう人への別れを惜しむ歌なんてなかった。だから僕はそういう歌を作ろうと思ったんだ」

そうして『惜別の歌』は、言葉にできない友への思いを伝えるために、作られることになった。

『高殿』の詩をもとに

『惜別の歌』の歌詞は、ある詩をもとにして作られた。島崎藤村の詩集『若菜集』に収められた、『高殿』という詩だ。藤江さんがその詩を初めて読んだのは、一五、六歳の頃だったという。ご両親の書棚に『明治大正文学全集』という本があり、その中に『高殿』もあったのだ。最初に読んだ時は、特に『これを歌いたい』などとは思わなかったそうだ。

『惜別の歌』が生まれたのは、昭和二〇（一九四五）年二月二二日。藤江さんが初めて『高殿』を読んだ時から、四、五年が経っていた。その日は、東京に珍しく大雪が降った。藤江さんは夜勤明けで、積もった雪の中を家に向かって歩いていたという。

「その時にふっと、歌詞とメロディーが頭に浮かんできたんだ。『高殿』の第三節を拝借して『悲しむなかれ我が友よ、旅の衣をととのえよ』って。本当の詩は『悲しむなかれ我が姉よ』なんだけど、仲間を送り出す歌だから、『姉』を『友』に変えようと思って。仲間は皆、戦地に行く時に日の丸の旗を斜めに結んだ制服姿だったから、それを『旅の衣』と表そうって」

その後も、雪道を歩いているうちに、どんどんメロディーが浮かび上がってきた。こうして、昭和二〇年二月二二日、後世に語り継がれる『惜別の歌』が生まれた。

『惜別の歌』

1
遠き別れに　耐えかねて
この高楼《たかどの》に　登るかな
悲しむなかれ　我が友よ
旅の衣を　ととのえよ

2
別れと言えば　昔より
この人の世の　常なるを
流るる水を　眺むれば
夢はずかしき　涙かな

3
君がさやけき　目の色も
君くれないの　くちびるも
君がみどりの　黒髪も
またいつか見ん　この別れ

4
君の行くべき　山川は
落つる涙に　見えわかず
そでのしぐれの　冬の日に
君に贈らん　花もがな

（藤江英輔作曲・島崎藤村作詞『惜別の歌』）

広まる『惜別の歌』

『惜別の歌』は、造兵廠の工員たちの間に、自然に広まっていった。

「僕が旋盤を動かしながら『遠き別れに―』って歌っていたら、隣にいた中央大学の学生が『おい、その歌いい歌だな、何て歌?』って僕に聞いてきたんだ。だから『これは僕が作った歌なんだよ』って言った。そしたら『教えてくれ』って。隣の人に教えたら、それがどんどんどんどん広がっていって。工場内に歌が広まるのはあっという間だった」

藤江さんのお話に聞き入る取材者（右）。

いつの間にか、造兵廠で働いている人たち皆が、歌を歌えるようになっていたと、藤江さんは言った。

工員の方々も、藤江さんと同じように、戦地へ向かう仲間に思いを伝えたいと思っていたからこそ、すぐに歌が浸透したのではないか、と私は思った。

終戦を迎えて

昭和二〇（一九四五）年八月一五日、日本は終戦を迎えた。藤江さんはその時、家で玉音放送を聞き、涙を流したという。

「玉音放送を聞いた時は、怒りの感情が湧きあがった。戦争で死んだ若者たちの、勝つと信じていた気持ちの持って行き場がないじゃないかっていう、そういう怒り。反対に『自分は死なずに済んだのか』っていう安心感もあった」

戦時中、藤江さんは中央大学の学生一二〇人のうち三〇人ほどの友人に赤紙を配った。そのうち少なくとも一〇人は、生きて帰ってくることはなかったそうだ。

戦後も歌い継がれる

終戦後の昭和二〇（一九四五）年九月一一日、中央大学は授業を再開した。藤江さんは、中央大学へと戻り、再び勉学に励んだ。昭和二五年には中央大学法学部独法科を卒業し、藤江さんは出版社の新潮社で働き始めた。

大学を卒業してから一年が経った昭和二六年のある日、藤江さんのもとに、中央大学から連絡が入った。「『惜別の歌』を学生歌にしてもいいか」という問い合わせだった。

「その時は、嬉しいというよりも、まず驚いたね。終戦後も、同期生の間で『惜別の歌』を歌うことはあったけど、まさか後輩たちにまで歌が広まっているとは思ってもいなかったから。それに、他大学の人からも、中央大学には『惜別の歌』という学生歌があるんですか、という問い合わせがたくさん入っているって、大学の人が言うんだもん。外部でこの歌を歌える人がそんなにいるのかってびっくりしたよ」

藤江さんは少し照れたような表情だった。

その後すぐに、今度は『惜別の歌』をレコード化したいと、大学から依頼があった。その話を聞いた時、藤江さんは「ちょっとまずいぞ」と思ったという。

「『惜別の歌』の歌詞は、島崎藤村の『高殿』をもとにしていたからね。『悲しむなかれ我が姉よ』を『悲しむなかれ我が友よ』と勝手に変更していたし。藤村自身はもう亡くなっていたけど、藤村の息子さんが著作権を持っていたから、息子さんが『駄目です』って言ったらどうしようもないと思った」

実は、藤江さんと、島崎藤村の息子である島崎蓊助さんは、この時すでに顔見知りの関係だった。島崎蓊助さんは、新潮社を訪れることが多々あった。『島崎藤村全集』という本を新潮社から出版していたからだ。藤村全集の編集部署と藤江さんのいた部署は、偶然にも同じ部屋にあった。そのため、二人は次第に互いの顔を覚え、顔を合わすと話をするようになっていったのだという。

ある日、藤江さんは思いきって蓊助さんに、『惜別の歌』に関するすべての経緯を話し、相談した。すると蓊助さんは、「それはもう学生歌として皆が歌っているんだから、いいんじゃない」と言ってレコード化を許してくれたという。『我が姉』を『我が友』にしたことも、それでいいと言ってもらえた。

「もとから知り合いだったから、彼もすんなりと『惜別の歌』を受け入れてくれたんじゃないかな。まったくの他人だったらこうはいかなかったと思う。そう考えると、『惜別の歌』はいくつもの偶然の上に成り立っているんだよね」

そう言って藤江さんは笑った。

『惜別の歌』がいつの間にか工場で歌い広められたこと、戦後も工場で働いていた人を発端に大学外まで広まっていったこと、そして藤江さんと島崎蓊助さんとの出会い。これらはすべて、『惜別の歌』が世の中に広まるために起こった奇跡のように思えた。こうして、昭和二六年、ついに『惜別の歌』は正式に世間に発表されることになった。

さらに昭和三六年には、歌手の小林旭が歌った『惜別の歌』がレコード化され発売されることになった。レコード会社の方がその許可をもらいに藤江さんを訪ねてきたのは、発売予定日の一週間前だったという。

「普通だったらレコード会社の担当者がもっと前に、『今度小林旭でレコード化したいんですけど』って僕に言うべきだったんだけどね。『島崎藤村作詞、藤江英輔作曲』って本に書いてあるのを見て、担当者が『藤江英輔という人も、島崎藤村と同じようにずっと前に亡くなったんだろう』って勘違いしちゃったらしいんだよ。発売一週間前になって『作曲家の方はまだ生きているぞ』ということがわかって、レコード会社の制作部長が慌てて僕の家に来たんだ。その時ちょうど僕が家にいて、玄関を開けたんだよね。そしたら、『藤江先生いらっしゃいますか?』って言われて。うちに先生と呼ばれるような人はいないけどなと思いながら、『どういう御用ですか?』と聞き返したら、

「『惜別の歌』についてお尋ねしたいことが……って言うもんだからさ、びっくりしたよ。『あれを作ったのは僕ですよ』って言ったら、相手もとても驚いていたけどね。『まだ生きていたんですか』って。その時僕はまだ三八、九歳だったから、まだ死んでないのかって言われるにはちょっと早いなって思ったよ……」

大学卒業の日に撮った写真。藤江さんは、いつもみんなのまとめ役であった（下列・中央）。

と、藤江さんは笑った。

小林旭が歌った『惜別の歌』は、その後も美空ひばりを始めとする多くの歌手によって歌われた。こうして、藤江さんの作曲した『惜別の歌』は、一つの軍需工場から始まって、大学、そして日本中に知られる名曲となったのである。

『惜別の歌』は戦争時、出兵する学生たちを惜しむことのできる唯一の曲だった。工場でこの歌を歌っていた人々は、言葉に出せない別れの悲しさを、この曲に込めていた。戦争の時代に生まれたこの歌が、多くの人によって日本中に歌い広められた。私は、歌が広まっていくことで、戦時下の人々の思いが、その後も途絶えることなく現在までつながってきているように感じた。

『惜別の歌』に込められた、もう一つの思い

藤江さんは、学徒動員された学生時代のことを振り返り、「あの時、未来は真っ暗だった」とつぶやいた。毎日のように、工場には「赤紙」（召集令状）が届いた。そして、「どこの戦場で誰々は死んだ」という話も次々と耳に入ってきたという。藤江さんは「いつか必ず自分の番がくるんだ」と思っていた。藤江さんは、ある言葉を自分自身

に言い聞かせていたという。「自分たちには、二〇歳はあるけど、二一歳はない」という言葉だ。藤江さんは、戦地での死を覚悟し、心の準備をしようとしていた。

「『惜別の歌』は人と人の別れを惜しむ歌だけれども、『私は今、死に向かって一歩一歩近づいているんだ』ということを、自分自身に言い聞かせる歌でもあったんだ。六六年の年月が経った今、その気持ちをわかってもらうことは難しいだろうけどね。特に、平和な世の中しか知らない世代の人にはね……」

藤江さんは、少し寂しそうに、小さく溜め息をついた。私は思わずうつむいた。考え込んでいると、「でも」と、藤江さんは続けた。

「若い人たちが、理解しようと歩み寄ってくれるのは嬉しい。少しでも戦争のことをわかってもらえたらと思って、私は今、あなたにお会いしているんだからね。今はまだ全部理解するのは難しいかもしれないけれど、いつかはどこかで『ああ、あの人が言っていたのはこういうことなのかな』と、あなたたちが戦争を理解できる瞬間がくることを願って、こうやって今、話しているんだ。『惜別の歌』もそう。一〇〇回に一度でもいいから、『ああ、この歌は戦争の時の、あの人が言っていたああいう思いが込められた歌なのか』と感じて、その頃の人の気持ちを大事にしなければと思ってくれれば、それでいいんだ。それだけで、ありがたいよ」

藤江さんは、優しく微笑んだ。

私は最後に、戦争についてどう思うかを、藤江さんに尋ねた。

「やめたほうがいい」

躊躇なく、力強い言葉であった。

「どんなことがあっても、話し合いをして、互いの意見をわかり合おうとするべきなんだ。話し合いで決着がつかないことなんて、一つもないんだ」

藤江さんは厳しい表情だった。それまでの柔らかい話し方と違うので、私は驚いた。

大学時代、藤江さんは何かあると友人と「話し合い」をし、意見を交わすことで解決策を見出そうと努めた。藤江さんの周りには、同じような考えを持ち、「話し合い」を好んだ友が大勢いた。しかしそんな友人に、藤江さんは赤紙を渡さなければならなかった……。

私の目の前に座る藤江さんは、語気を強め、「話す」ことの重要性を語った。その目は、赤かった。藤江さんは、かつて別れた友の思いを、伝え残そうとしているかのようだった。戦争から六七年経った今も、藤江さんの胸には『惜別の歌』で見送った友人たちの姿があると、私は感じた。

涙がこぼれそうになるのを必死に堪えながら、私は藤江さんの話を心に刻んだ。

エピローグ

「こんなところでいいかな?」

時計を見ると、約束していた三時間をとっくに過ぎていた。あっという間だった。私は慌ててお礼を言い、藤江さんとともに店の外に出た。

別れ際、藤江さんは微笑みながら、私に言った。

「じゃあ、あとは任せたよ」

その言葉が、私の心に、静かに響いた。藤江さんから、大切なものを手渡されたのだと感じた。

藤江さんは、「今はわからなくてもいい、いつかわかってくれれば」と付け加えた。確かに、戦争についてまだわかっていないことが私には多くある。友人に赤紙を渡した藤江さんの気持ちも、「二〇歳はあっても二一歳はない」と感じていた当時の思いも、私は真に理解できていないだろう。

しかし、藤江さんから手渡された戦争の記憶と思いを、私は胸に刻み、伝えていきたい。それが、戦後の平和を享受した私たち若い世代の責任だと思うから。

去っていく藤江さんの後ろ姿に深くお辞儀をして、私は駅の方向へと歩き出した。何気なく歩いている道や街並みが、藤江さんに会う前とは違って見えた。その一歩一歩、一瞬一瞬に、私は生きている喜びを感じた。

電車を待っていると、向かい側のホームから、中学生や高校生たちの楽しそうな笑い声が聞こえてきた。彼らの頭上には、青い空が広がっていた。

私は、戦時中に赤紙を受け取り戦地へ向かった若者たちのことを思った。自然と、『惜別の歌』のメロディーが、頭の中で流れた。

「悲しむなかれ　我が友よ　旅の衣を　ととのえよ」

駅のホームという場所だったが、思わず、涙が溢れた。少しぼやけて見えた空は、どこまでも青く、澄みきっていた。

注

（1）昭和一九（一九四四）年三月七日に閣議で決定した。これによって学徒全員の工場配置が行われた。

広島原爆と戦後失業対策事業

取材・執筆者（つなぎ手）松野友美 ▼中央大学法学部三年
×
戦争体験者（証言者）吉田治平 ▼取材時、八八歳

証言者の経歴

大正一一（一九二二）年…広島県福山市に生まれる。

昭和一六（一九四一）年…中央大学予科（夜間）入学。

昭和一七年…四月、中央大学経済学部（夜間）に進学。

昭和一九年…一二月、学徒出陣により陸軍電信第二連隊（1）に配属される。

昭和二〇年…八月、広島にて入市被爆。九月、中国新聞社に入社。

昭和二四年…一一月、レッドパージに遭い新聞社を解雇される。

昭和二五年…広島自由労働組合を結成。書記長を務める。

昭和二八年…一〇月、全日本自由労働組合（現在は全日本建設交運一般労働組合（2））の中央本部で書記長を務める。

昭和三〇年…広島市議選初当選。昭和四六年まで四期務める。

現在…全日本建設交運一般労働組合中国地方協議会議長、広島支部委員長

取材日

平成二三（二〇一一）年八月一七日

プロローグ

日本には過去、二度原爆が投下された。私が物心ついて、そのことを初めて認識したのは、小学三年生の時だった。休日のある日、母と買い物をしていた途中で、横浜駅地下街のイベントスペースで開かれていた「原爆の記憶を語り継ぐ展示会」に立ち寄ったのがきっかけだった。後で気づいたが、その日は、八月のある日だった。

展示会には、原爆投下の写真とともに、原爆の熱によって溶けて変形したガラス瓶や、黒く焼け焦げて大きな穴が開いた名札付きの服が展示されていた。ほかにも被爆者の記憶を伝えるために、原爆投下後の広島の様子が描かれた絵が何枚もあった。私は絵に描かれた焼け焦げた人を見て、とても怖くなった。人が変わり果てた姿に、子供ながらに戦争のむごたらしさを強く感じた。展示会を後にしてからも、その時感じた恐怖心は、なかなか消えなかった。戦争が、大勢の罪のない人の命を奪ったということを、子供ながらに認識した。

その日帰宅してすぐ、私は展示会の感想を学校の宿題だった日記帳に書いた。展示会で見たもの、怖かったことを書くうちに、原爆を落とした米軍に対して腹が立ってきた。日記の最後に「アメリカはひどい」と殴り書きし、翌日、先生に日記帳を提出した。後日、先生が日記に返事をくれた。

「確かにアメリカはひどいことをしたけれど、日本だってアメリカを攻撃したんだよ。あなたは戦争の一部分しか見ていない。これからももっと勉強して考えを深めよう」そんな内容だった。

戦争について何も知らなかった私は、単純に「でも、広島や長崎にいた多くの人がわけもわからず命を奪われたのはひどいことじゃないか！」と先生のコメントに反発したのを覚えている。

あの展示会の衝撃と、先生の返事を素直に受け入れられなかったことで、私の中に戦争への疑問と原爆への恐怖とがごっちゃになって、モヤモヤした感情だけが残った。

平成二三（二〇一一）年四月。大学二年の新学期が始まるとすぐに、『戦争を生きた先輩たちⅢ』プロジェクトに参加することにした。しかし、私は誰を取材対象者にするべきなのか、考え込んでしまった。戦争という漠然としたくくりの中で、私が特に話を聞きたいのは、どんな先輩なのか……。その時、小学生の時に立ち寄った原爆に関する展示会のことを思い出した。そして、小学生の時に抱いたモヤモヤを晴らすことができるのは「今」だと思った。

こうして私は、広島で被爆した中央大学の先輩を探すことに決めた。前期試験が始まる少し前、七月になって私は一つの新聞記事を見つけた。朝日新聞広島地域版に掲載されていた記事には、中央大学在学中に学徒出陣で陸軍下士官になったという広島市在住の吉田治平さんが紹介されていた。吉田さんは下士官として九州で任務をこなしていた時、広島にいた家族を原爆で失い、終戦後は新聞記者を経て広島の労働運動に携わってきたという経緯が書かれていた。

新聞記事を読み進めると、原爆投下後に焼け野原と化した広島の街は、多くの日雇い労働者によって道路や建物が整備されたということがわかった。それまで私は、広島の街を訪ねたことがなく、どんな人が広島の復興を支えたのか深く考えたことがなかった。彼こそが私の探していた先輩だ、と私は思った。

吉田さんに直接話を伺ってみたい。そう思った私は、新聞記事に載っていた情報をもとに、何とか吉田さんの連絡先を見つけた。緊張で電話を持つ手が震えていたが、深呼吸してから思いきって電話番号を押した。

「はい！　吉田です」。とても元気な声が返ってきて、私は安心した。自分が中央大学の後輩であること、吉田さんの戦争体験者の証言集を作っていること、戦争体験をお聞きしたいことなどを説明した。すると、「ずいぶん年の離れた後輩だね」と笑いながら取材を承諾してくださった。「ただ、私が話せるのは戦争体験ではなくて、被爆体験と戦後の広島の労働運動の話になる。戦争中は、ドンパチしていないから……。それでもいい？」と聞かれた。

私は、被爆体験も、戦後の労働運動についても直接体験を伺うことは貴重で、またとない機会だとお伝えすると、「いつでも待ってるよ」と言ってくださった。さらに、「送りたいものがある」と言い、後日、ＦＡＸと念のために郵便でも送ってくださった。

ＦＡＸにも郵便にも、吉田さんの手紙が記されていた。

わが家では一発の原爆で
　六人の家族が
　　殺されました

ポツンと並んだ三行の書き出し。

手記には、原爆投下前後の吉田さんの行動と平和への悲願が記されていた。手記を最後まで読み、見ず知らずの私が、こんな悲しい話を聞いていいのか戸惑った。それでも何度も読み返すうちに、大学の先輩―後輩という細いつながりを信頼してくれた吉田さんの気持ちに、ぜひ応えたいと前向きに考えるようになった。初めて、原爆というものを意識した展示会から、一〇年あまり。こうして私は初めて広島を訪れることになった。

広島へ

夏休みの八月一七日。新幹線の中で取材のシミュレーションをしていると、四時間半という時間はあっという間に過ぎ去った。そして、一一時過ぎに広島駅に到着した。東京よりも涼しいことに驚きながら出口に向かうと、駅のいたるところに紙でできた金魚の飾りが揺れていた。駅構内の照明も、節電中で薄暗い東京と違って明るかった。そんな光景に励まされ、取材に向けて気持ちが高まった。

チンチン電車に乗り込み、待ち合わせ場所に向かった。窓から見る広島の街は、道路が広くきれいに整備されているように感じた。やがて、原爆ドームが見えてきた。何度も映像や写真で見てきて、建物の形も大体想像できていた。しかし、実際に見ると、鉄骨が露呈し、黒々とした痕が残り、非情な原爆の威力を物語るものであった。

原爆ドーム。今でも瓦礫が柵の中にたくさん残っている。

「原爆ドーム前」の隣にある「本川町」で降り、病院や小学校の前を通り過ぎると、ほどなく待ち合わせ場所の古いビルに到着した。このビルには全日本建設交運一般労働組合（以下、建交労）広島県本部がある。そこは八八歳になった現在でも、吉田さんが時々顔を出している職場なのだという。

中に入ると、小さな中庭があった。日本庭園のようで、見ていて心が落ち着いた。深く深呼吸をし、約束の部屋をノックすると、「はい、いらっしゃい！」と、少しかすれた力強い声がした。吉田治平さんだった。

吉田さんは、「暑かっただろう」と言いながら、冷蔵庫からお茶を出してくださり、部屋の奥のソファーに案内してくださった。冷房が効いていて、机の上には原爆関連の本が何冊も並んでいた。準備して待っていてくださったことがわかり、とても嬉しかった。

暗号解読のアルバイトと学徒出陣

吉田さんは大正一一（一九二二）年、一〇人兄妹の長男として広島県福山市深津町で生まれ、県内で少年時代を過ごした。

中学一年生の時に、新聞記者だった父親が病気で亡くなったため、母親は一〇人の子供たちを連れて出身地の広島に引っ越した。

吉田さんは旧制中学校の広島県立第一中学校（現在の国泰寺高校）に進学すると、石川啄木の歌集や山本有三の『路傍の石』を愛読するなど、理想や憧れを追う文学に魅せられ、上京を目指した。

「母や兄妹を心配させたくはなかったけれど、東京の学校で勉強することへの憧れが強かったんだ」

昭和一六（一九四一）年、広島県立第一中学校を卒業した吉田さんは、東京にある学校の中でも、夜間クラスがあった中央大学予科に進学した。

中大予科には、友人とともに杉並のアパートで自炊生活を送りながら通った。昼間に生活費を稼ぐため、外務省の電信課で暗号解読を手伝うアルバイトに応募した。

吉田さんら学生アルバイトは、毎日何百通も入ってくる英文や仏文、日本語の電報の仕分けを担当した。簡単な暗号はL号と呼ばれ、学生や若手の職員が解読していた。難しい暗号は、係長か課長が担当し、一番高度な「緊急」は、課長が解読して大臣のところへ持って行く。

「あの当時は日米交渉をしていた。毎日、ワシントンから野村吉三郎大使がどんどんどんひっきりなしに、『相手はこう言った。当方はこう返事した』という電報を送ってきていた。ほかにも、ドイツの動きが怪しいとか、日独伊三国同盟を早く締結しなければいけないとか、中国が怪しいとか、電報が飛び交っていました。私が働いていた電信課は今で言う機密室だね」

学生たちは上司から、「君たち、ここで見聞きしたこと

取材風景。この日のために、机の上には原爆関係の本が準備されていた。

は口外したらいかんぞ」とよく訓示されていたそうだ。

電信課の緊張は、学生が戦況を理解するのに十分だった。

「アメリカ相手に日本はてんで話にならない。時間の問題だと思った。一二月八日に開戦して、勝ったのは半年間だけ。ミッドウェーで大敗北した時、完全に日米の戦力の違いがわかった。勝ち目がないことは、百も承知した」

戦時中は悪化する戦況を市民に知らせまいと、軍部は新聞や雑誌などマスコミに対して言論統制を行っていた。そんな状況の中で、吉田さんらアルバイトの学生が最高機密とも言える戦況の情報を知り得ていたとは思いもよらなかった。

戦況悪化の知らせが毎日のように流れ込んでくる中で、学生たちは本当の戦況を知り、迫りくる不穏な未来を、どう感じていたのだろうか。

「みんな、戦況が悪化する中でも『やれるだけのことをやろう！』と思っていた。仕事する時は仕事して、休む時は休む、勉強する時は勉強するってメリハリをつけて頑張っていたよ」

同じく旧制中学出身の五、六人のアルバイトの中には、四国や横須賀、福島出身の学生がいた。吉田さんは彼らと休憩時間に、方言について語り合ったことが印象に残っていると、懐かしく語った。

「福島出身の学生に、『吉田君は、広島弁がきれいでいいねー。おれっちの言葉はなまっていて東京じゃあ通じない』とか言われたんだ。戦後しばらく文通していた人もいる。でも、おそらく今は、もうみんな生きてないんじゃないかな……」

吉田さんは、少し寂しそうに、そう付け加えた。

昭和一七年、予科が一年に短縮となり、吉田さんは中央大学経済学部（夜間）に進学した。

吉田さんは経済学部に進学後も外務省電信課でアルバイトを続けた。昼間は働いて、夜は大学の講義を受けるという生活を送っていた。

「夜学の友人とは戦況の推移を話し合ったが、アルバイトで見聞きしたことは話せなかった」

吉田さんが経済学部の三年生だった昭和一九年一〇月、文系学生の徴兵猶予がなくなり学徒出陣が行われた。吉田さんにも赤紙が来て、一二月一日に広島の陸軍電信第二連隊に出頭した。兵隊検査（徴兵検査）の際、事前に届けていた経歴から「君は外務省の電信課にいたそうじゃないか」と言われ、電信第二連隊を原隊とする佐賀の西部第八一部隊への配属が即決されたという。電信隊は、電線の架設・撤収・保護と通信などに当たっていた。電信隊には千葉の第一連隊と広島の第二連隊の二つしかなかったと吉田さんは記憶している。

「兵隊検査はふんどし一つになってずらーっと並んで、はい次、はい次、と流れ作業だった。体格のいい奴は甲種合格。乙種以下は、不純者と呼ばれパチンと殴られる。そういうのが兵隊検査で、つまり体格検査だった。私は背が高くてひょろっとしているから、『こんな体格で兵隊が務まるか』と言われて、パチンと叩かれた」

兵隊検査の結果、約八割が将校要員の甲種幹部候補生（略称、甲幹）となり、吉田さんを含めた約二割の乙種幹部候補生（略称、乙幹）は下士官要員になった。吉田さんのように佐賀県に配属された兵隊は一〇〇〇人いた。甲幹が八〇〇人、乙幹が二〇〇人ほどだった。

「甲幹は南方作戦の要員としてビルマ（現在のミャンマー）行きの御用船に乗った。でも台湾沖でアメリカの潜水艦にやられた。八〇〇人のうち、助かったのは七〇―八〇人。あとは全員亡くなってしまった」

そんな中、吉田さんたち乙幹は佐賀に残り訓練を続けた。初期訓練と言われる三カ月の訓練が終わると、伍長の肩章をもらい、吉田さんは四、五人の仲間とともに佐賀を出発し、熊本、鹿児島、福岡など九州を回った。吉田さんの隊の任務は、有線架設だった。架線場所に行き、故障した電線の修理と新たな電線の配備を行った。

「今でこそ無線やパソコンだけど、当時は有線だった。信号を流すための真鍮の電線を背負って歩いた。竹で電柱に電線を釣り上げて電柱と電柱の間をつなぐわけ。そういう幼稚な設備しかなかった」

有線架設の場所は宿もないような田舎に点在していたため、作業をする間は民家に宿泊させてもらっていた。

「いつも民家に泊めてもらった。民家の人は『兵隊さん、ご苦労様です』って白米や風呂を用意してくれるなど気遣ってくれた。こう言っては何だけど、兵隊としては楽をした」

電信隊には有線架設以外の任務をこなす部隊もあった。

「電信隊の中には、少人数で戦場の第一線に行く隊もあった。大きな大砲を撃った後、それがきちんと届いているのか確認したりする任務でね。敵の攻撃の数や威力を図ったりした」

ほかにも、モールス符号で通信する部隊もあったという。吉田さんは実際に暗号を打つことはなかったが、緊急のモールス符号の打ち方は教わっていた。

「SOSばっかりト、ト、ト、ツー、ツー、ツー、ト、ト、トって練習していた」

陸軍電信第二連隊に配属された吉田さん。
昭和19（1944）年11月撮影。

吉田さんは兵隊生活を送る中での思い出話もしてくださった。夜間行軍の時に仲間と軍歌『麦と兵隊』を歌ったことをよく覚えているという。

「『麦と兵隊』は反戦歌とまではいかないでも、嫌戦歌だと思う。こういう軍歌には、徴兵された兵隊さんたちの心の奥の叫びが歌われている。戦争を賛美して歌っている人なんていなかったんだよ」

文学好きの吉田さんは、軍歌の歌詞から兵隊の心情を想像していたそうだ。

広島原爆投下

吉田さんは二二歳の当時、有線架設のため福岡県飯塚市嘉穂《かほ》郡穂波村の民家に分宿していた。

滞在していた民家の新聞に、「広島に新型爆弾投下」という小さな記事が出ているのを見つけた。しかし、記事の扱いの小ささから見て「たいしたことはないだろう……」と思っていたそうだ。

八月一三日になると、陸軍司令部から「神奈川県座間にある兵器宰領[3]に兵器受領[4]に行け」という命令を受け、すぐに神奈川県出身の同僚一人とともに九州を出発した。道中、八月一五日の早朝には、広島市の己斐駅《こい》（現在の西広島駅）に到着した。

短い夏の夜が、明けかかっていた。

「辺りがだんだん見えてくると、見渡す限り、白い灰色の街が広がっていた。己斐駅から江波の山、似の島が手に取るように見えた。懐かしい故郷の街がすっかりなくなっていた」

汽車も動いていなかった。吉田さんは神奈川行きを諦め、記憶を頼りに、実家の近くにあった縮景園（広島市中区上幟町《かみのぼり》）を目指して歩を進めた。やがてたどり着いた実家は、焼けて崩壊していた。吉田さんはすぐに、焼け跡を掘り始めた。

「戦時中はどの家も小さな防空壕を掘っていた。それで、焼け跡を掘ったら一升瓶が出てきた。一升瓶の中には白いお米があった」

戦時中、一般市民はわずかな量の配給米を食べていたため、まとまった量の米を精米することはできなかったのだという。

「みんな、家庭でこっそり竹の棒を使って精米していた。それをこつこつ貯めていたんだね。母親が自身の食事を減らして、兵隊になった息子が帰宅した時に食べさせようと、防空壕に入れて白米を残してくれていたんじゃないかと……」

そして、吉田さんは見つけてしまう。

「一升瓶の横に、大きい骨があった。その両横には小さい骨二つが横たわっていた。末っ子が、双子だったからね。これ見た時、ボローって本当に涙が出た。うん……」

絞り出すように吉田さんは語り、うつむいて目を閉じた。骨は母親と当時国民学校（小学校）六年生だった双子の妹たちのものだった。吉田さんの話を聞きながら、目頭が熱くなった。

吉田さんの父親は昭和一一（一九三六）年に病死したため、母親は吉田さんを含め一〇人の兄妹を女手一つで子育てした。ようやく末っ子の双子が六年生になった時に原爆が投下されたのだった。

「私には、東京に出る前の（妹たちが）小さい時の思い出しかない……。あの頃は可愛い盛りだった。一〇人兄妹の末っ子だから、みんなから可愛がられて。小さかったから本当に可愛かったんだ……」

吉田さんは旧制中学卒業後に上京したため、幼い頃の末っ子の記憶しかない。兄妹で取り合うように可愛がっていた双子の変わり果てた姿は、会えずにいた時間の長さも

原爆投下後の広島の様子を語る吉田さん。

相まって今でも目に焼き付いている。

「最近でも、ラジオ体操に出かけて、（妹と同じくらいの）子供らを見るとどうしても思い出すね」

吉田さんは目を潤ませながら語った。

吉田さんは母と妹たちの遺骨を拾い、生き残った兄妹が避難していた南区皆実町の親戚の家に向かったという。

焼け残っていた親戚宅で、吉田さんは妹の四女・キクさん（当時一八歳）に会った。キクさんは爆心地近くの大手町にある勤務先で被爆し、寝込んでいた。

「『お兄ちゃん助けて……』『お兄ちゃん痛いよう……』と差し出してきた腕を見ると、関節の傷跡が化膿し、そこにウジが湧いていた」

三女のヨシコさんが箸で一匹ずつつまみ出すも、次から次へと湧いてきた。八月二六日、「痛いよう」「痒いよう……」と泣きながらキクさんは息を引き取ったそうだ。

吉田さんは目を伏せ、眉間にしわを寄せて静かに語った。

こうして八月に、母と双子の姉妹、キクさんの四人が亡くなった。その後も、被爆の影響は今日まで続く。

平成一四（二〇〇二）年九月九日、三男の満《みつる》さんは尾道市で原爆症と闘いながら亡くなった。原爆投下当時、中学一年生だった満さんは、比治山《ひじやま》橋東の防空壕の中で被爆していた。

三女のヨシコさんも千田町の貯金局で被爆し、平成二二年四月一五日に東京で亡くなった。

被爆によって六人の家族を亡くした吉田さんだが、自身も被爆している。直接被爆ではなく、原爆投下後一四日以内（昭和二〇年八月二〇日まで）に爆心地から概ね二キロメートル圏内に立ち入ったことで被爆した入市被爆だ。

吉田さんは原爆被害者の多くが通う病院に通院しているものの、自身の被爆について「あまり自覚がない」という。

「終戦後、私は弟や妹たちを食わさなければならなかった。私も、彼らがいたから生き抜いてこられた。それに、労働組合の仕事が忙しかった。言うなれば、自分の被爆に取り組む時間がなかった」

吉田さんの話を聞いて、私は絶句した。平和な現代に生きる私は、自分自身の健康はとても気になる事柄だ。それを考えられないほどの厳しい状況に置かれたことはない。吉田さんが生き抜いてきた時代の過酷さは、平和を生きる私の想像をはるかに超えたものだった。

終戦後、新聞記者に

吉田さんは生き残った弟妹を守るため、被爆後も職を探した。戦前に父親を病気で亡くし、女手一つで子供を育てた母親も原爆によって亡くなったため、残された兄妹を置いて復学するという選択肢はなかった。

「東京の大学に帰るどころではなかった。必死だった。弟や妹を食わせなければいけなかったからね」

もしも、母親が生き延びていたら、吉田さんはどうしていたのか。「母は、何としてでも勉強しろと言ってくれたと思う」と吉田さんは答えた。

吉田さんは、広島県立第一中学校時代には新聞配達をしながら勉強に励んだそうだ。広島一中でも中大予科でも吉田さんは勉強を続けるために働いていた。自分で学費を稼いでいるわけではない私と、当時の吉田さんでは勉強への執念が違うと感じた。

弟妹を養うために吉田さんは復学を諦めた。

「実家が焼けてしまったから姉の嫁ぎ先だった皆実町の親戚の家で暮らした。仕事が見つかるまでは親戚が食事を用意してくれた」

そんな生活を送りながら終戦の一月後、九月に吉田さんは新聞記者になった。

「父親が勤めていた新聞社に行こうと思っていたから、まったく迷いがなかった。たとえ原爆投下という歴史的事件がなくても、新聞社に行こうと思っていたよ」

そう切り出した吉田さんは父親の職場だった中国新聞社との縁を語った。

「実は私は、中国新聞の福山支局で生まれたんだ。生まれた時から新聞社にいたんだよ」

そう言って吉田さんは笑った。

「子供の時は新聞社の上司のところにお歳暮を持って行くのが、仕事だった。記者の仕事はすごく身近だったから、特別な感情はなかった。記者になって新聞社に勤めるのは当たり前だと思っていた」

新聞社の社屋は、原爆投下後も形を残していた。そこで吉田さんはまだ誰も出社しないうちから毎日通い、自分にできることから始めようと、便所掃除をすることにした。やがて顔見知りの古参の社員と会うことができ、「君は経済学部の学生だから経済部に入れ」と言われたという。

吉田さんは昭和二〇（一九四五）年九月に中国新聞社に入社した。上司から「広島市内は焼け跡しかないから書くことがないから、君は県内の農村を回って取材せえ！」と、最初の仕事が命じられた。

戦中、都市の多くが空襲に遭い、食糧や日用品の不足は深刻だった。そんな中、都会の人は最も高価なものとして「着物」を持って田舎に買い出しに出かけた。吉田さんは農村で取材中、厳しい現実を目の当たりにした。都会の人が農家を訪ね回り、着物と米を交換してほしいと懇願しているところに出くわしたのだった。

「私は、女性の着物の見立てはわからないけど、女性が、『子供にお米を食べさせてやりたいのです』って頼みこむのを見てね、カーッと頭にきた」

都会の人が、なけなしの着物を持って哀願しているのに、農家の返事は冷たかった。この時、吉田さんは農家の人が米を余らせていたのを知っていた。

「お前それでも人間かって頭にきたから、それを書いた。そうしたら部長に怒られて。このクソ記事、読者が減るじゃないか！って」

話を聞きながら、農家の人も米が足りなくなることへの不安があったのかもしれないと思った。戦争が長く続き、原爆という見たこともない兵器が使われ、戦後の見えない先行きに、誰もが不安を抱えていたのだろう。

一方で、弱い立場の人が困っているのを見逃せず、おかしいと思ったことは声に出す。そんな吉田さんの実直で頼もしい人柄が伝わってきた。

吉田さんは、「過ぎてしまえば、懐かしい思い出の一つやね」。そう言って深呼吸した。

レッドパージに遭い、日雇い労働者に

農村取材の際に感じた「お前それでも人間か」と言い返したくなるほど感じた怒りが、その後の吉田さんの原動力になった。取材の翌年、吉田さんは新聞社内に労働組合を作ることに力を注ぐようになった。

しかしその結果、昭和二四（一九四九）年一一月、「会社で社長に『すまんが辞めてくれんか』と言われて解雇された」という。レッドパージだった。

「仕方がない、そういう時代だったから。私は、他の社員よりも組合作りに熱を入れていたしね」。吉田さんは解

雇を受け入れるしかなかったという。

　ＧＨＱ（連合国軍最高司令官総司令部）は当初、労働組合の結成や労働運動は民主化につながると認めていた。しかし、運動の激化や中華人民共和国の成立などがあり、政策を大きく転換した。このため、役所や民間企業において、一万を超える人々が失職した。

　時代の波に飲み込まれ解雇された吉田さんは「首切り反対闘争」に参加した。闘争に参加するだけでは収入がない。そこで、解雇の翌年、日雇い労働の世界に飛び込んだ。

「日雇い労働者は、『ニコヨン』と呼ばれてました。給料二四〇円の低賃金労働だったからね。首切り反対に興味があった。日雇いを始めたのは、そもそも自分のようにレッドパージで解雇された札付きの人を雇ってくれるところは日雇いぐらいしかなかったから」

　実際に日雇いで働き始めた吉田さんは、日雇い労働者のための労働組合が必要だと考えるようになった。日雇いの中でも男性だけでなく、女性労働者も等しく守ることができる組合を作るため奔走するうちに、吉田さんは日雇い労働をする女性たちから頼りにされ、「この活動は、やめるわけにはいかない」と思うようになったそうだ。

戦後失業対策事業

　ふいに、「これあげたかな？」と言いながら、吉田さんは机に置かれた一冊の本を手に取った。本のタイトルは『わしらの被爆体験100人の証言』（監修・吉田治平）だった。本には、被爆後に広島の失業対策（以下、失対）で雇われた約二〇〇〇人の労働者のうちの五八・九パーセントを占める被爆者の中から一〇〇人分の被爆体験、被爆後の生活についての証言が集められている。

「被爆して、仕事もないうえ、日本の産業も荒廃して何もなかった。それで失対事業に人がどーっと集まった。それこそ市役所が失対に応募する人たちに占領されてしまうのではないかと市長が心配するほどだった」

　広島だけでなく日本の産業全体が戦争によって疲弊していたため、被爆者たちの多くは広島に留まった。当時は年に一〇〇〇人ぐらいずつ失業者が増えていったという。

「広島は、一つの都市としては、失対事業で働いた労働者の数が日本で一番多かった。一番多い時には七〇〇〇人が働いていた」

　二四〇円という低賃金は、吉田さんが弟妹を養っていくにはとても少なかった。それでも働き続けたのは、「一緒に働いていたおばさん連中が、『辞めてくれるな、残ってくれ』とすがりついてきた」からだそうだ。失対労働者に登録しても「こんなところでやってられない」と辞めていく人が多い中で、失対で働く労働者の仲間は吉田さんを頼りにしていたのだ。

自分自身も苦しい生活を送っているのに、自分のことで精一杯にならず、頼ってくる人を突き放さなかった吉田さん。その優しさと強さに感銘を覚えた。皆の困窮を代弁して改善してくれるリーダーがいたからこそ、失対労働者の人たちは希望を捨てなかったのだと思った。

仲間の困窮ぶりを見ていた吉田さんは、昭和二五（一九五〇）年、広島自由労働組合を結成し、書記長に就いた。

翌年、戦後第一回目の国民体育大会の広島での開催が決まる。開催の二年前、昭和二四年に広島の失対事業は始まっていた。「国体に向けて関連施設としてグラウンドやテニスコートを造らなきゃいけない。みんなで突貫工事をやった」

失対事業の中で一番大きな事業として、原爆投下後も片づけが進まなかった所を整備することになった。平和公園とその南端に位置する「平和公園百メートル道路」が代表例だ。

道幅は一〇〇メートルもある。「広島以外の人は平和大通りと呼ぶんだけど。道路を東西二つに分けて、東半分を市の関係、西半分を県の関連の失対事業としてやった」。この工事に関わった人たちの一部が、先に紹介された『わしらの被爆体験100人の証言』という本の証言者だ。工事参加者の多くは被爆者だったが、その数は「すぐに減っていった」という。原爆症を発症したことがその原因だった。被爆直後は体に支障が出なくても、体内に残る放射性物質はじわじわと体を蝕んでいったのだ。

「肩に竹の竿とつなげた『もっこ』を担いで、さらに背中には赤ちゃんを背負った女の人もいたね」

「もっこ」は、目の粗い藁《わら》で編んだ土運びの道具のことを言う。二人がかりで竹竿を担いで運ぶ。後棒が力の強い人で、前棒の人に方向指示をしていた。この作業の際、男性に混ざり女性が働いていた。

「女の人が辛いから担ぐ量を減らすと、現場監督が入れる量が少ないって怒る。だから女の人は泣き泣き運ぶんだけど、赤ちゃんも背負っているから、よろよろ歩いていた」

ほかにも、平和公園の中にある慰霊碑の工事は大変だったという。

「手作業でやったから大変な作業だった。それはきつい仕事だったよ。涙と汗の工事だった」

当時を振り返りながら、吉田さんは熱っぽく語った。

「私は土方の親分として参加した。でも、体力がないから強い人にとても敵わなかった。土方仕事なんて知らなかったから辛かった」

第30回メーデーのデモに参加する吉田さん（右から二人目）。

それでも、吉田さんは働き続けた。生き残った弟妹を支えるためには、がむしゃらに働くしか方法がなかったのだ。

国民体育大会に続き、昭和三〇年に開催されることが決まった第一回原水爆禁止世界大会に向けての道路整備も、建設機械の不足を労働者の人海戦術で補ったという。

一貫して失対の賃上げや労働者の生活向上を要求する中で、吉田さんはこの年の広島市議選に初当選した。そして市議として昭和四六年までの四期一六年を務めた。

二重の差別

「これが原爆手帳……」

そう言いながら吉田さんは自身の被爆者健康手帳を取り出した。

吉田さんは手帳を見せながら、被爆者が「二重の差別」を味わっていると言った。「二重の差別」とは、被爆に対して誤った認識を持つ人から被爆に関して誤解を受けることと、国が被爆者に補償金を支払う際に被爆者の中に区別を設けていることを指している。

吉田さんは一つ目の差別の例として、広島を離れて暮らしていた妹の話をしてくれた。

「昨年四月に八六歳で亡くなった妹は、結婚できず、東京に行っても広島出身ということさえ言えなかった」

妹さんは戦後の広島で仕事が見つからず、先に東京に出ていた姉を追って上京したそうだ。しかし、姉は妹に「みんな、ピカがうつる、原爆がうつると言うから、広島から来たと言うな。東京の人は恐れているんだから」と忠告したという。

「悔しかったね」

吉田さんはぽつりと言った。

被爆者と接触することで被爆は伝染するという誤解に加え、原爆ぶらぶら病は深刻だった。原爆ぶらぶら病は、被爆の後遺症として倦怠感が付きまとう障害だ。倦怠感によって一つの仕事に集中できないため、職場に行っても仕事を怠けているように見られてしまう。

「私の周りにもかなりいて、本当だって驚いた。被爆者は、結婚できない差別、怠け者という烙印を押される差別など、被爆によって情けない思いをしていたんだよ」

戦禍から必死の思いで生き延びても、被爆者たちは戦後も辛い思いをしていたことを知った。

続けて、吉田さんは二つ目の差別、国から被爆者に給付される補償金の違いについて説明してくれた。

被爆者健康手帳を見せる吉田さん。

「最初は原爆に起因する何らかの疾患があるかどうかという基準で、特別手帳と特別でない手帳に分けられていた。でもその線引きが難しい。今でも区別は続いていて、特別手帳を持った特別手当の人は月に一三万円給付される。特別でない手帳を渡された一般の人は月に三万六〇〇〇円。この違いが問題になっている」

毎年、多くの被爆者が特別手帳をもらえるように申請するそうだが、なかなか認められないという。

「毎年八月六日に総理大臣が広島に来て、被爆者に会う機会がある。その時に、被爆者たちは区別をやめるように訴えるんだけど、ずっと『検討します』だけ」

毎年変わらない事務的な返答を聞き、吉田さんは被爆者が政治の関心から置き去りにされているように感じるそうだ。

問題は手当の区別だけではない。広島の人の中でも、被爆者への手当を快く思わない人がいる。

「『原爆手帳持ってる人はええよ、何もせんでも手当がもらえるから』というのを耳にした時、悔しかったね」

おわりに

吉田さんは、最近、戦争を語り継ぐことに不安があると話す。

「体験者じゃないと、生の体験は語れない。しかし、語り部もだんだん齢を取り、生きている人間は亡くなる。幾世代にもこのことを伝える手段として映像に残そうかとも言われている。そうしないと私たちの使命は終わらない」

被爆体験者は平均七七歳。私が当初、取材対象者を探して焦っていたのと同じく、彼ら高齢の戦争体験者は、体験を語り残す機会を必死に探している。

「我が家では母親と弟妹五人、あわせて六人が原爆によって亡くなりました。皆非戦闘員です。原爆（核）攻撃により殺されました。無差別大量殺人です」

吉田さんは、目を潤ませながら、乾いた声で語る。

「反戦・反核を広島、長崎から広げたい。日本だけでなく世界から二度と被爆者を出さないようにしていきたい」

長い沈黙の後、吉田さんはお茶を取りに席を立った。時計を見ると、取材開始から四時間も経っていた。

戻ってきた吉田さんは、笑って、こう言った。

「あんた、宿はどこや？　せっかく広島きたんじゃけ、晩飯行こうや。お好み焼きや」

吉田さんの笑顔を見て、私もやっと笑えた。

そして、戦争の重い記憶を聞くことに、若い世代はもっと構えなくてもいいのではないかと感じた。もっともっと、若者が戦争体験者から自然体で話を伺うことで、知識だけの戦争が、現実味を増す形として、私たちの心に残るきっかけになるのではないかと思った。

エピローグ

取材の翌日、私は平和記念公園を訪れた。吉田さんが、「見落としがちだから、ぜひ見てほしい」と勧めてくれた碑を見るためだった。

一〇〇メートル道路の傍にその像はあった。少女と小鹿が今にも駆け出しそうな様子を表現したブロンズ像「若葉」。その下に湯川秀樹博士の歌碑が刻まれていた。

まがつびよ　ふたたびここに

平和記念公園内の平和の像「若葉」。吉田さんが一番好きだという碑文が刻まれている。

くるなかれ　平和をいのる
人のみぞ　ここは

湯川秀樹

「まがつび」は「間違った火」のことで、原爆を指している。碑文には、広島に二度と原爆が投下されないことを祈る意味が込められている。

　吉田さんとの出会いによって、私は戦争についての認識を改めた。戦争は、学徒出陣や原爆投下といった歴史的な出来事に象徴される戦中だけではなく、失業対策事業のように終戦後も人々の生活に影響を与え続けてきたことがわかった。

　戦争がなければ、家族がいて、好きな勉強をして、好きな人生を生きることができた。そして、戦争は戦後も人々の暮らしを変え、多くの人の人生を翻弄し続けてきた。

　そのことを知った今、一日が尊いと思えるようになった。多くの犠牲が積み重なった上に、現在の日本が存在している。「平和な今日」を、人々がずっと生きていけるように、私も戦争の記憶をつないでいきたい。

　子供たちの笑い声が聞こえる平和記念公園の中で、私は強くそう思った。

注

（1）電信線の架設・撤収・保護・使用などに当たっていた旧陸軍の軍隊組織の一つ。
（2）吉田さんら失対労働者が広島で結成した広島自由労働組合がのちに全日本自由労働組合に組織化され、その後身である建設一般など三つの組合が平成一一（一九九九）年に合同して誕生した労働組合のこと。
（3）兵器の管理や運搬を監督するところ。
（4）兵器を受け取ること。

狂気と死の淵から生還して
――シベリア抑留の真実――

取材・執筆者（つなぎ手）小室いずみ ▼中央大学商学部三年
×
戦争体験者（証言者）茨木治人 ▼取材時、八六歳

証言者の経歴

大正一五（一九二六）年…五月二七日、静岡県に生まれる。
昭和一九（一九四四）年…満州国陸軍軍官学校（1）入学。
昭和二〇年…関東軍の命令により出陣する。終戦後の一二月シベリアに抑留される。
昭和二二年…日本へ引き揚げ。
昭和二三年…中央大学経済学部夜間部に入学、東洋ゴム工業入社。
昭和六四年…東洋ゴム工業退職。
（現職）
・千鳥ヶ淵戦没墓苑奉仕会理事
・公益財団法人偕行社評議員

取材日

平成二四（二〇一二）年一一月二五日

プロローグ

　これまで私は、戦争体験の話を聞く機会が少なかった。むしろ、戦争の話を聞くと胸が苦しくなるため、自分から避けていた。小学校高学年の頃、祖母が私に空襲の話を聞かせようとした時も、「もういいから……」と、話を止めたこともあった。そのためか、ただ戦争は怖いものだという漠然とした気持ちしか持ち合わせていなかった。しかし、すでに刊行されている書籍『戦争を生きた先輩たち（Ⅰ・Ⅱ）』を読み、今まで戦争と真摯に向き合ってこなかった自分を恥じた。そして私も、戦争体験者から直接お話を聞き、未来につなげていきたいと思った。

　そんな時、大学の友人に、戦争を経験した中央大学の卒業生を知っているので話を聞いてみたら、と紹介された。友人は遺骨収集のボランティアをやっており、そこで出会った方だという。彼女に紹介してもらったのが、茅ヶ崎市にお住まいの茨木治人さんだった。茨木さんは、実際の戦闘には参加しなかったものの、満州で終戦を迎えると同時にシベリアに抑留されたという。

　私はすぐに、茨木さんに電話をかけた。緊張していた私の耳に聞こえてきたのは、優しい声だった。私はプロジェクトの趣旨を説明した。すると茨木さんは、「大した話はできないかもしれませんが……」と話しながらも、取材を快諾してくださった。私はさっそく日程を調整し、茨木さんのご自宅に伺うことにした。

　私の声から緊張が伝わったのか、茨木さんは受話器を置く直前に、「気軽に来てくださいね」と言ってくださった。茨木さんの心遣いに心を温かくしながら、私は電話を切った。

茅ヶ崎にて

　平成二四（二〇一二）年一一月二五日。私は生まれて初めて、茅ヶ崎駅に降り立った。多くの乗客で賑わう駅舎は、想像していたよりもスタイリッシュだと思った。しかし、そんな雰囲気を堪能する余裕がないほど、私は緊張していた。

青空が広がる茅ヶ崎駅。

この日、茅ヶ崎の町には、雲一つない青い空が広がっていた。駅からバスに乗り換え、茨木さんの自宅まで向かう。事前に指定されていたバス停で降りたが、一戸建ての住宅が多く立ち並んでおり、場所がわからない。何度も周りを見渡すが、「茨木」という表札を見つけることができなかった。やむを得ず茨木さんに電話し、何とか到着することができた。茨木さんは「散らかっていて恥ずかしいですけど……」と言いながら、ソファーが並ぶ応接間に通してくれた。

軍人への憧れ

ソファーに座り、改めて挨拶を済ませると、まずは茨木さんの幼少期について伺った。茨木さんは、八人兄弟の五男として静岡県佐久間村（現在の浜松市）に生まれた。小学校低学年の時には兄と一緒に天竜川で釣りや水遊びを楽しんだそうだ。その水遊び中には軍歌を歌うこともあり、戦争を身近に感じていたという。

小学生の時は、戦争に対する残酷なイメージはなく、敵国同士でも最後にはお互いを称え合うものだと思っていたそうだ。

「私は軍人になりたかった。当時の自分にとって軍人は格好よかったね」

この時、私はつい目を見開いてしまった。まさか、「軍人になりたかった」という言葉を聞くとは思っていなかったからだ。平和な現在の日本であれば軍人に憧れを抱く子供は、あまりいないのではないかと思う。しかし、当時は軍人を格好いいと思う子供がたくさんいたと聞いて驚いた。なぜ軍人に憧れたのだろう。理由を聞いてみると、こんな言葉が返ってきた。

「私は小さい頃から、戦国時代の武将が格好いいなと憧れていた。水遊びの時には、友達と日露戦争の歌とか歌っていた。軍国主義といえば軍国主義かもしらんけどね。日露戦争が終わったばかりの頃で、時代の影響が強かった。戦争に関する記事を載せた雑誌が多くて、よく読んでいたね」

軍人に憧れていた、と話す茨木さん。

満州へ

茨木さんは浜松西尋常小学校（現在の浜松市立西小学校）高学年の頃、陸軍幼年学校への入学を希望し、勉強をしていた。茨木さんは当時陸軍の将校、特に連隊長になることを目指していた。軍隊で号令をかけることに憧れていたからだ。陸軍幼年学校は、軍隊の中でも、指揮を執る将校を目指す年少者のための教育機関であった。そこで三年間の修業期間を終えた卒業生は、将校になるための訓練をさらに積むため陸軍士官学校へ入学する。

しかし、茨木さんは勉強のし過ぎが原因だったのか、視力が低下して、陸軍幼年学校受験時に必要な視力水準に及ばず、試験を受けることができなくなってしまう。それは彼にとって、「頭が真っ白になっちゃった」と語るほどの衝撃だったようで、その後勉強への意欲が低下してしまったそうだ。

軍人になる夢に必死に取り組んでいたからこそ、受験できないとわかった時の悲しみは、さぞ大きかっただろうと思った。

静岡県立浜松第一中学校（現在の静岡県立浜松北高等学校）四年頃、やはり軍人への思いを捨てきれず、陸軍経理学校の入学を目指すことにした。陸軍経理学校は、陸軍経理部で活躍する人材を教育するための機関で、茨木さんの視力でも受験が可能だった。たとえ憧れていた連隊長にはなれなくても、正規の軍人になりたいと思い決意したそうだ。ところがそう決意したにもかかわらず、こちらは、尿検査で蛋白が多いとの理由で受験することができなかった。

目標としていた陸軍の幹部養成学校に進学できず落ち込んだまま中学校を卒業した茨木さんに、転期が訪れた。陸軍経理学校で、昭和一九（一九四四）年の募集から、体格検査の前に入学試験を行うことになったのだ。これまでは、体格検査を受けパスできないと、入学試験を受験できなかった。しかし、入学試験を先に行うことで、これまで体格検査を通過できなかった人にも入学のチャンスが訪れる。こうして茨木さんは、五月に再び陸軍経理学校の試験を受けるチャンスを摑んだ。

「試験の手ごたえは良かった。自信があった。でも、合格を通知する電報がこなかった。当時私はとても必死だったので、経理学校長に宛てた手紙を書いたんですよ。何で電報が来ないのかって」

すると校長から、「あなたは満州国に推薦してありますから」、という返事が返ってきた。校長の推薦をきっかけに満州国陸軍軍官学校への入校が決まった。満州国陸軍軍官学校は、満州国における陸軍士官学校である(1)。

「決まった時は、軍人になれるという嬉しさで一杯だったね」

茨木さんは、嬉しそうに、そして懐かしそうに微笑んだ。しかし、母親は「外地に行くな」と反対していたそうだ。「満州行きをやめたらどうか」という母親の言葉にも聞く耳を持たず満州に渡ったという。

いくら世間が戦争への高揚感に包まれていたとしても、子を持つ母親の気持ちはいつの時代も変わらないのだなと私は思った。

戦争への恐怖はなかったのかと尋ねた。すると、茨木さんは、「死ぬのだろうとは思ったけど、怖くはなかった。怖かったら行かなかっただろうね」と淡々としながらも、しっかりとした口調で語った。戦況が悪化した状況になれば、誰もがそういう気持ちになるものなのだろうかと思った。

出撃命令

昭和一九(一九四四)年一二月、茨木さんは、新京特別市(現在の長春)にある満州国陸軍軍官学校に入校。野営演習や歩兵の教育、実弾演習などを行ったそうだ。訓練は辛くなかったのだろうか。

「軍人になるためだと思うと、訓練を辛いと思ったことはなかった」

彼は迷いなく答えた。

翌年の八月九日午前〇時一〇分、ソ連による空襲が起きる。夜を徹した訓練を終え、学校に着き就寝するところでの非常呼集だった。

「最初はいつもの訓練だと思って防空壕に入った。だけど、本当の空襲だったんですよ。満州国での決定権を持つ関東軍からの出撃命令を受けて、それからはもう準備で大変だった」

茨木さんの口調から、緊迫した状況を感じた。

「もうこれで日本には帰れない、と思った。悲しさというより、覚悟を決めたという感じだった。情緒的なものを感じる余裕はなかった。遺書も書きましたよ」

私が、遺書の内容について聞くと、

「両親に宛てたんだけどね。何て書いたらいいのかわからなかった。悠久の大義に生きるとか、立派に死にます、みたいな格好つけた言葉しか出てこなかった。むしろ自分に対する決意みたいなね。その時、死ぬことに対して

軍服を着た茨木さん。満州陸軍軍官学校に入校してから間もない頃。

感傷的な気持ちはなかった。未練もなかったね。その気で大陸に行ったから」

　茨木さんは、上を見上げながら、遺書を書いた時の気持ちを思い出すように語った。彼は、私と同じくらいの年齢で死への覚悟をした。私は今までの人生で、自分の死を覚悟した瞬間もなければ遺書を書こうと思ったこともない。生への未練がないことが、私には理解できなかった。そして、「立派に死ぬ」という言葉の意味が、私にはわからなかった。

　しかしその後、本音を少しばかり教えてもらった。

「ただ、ソ連の戦車というものを見てなかったからね。実際にそれを目の前で見ていたらどう思っただろうね。学校の訓練では、入校から八カ月しか経っていなかったから、歩兵基礎訓練が中心だった。訓練で戦車を見たことはなかった。もしかしたら、逃げていたかもしれない」

　この正直な気持ちは、私にもわかった。

無謀な作戦

　茨木さんは、満州国陸軍軍官学校の生徒隊として、新京特別市、伊通河畔・東大橋・二道河岸付近に出撃した。作戦のために、まず蛸壺（たこつぼ）を掘ったそうだ。

「自分が入れるくらいの蛸壺を掘って、その中に入り外を見る。戦車が近づいて来たら戦車の弾が当たらないところまで待ち伏せ、蛸壺から出て、戦車攻撃用のアンパン型の地雷を戦車のキャタピラーに付ける。その後すぐに蛸壺に戻ってくる作戦と言われていた。でもそんな馬鹿なことできないよね。これは死ねっていうことなんじゃないかなと思っていた。」

　その作戦を聞いて、「自爆せよとのことだな」と、周りの隊員と互いに言い合ったそうだ。

　しかし、ソ連の戦車が茨木さんたちの前に姿を現すことはなかった。

「あと三、四日終戦が遅れていたら、戦車への特攻を確実に行っていた」

　彼らが、捨て身の対戦車作戦を実行に移す前に、日本は戦争に負けた。

終戦を迎えて

昭和二〇（一九四五）年八月一五日、茨木さんは陣地で昼食をとっている時にラジオの玉音放送を聞いた。正午に何の前触れもなく、茨木さんの上官である中隊長から重大なニュースがあると言われ、円陣になった仲間たちとともに、飯盒《はんごう》での昼食を中止してラジオを聞いたのだそうだ。

「雑音が多くてよく聞こえなかったけど、天皇陛下のあの重々しい声は聞こえましたよ。正直、これで戦争が終わった、家に帰れるなあと思った……」

茨木さんは息を吐き出すように、ほっとした表情でそう語った。

小さい頃から軍人に憧れ、出陣前には死ぬ気だったはずの彼の気持ちに変化があった。ただひたすら死に向かって訓練をしていた茨木さん。終戦を告げる玉音放送を聞いて、眠っていた「生きたいという思い」が、心の中で自然と湧いてきたのかもしれない。

しかし、日本が負けた後、いろいろな混乱が起きたという。

「玉音放送を聞いたその場は、一瞬静寂になった。ところが同時にパンパンパンと銃の音が聞こえた。これは、中国人の一般民からなる暴徒が鳴らしたもので、僕たちは小隊で弾を多く持っていたので、暴徒に取られないよう、中隊長の指示により、裏道を選んで逃げました。そして、新京の東にある橋のたもとへ行き、日本人が取り残されることなく橋を渡れるように、守りました」

シベリアへ

そして、南嶺でソ連軍と初めて遭遇する。

「八月一六日に南嶺で関東軍と合流してから、三日後にソ連軍が入ってきて日本軍は武装解除となりました。武装解除はとても厳重なんです。銃を置くんじゃない。銃を捨てるんですね。その時、ああ戦争に負けたんだなあと思いました。そして、寂しかったね……。毎日毎日磨いていた銃を取り上げられたわけだからね……」

武装解除後、中隊長が、まだ学生の身分である茨木さんたちを日本に帰すよう関東軍の司令部にお願いしに行ったそうだ。しかし、ソ連からきちんと日本に帰れると言われているから大丈夫だと、取り合ってもらえなかった。当時は、関東軍司令部も、武装解除された将兵たちがシベリアに抑留されるとは思っていなかったようだ。

一〇月にシベリアへ向かう貨車に乗るまで、茨木さんは新京飛行場の食堂で食事を作る作業をしていた。ハンバーグを作るために材料を混ぜる機械を動かしていた。しかしじゃがいもが硬く、思うように機械が動かないと、作業を監視しているソ連軍の女の将校にサボっていると言われ、ビンタまでされたそうだ。

そんな理不尽な労働の日々が続くが、やっと帰国してよいとソ連から告げられる。日本に帰すからと私物も無制限に持つことが許可された。そのため、茨木さんも自分のリュックサックに私物をぎゅうぎゅうに詰めた。帰国できる嬉しさとともに貨車に乗った茨木さん。しかし、その列車が向かったのは、日本とは違う方角だった。

「僕は万が一逃げなくてはならなくなった時のために、方位磁石を持っていた。だから、途中で貨車の向かう先が西だとわかり、日本に帰れないことに気づいて驚いたんですよ。ああ、こりゃもう駄目だなと思った。でも、周りはすぐには信じなかった。方位磁石が壊れているんじゃないかって。結局、一日中貨車が走っても見え続ける湖がバイカル湖だって気づいて、だんだん諦めていったけどね……」

茨木さんは、視線を落としながら、その時の絶望感について語った。そして、私にもその時の日本人捕虜たちの落胆の様子がひしひしと伝わってきた。方位磁石という確実な情報だったからこそ、西に向かっているとわかった瞬間は、帰国への思いを捨てるしかなかったのだろう。

抑留生活

昭和二〇（一九四五）年一二月。茨木さんたちは、イルクーツクで貨車から降ろされた。そして、半地下の収容所まで約三〇分ほど歩かされた。収容所に着いてからは、ひたすらスリュージャンカとイルクーツクを結ぶ鉄道建設の重労働を強いられたそうだ。

「僕は、とにかくレールを担いで運んだ。鉄道の作り方は原始的な方法だったよ。山にレールを作る時は、トンネルを作らず山を爆弾で切り開いた。谷にレールを作る時は、丸太で足場を作り、山を爆破して集めた土をシャベルで谷に落として谷を埋める。八時間の三交代制だった。一番きついのはね、夜中の一二時から午前八時。五時頃になると零下五〇度くらいになる。その時下痢が止まらなくなっちゃった。それでも作業は続けなくちゃならないし、そうなってくるともう人間しゃべらなくなるね。疲れるし、我慢するのに精一杯だから」

極寒の地で、しかも原始的なやり方で鉄道作りをするなんて、想像もできないくらいの過酷な労働環境だったのだろう。果たして自分が同じ状況に置かれたら生きていられただろうかと考える。しかし、甘やかされて育ってきた私ならば、そんな環境に耐えられず自ら命を絶つことを考えてしまうかもしれないと思った。

冬の間は、鉄道建設に代わって、木の伐採をやらされた。家屋の材料や鉄道のレールの枕木、燃料などに利用される。夜中の一二時から昼の八時の労働はなくなるが、木は大木で、それを切る作業では、常時危険と隣り合わせだったという。

「すごく大きな木だからどっちに倒れるのかを一番気をつけなければいけない。倒す方向を決めて互い違いに切っていくのだけど、人がいるほうに倒れると大変。大木が凍っているから倒れる時に他の木を折ることもある。それで亡くなった人が、ずいぶんいる」

茨木さんは、寂しげに語った。

一日に一度、支給される食料は、黒パン三〇〇グラムだけだった。支給された、長さが三〇~四〇センチメートルほどのパンを、収容されている仲間六~八人と切り分ける。味は酸っぱく、ベチャベチャしていた。仲間たちとパンを分け合うには一時間もかかったという。それは、食料が貴重だったからというだけでなく、仲間と話す貴重な時間でもあり、パンを分け合う時間そのものをみんなで楽しんでいたのだそうだ。

「それ以外に楽しみなんて何もなかった」

シベリア抑留を表す、何気ない、そして悲しい一言だと思った。

「仲間たちとは、食べたい料理の話をした。日本に帰ったら、その食べたい料理をたくさん母親に作ってもらいたいと考えていたね。とにかくね、母親に会いたかったんだよ。帰国したら母親に会うことを夢見て、何とか帰国への気持ちをつないでいたね」

抑留中に一番辛かったことを尋ねると「全部辛かったなあ」とすぐに返ってきた。シベリアに抑留された人に、簡単に聞いてはいけない質問だったと、私は少し後悔した。

「自分で日めくりのカレンダーを作って一日終わると消し、帰国を楽しみにしていた。これで帰国する日に一日近づいたと暗示をかけて、前向きに考えていた。そうしないと精神を保てなかった」

いつ帰れるのかわからない。いつ事故で死ぬかもわからない。いつ栄養失調で死ぬかもわからない。いつ伝染病が

取材中の様子。

発生して死ぬかもわからない。未来に希望の見えない極限状態の中で、茨木さんたちは懸命に生き抜こうとした。

パンを分け合う時間を楽しみにした。食べたい料理の話をした。日本で母親に作ってもらいたい料理の話をした。そして、一日が終わると、帰国する日が一日近づいたと自分に暗示をかけた。

シベリア抑留者たちの、「生きる意味」「生きる方法」の探索を知って、私はなぜか心が熱くなるのを覚えた。

帰国

昭和二一（一九四六）年一二月下旬。ノルマ達成により、帰国が許可された。仲間たちは、山を降りた。しかし、茨木さんは下痢がひどく、入院することになり、同期と別れ一人となる。その後、バイカル湖畔の病院に移された。この時、茨木さんの体重は三〇キログラムほどに落ち、やせ細っていた。体には、原因不明の紫の斑点までもが出た。そのため、病院長の慈悲に助けられて、帰国するメンバーに選ばれた。

しかし残念ながら、簡単に帰国することはできなかった。帰国港であるナホトカで、本当に労働ができないほどの病気かどうか確かめるために再検査が行われた。幸か不幸か、栄養失調を引き起こすほど重度だった下痢は、長い旅路の中で治癒していた。移動途中の労働は駅の掃除だけとなり、これまでの重労働に比べ体への負担が少なくなったうえ、帰国できるかもしれないという期待で元気が出たからだという。

このため、まだ労働できると判断され、作業隊に組み込まれた。ナホトカでは、じゃがいもを掘るなどの農作業で比較的楽なものではあった。しかし、今まで苦しい日々を支え合ってきた仲間がいなくなり、彼は孤独とも闘わなければならなくなった。

「友達がいるから元気づけられるというのは結構大きいんだよ。一人ぼっちになると、話をする人がいなくなる。孤独の中に生きていると、頭がおかしくなるんだよ。帰国してからのことなどを考えて、いつも自分を奮い立たせていないと、何とはなしに、もう死ぬんじゃないかなと思えてくる」

一度は帰れると安心したこともあってか、ナホトカで再び労働を命じられた時は、絶望のどん底に落とされたような気がしたそうだ。

しかし、昭和二二年六月、彼に再び帰国のチャンスが舞い込む。

「引き揚げ船の永禄丸で、乗船人員不足が起きた。そこで偶然、その船に乗れることになったんだ。そしたらその船が暴風雨に巻き込まれた。船が揺られて海が絶壁に見えたかと思うと、空が見えたりして、隠岐の島のほうまで流された。今思えば、天気予報が大時化《しけ》だったので乗船するのを止めた人がいたから、空席ができて僕が乗れたんだと思う」

嵐の中を木の葉のように浮き沈みし、隠岐の島の方向に押し戻されながらも、転覆することなく、最後は何とか無事に舞鶴港に入った。

「約二年間、殺伐とした世界に生きていたから、舞鶴港へ入って日本を見た瞬間、その美しさに一番感動した。空の青さや、きれいな緑に染まっている木々を見て、こんなにもきれいだったのかと不思議に思うほどだった。浜松へ行くために乗る電車を見た時は、その小ささに驚いたけどね。日本の電車はレールの幅が狭いからね」

そして茨木さんは、抑留中のことを今思い返そうとしても、その記憶に色がないという。

「心に余裕がなかったからかな……」

過酷な労働と劣悪な労働環境は、茨木さんの記憶から色をも奪ったのだった。

戦後の日本

舞鶴では、アメリカ軍情報部日系下士官による軍事戦略調査と思われる調査を受けた。防疫のために一週間滞在した後、復員指定列車に乗り、浜松へ向かった。浜松駅には、母親が迎えに来ていた。「元気に帰ったよ」と、母親に声をかけると、母親はニコッと笑い、茨木さんも笑顔を返した。その時の母親の喜びの顔を、今でも忘れられないという。

日本の美しさに胸を打たれ、やっとの思いで帰国し、家族とも再会できた。しかし、ほっとしたのも束の間、茨木さんを待っていたのは、嬉しいことだけではなかった。

戦争時に自宅が焼失し、茨木さんの両親が、学校の宿直室で生活していることを知り、ショックを受けた。家に届いていた同級会名簿の自分の欄に、「行方不明」と書かれており、寂しさを感じた。日本に帰ったら母親にあれを作ってもらおう、これを作ってもらおうと、いろいろな料理を考えていたが、現実は白米があまりない状況だった。母親が着物を持って米と交換しに行く姿を見て、何も言えないやるせない気持ちになったという。

そして何より、シベリアに抑留された二年間のうちに起きた日本の様々な変化に、自分自身がついて行けなかったそうだ。

「帰国してすぐの頃、道端に落ちていたネギを、もったいないと思って家に持ち帰った。そしたら、家族に笑われたんですよ。日本も米を食べられるような状況ではなかったけど、シベリアで経験したほどの飢えはないから。ネギを拾ってきて、何だかすごく恥ずかしかった。抑留中には、満足に食事ができたわけでもないし、落ちているじゃがいもを拾って持ち帰ることは普通だった。持ち帰ったらそれが馬糞だったこともあるけどね」

終戦直後の生活には、驚くべきことがいくつもあったという。

「職業安定所に行って醤油工場を紹介してもらった時も、衝撃を受けた。アミノ酸醤油といって作られていたのは、髪の毛を溶かして作る醤油だった。三日に一度の徹夜作業は何ともなかった。だけど、髪の毛を使うことが嫌だった。働かなくてはどうしようもないと思って、二カ月は働いたけどね。そんな仕事しかなかったのですよ」

帰国した当初は、荒廃した日本での生活は虚無感で一杯だったという。

大学生活

茨木さんは帰国した昭和二二（一九四七）年の九月から、浜松工業専門学校に転入学することを希望した。しかし、シベリアに抑留されていたことを学校側が知り、実現しなかった。理由は、シベリア帰りの人間は共産主義の思想を持ち、学校で運動などをされたら困るからというものだった。そのあまりに理不尽な差別に、怒りは感じなかったのかと尋ねると、「諦めの感情だけだった」と、茨木さんは下を向きながらぽつりとつぶやいた。

「とにかく国立の大学や専門学校は、もう駄目だと思った。東京の私立大学へ行くしかないと決意した」

シベリア抑留の事実は、帰国してからも茨木さんを苦しめ続けたのだった。

東京の私立大学に入ることを目指すことになった茨木さんだったが、肝心の入学するためのお金がなかった。そのため、昼間に働いて、大学の夜間部に通おうと考えた。それで、都心で可能な働き口を探した。そんな折、東洋紡績で女工さんの教育をしていた父親が、会社の人事部長にかけあったところ、系列会社の東洋ゴム工業で電気工を一人欲しがっているという話をもらったそうだ。そして、東洋ゴム工業の役員の口頭試問を受けた。当時は、労働運動や組合活動が活発化していた時代で、会社経営者側は、シベリア抑留者には警戒していたのだという。

「民主主義とは何か。支持政党は」という社長の質問に対して、「民主主義が何かはわからない。帰国したばかりで政党も何があるのかわからない。だけど共産党だけは支持したくない」と回答した。さらにその理由はと聞かれた茨木さんは「理屈と現実は違う」と言い、シベリアでの彼自身の経験を話した。結局、採用するに問題なしと判断されたようで、昼間は東洋ゴム工業で働くことになったという。

中央大学に通っていた頃の茨木さん。

昭和二三年四月、茨木さんは中央大学経済学部夜間部に入学する。

「僕が中央大学に通っていた頃は法科全盛だったから、法学部の学生が夜遅くまで電気をつけて勉強してるのを見て、頼もしかった。励みになって刺激になった。法科に行けば良かったかなと考えたこともあるくらいで、とても活気があったよ。自分が入る時は実務的なことしか考えてなかったから、経済学部を選んだんだけどね」

昼間働きながら、夜に大学に通うのは楽なことではない。しかし、そうしてでも大学に通いたいと思った理由は、何なのだろうか。

「このままでは駄目だと思った。戦後の日本に感じていた苛立ちや虚無感を埋めたかった。遅れてしまった二年間を、どうにか取り戻したかったんです」

茨木さんは、シベリアで失ってしまった二年間を取り戻すために学びたいという高い志を持っていた。働きながらでもいいから、大学に通いたいという学問への強い思いがあった。情けない話だが、私の大学で学びたいと思う気持ちは、茨木さんの熱い気持ちには遠く及ばないと思った。

しかし、大学で一番大変だったことは何ですかと尋ねると、「やっぱり試験かな」という答えが返ってきた。私はそれを聞いて、私も一緒だと、つい笑ってしまった。今まであまりにもかけ離れていた茨木さんの存在が、一気に近くなったような気がした。「試験が大変だ」と思う気持ちは、時代は変わっても大学生の普遍的な気持ちなんだなあと思った。

茨木さんの場合、青春時代という輝かしい時間がシベリア抑留で失われた。きっとそのことを悔しく思っているのだろうと考えていた。しかし、彼からは、意外な言葉が返ってきた。

「僕は前向きに考えている。その時の経験が役に立ったことも多かった。あの経験があったから、度胸が据わったし、物事に動じなくなった。どんな環境でも生きていく自信がついたと思う。シベリアで、虚勢を張っている人間や威張っているが小心な男など、人間の最低な姿もたくさん見てきた。その経験から、人の表情や姿から心を読む観察力も自然に身に付いたと思う」

平和とは

最後に、現在の茨木さんが、戦争や平和についてどう思っているのか伺った。

「難しい質問だね……。僕は今の日本を平和とは思っていない」

予想外の言葉だったので、どういうことか改めて聞いた。

「当たり前のように殺人が行われているでしょ。そんな世の中を平和だとは思わない。それに、老人に対する詐欺行為などが平気で起きている。戦争がないからといって、平和だと言えるものではないと思う。国と国との関係に限らず、生きている人々がそれぞれに称え合って生きる世界を平和な世界だと思うよ」

平和について話す茨木さんの表情は、穏やかで温かかった。

日本は戦争をしないから平和な国だと安易に考えている私は、また一つ新しい考え方を学んだ。平和についての考え方は人それぞれ違うと思う。しかし、茨木さんのように、人と人がお互いに称え合うことができる世界になれば、もっと幸せな世界になると感じた。

戦争については、「日本は、まだまだ戦争の真実を知らなすぎる」という。では、茨木さんが実際に見た戦争の真実は何だったのだろうか。

「まず抑留という言葉は間違っている。あれは人攫《さら》いだよ。歴史の教科書で抑留問題が語られることもほとんどない。だから抑留というのがどういうものなのかということも含め、日本人はもっとしっかり歴史を勉強すべきだと思う」

「人攫い」という言葉は、経験者にしか発することができない言葉だと思った。私はこれまで、「抑留」という言葉を何の疑問もなく口にしていた。しかし、そんな言葉で簡単に片づけることはできないほどの壮絶な経験だったのだと気づいた。

「数年前までは、自分が抑留された経験を人に話すことなど、本当に少なかった。だから、君がわざわざ自宅まで足を運んで話を聞きに来てくれていることに、感動しているんだよ」

茨木さんは満面の笑みで、そう話した。

私自身戦争に関する勉強が足りていないことは承知している。しかし、私がこうして茨木さんに話を伺うこと自体が、戦争の真実を、大学の後輩たちにつないでいく小さな一歩なのだと感じた。

最後に茨木さんと記念撮影をした。

別れ際、長時間にわたる取材について、お礼の言葉を述べた。すると茨木さんに、こう言葉をかけられた。

「ぜひまた来てください。抑留問題の資料もお送りしますね。ぜひもっと抑留問題のことを知ってくださいね」

来た時よりも、一層厳しくなった寒さをこらえ、茅ヶ崎駅に向かうバスに乗った。バスに揺られながら、私は今日一日のことを思い返していた。私は改めて、自分と年齢の変わらない若者たちが、シベリアで死と隣り合わせの世界に生きていたという歴史的事実を記憶の中に刻み込んだ。

エピローグ

取材から一週間後の一二月二日、茨木さんから手紙が届いた。手紙とともにシベリア抑留に関する資料も同封されていた。手紙には、真実を次世代に継承してもらいたいと思っている理由について書かれてあった。

さっそく、送ってくださった資料を読むと、ソ連参戦の経緯と抑留について、歴史も交えながら、茨木さんの考えが述べられていた。手紙の中で茨木さんは「シベリア抑留」という言葉を「虚構の言葉」と表現していた。ほかにも、ネヴェルスカヤにて抑留されていた方が残された画文集の一部を紹介してくださり、他の収容所の様子も知ることができた。それらは、学校の教科書では学べない歴史だった。

私が、茨木さんに出会うまで抑留問題についてよくわからなかったように、抑留問題について認識していない大学生は多くいる。改めて、戦争を体験した先輩たちの言葉をつないでいく必要性を感じた。

私にできることは、とても少ないと思う。その中で、茨木さんと出会い、お話を伺うことができ、戦争や平和について改めて考える時間を持つことができた。茨木さんが私に語ってくれた戦争の現実を、一人でも多くの人に伝えていきたいと思う。

注

（1）昭和一四（一九三九）年に、満州国軍に所属する士官学校として設立され、同徳台《どうとくだい》と呼ばれた。日本語の「士官学校」を満州語では「軍官学校」と言い、日本人による将校を育成するだけの学校ではなく、当時日本の統治下にあった、台湾人、朝鮮人、満州人も同じ教育・訓練を受けた唯一の士官学校とされる。

マルシャンスク収容所での抑留を生き抜いて

取材・執筆者（つなぎ手）　末包絵万　▼中央大学法学部二年
×
戦争体験者（証言者）　林　英夫　▼取材時、八五歳

証言者の経歴

大正一五（一九二六）年…二月四日、神奈川県横須賀市に生まれる。
昭和一七（一九四二）年…四月、陸軍予科士官学校入学。
昭和一八年…一一月、陸軍航空士官学校入学。
昭和二〇年…四月、下志津陸軍飛行学校入学。
昭和二〇年〜昭和二三年…マルシャンスク収容所での抑留体験。
昭和二五年…中央大学経済学部（旧制）入学。
昭和二八年〜平成六（一九九四）年…三重県立学校職員として勤務。
平成二二年〜…財団法人「全国強制抑留者協会」三重県支部支部長。

取材日

平成二三（二〇一一）年八月一八日

プロローグ

大学二年生になった春、私は家族とともに京都府の舞鶴を訪れた。観光地を巡る中で、「舞鶴引揚記念館」という施設にも立ち寄った。私はそこで、「シベリア抑留」というものの現実を知った。

第二次世界大戦終盤、または終戦後、満州国に侵攻・占領したソ連が、そこで数多くの日本兵を捕虜とした。そして、本来なら日本に送還すべきであった捕虜たちをシベリア地方などに移送し、数年間、強制労働をさせた。

その施設には、食器や衣類など、収容所で使われていた品々とともに抑留生活を再現したジオラマも数多く展示されていた。抑留者たちは、極寒のシベリアで、薄着で少量の食事という悪条件の下、厳しい労働を強制されていたということがわかった。それは、私の想像をはるかに超える過酷な状況だった。

ドラマや映画を見て、第二次世界大戦後にシベリアに抑留され、強制労働をさせられた日本人がいることは知っていた。しかし、彼らが、どういう経緯でそうなってしまったのか、どんな体験をしてきたのか、私はまったく知らなかった。記念館を訪れたことを機会に、「シベリア抑留」についてもっと知りたいと思い始めた。

私はさっそく、書籍やインターネットを使って「シベリア抑留」体験者を探した。そして、「マルシャンスク収容所」という所に抑留された中央大学の卒業生、林英夫さん（取材当時、八五歳）を見つけた。

「マルシャンスク」という地名を、私は一度も聞いたことがなかった。調べてみると、モスクワから東南に約四〇〇キロ離れていて、ウクライナに近い場所だ。マルシャンスクは、現在のロシア連邦中央連邦管区内のタンボフ州に位置し、現在でも存在する町だ。

そこは、ウラジオストク、ハバロフスク、イルクーツクといった都市に代表される「シベリア地方」からは遠く離れている。はるかウラル山脈を越えて、モスクワの方が近い場所である。こんな所まで広範囲に「シベリア抑留」が行われていたことに、私は強い衝撃を受けた。そこで抑留者たちは、どんな生活を送っていたのだろうか……。

さらに調べると、林さんは、マルシャンスクから舞鶴港に引き揚げてきたということがわかった。舞鶴というと、私が先日行ったあの場所だ。実は、舞鶴港は、日本に帰国する多くの抑留者を迎えた港だった。私は、林さんに不思議な縁を感じずにはいられなかった。すぐに、林さんに連絡を取り、話を聞かせて頂けないかとお願いをした。幸い、快く取材を受けてくださることになった。

そして平成二三（二〇一一）年八月、お盆休み明けに私は三重県鈴鹿市へと向かった。新幹線と電車を乗り継ぎ、約五時間かけて、林さんのご自宅にたどり着いた。

幼少時代の林さん

林さんは、大正一五（一九二六）年（昭和元年）、神奈川県横須賀市で生まれ、中学時代までそこで過ごした。林さんは当時をこう振り返る。

自らの体験を語る林さんと筆者（右）。

「私が通った横須賀の中学校は、港があり国際色豊かな町でした。太平洋戦争が始まる時代だったので、当然軍事色はありました。週に一回、日本軍の将校が学校にやってきて、銃剣などを使った軍事教練も行われていました。

それでも、他の町に比べれば、戦争の気配はあまり感じられなかったように思います。教会の牧師が週に一回学校に来て、英会話を教えたりもしました。そういうのもあって、海外の人々も身近な存在でした。しかし当時、中学校は四年課程で義務教育ではなく、お金のかかるものでした。私の実家は貧しかったので、『中学校までは出せるけれど、そこからは自分で生活しろ』と父親に言われていました」

陸軍予科士官学校に進学

中学校卒業を控えた林さんは、陸軍予科士官学校に入校することに決めた。陸軍予科士官学校への進学は、給料こそ出ないものの授業料が無料だったのだ。

「当時は、何よりも軍人になることが皆の憧れでした。私の通っていた横須賀の中学校では、高等学校に進学する人もいたし、軍隊の学校に行く人もたくさんいました。周囲でも軍人になりたいと思う人が多かったですね。夏休みや冬休みになると、陸軍士官学校に通っている先輩たちが、地元に遊びに来てくれました。その時、彼らから士官学校でどういった生活をしているかなどの話を聞いて、

『格好いいなあ』という憧れを持っていたのです。その頃は、『アメリカを倒したい』というような思いは、まったくありませんでしたね。ただ飛行機を操縦するのが夢で、航空兵に対して一番『憧れ』を抱いていました。その点も、進学を決めた大きな理由でした」

今現在、私の周りにも多くの人が憧れる職業や人間像はある。きっと林さんたちが若かった頃は、「軍人」「航空兵」がその憧れの象徴だったのだろう。

昭和一七（一九四二）年四月、林さんは埼玉県朝霞町（現在の埼玉県朝霞市）にあった陸軍予科士官学校に進学した。

「予科士官学校は、軍人養成のための初等教育を受ける機関でした。午前中は、数学、国語、漢文、物理といった通常の学校と同じ教養科目を座学で学びました。語学もあって、英語、中国語、ロシア語などを選択して学ぶことができました。私はロシア語を履修していました。午後からは、実技訓練でした。鉄砲を担いで走ったり、射撃を行ったり、軍隊の基本を学ぶ実技の訓練でした。基本的なことを教わってから、陸や空など、進みたい自分の専門を決め、その専門の学校に進学するという流れだったのです」

林さんはそこで、以前からの夢だった航空兵（パイロット）になることを志望した。

陸軍航空士官学校へ

翌年一一月、同校を卒業してすぐに、林さんは埼玉県豊岡町（現在の埼玉県入間市）にあった陸軍航空士官学校に入学した。

「陸軍航空士官学校に上がると、航空に関する専門的な勉強を行いました。学校には、操縦（パイロット）志望の者以外に、飛行機整備志望の者や通信兵志望の者もおりました。私の時は、大体全体の半分がパイロットになり、残りの半分が整備、もう半分が通信兵になるという具合でした。私はその中でも、パイロットになることを志願しました。陸軍航空士官学校の勉強は、ずっと航空兵に関する専門的なものばかりでした。座学では、航空工学や飛行機の構造についてなど、航空に関する専門知識を一から教わりました。実技では二人乗りの練習機に乗り込み、基本的な操縦訓練を行いました。離着陸を行ったり、三〜五機で編隊を組んで飛行を行う訓練でした」

当初、陸軍予科士官学校・陸軍航空士官学校での課程は、四年半が基本だった。しかし、当時は戦時中だったため、課程は短縮されて三年になった。このことについて林

陸軍航空士官学校時代の林英夫さん（当時18歳、埼玉県豊岡町〔現在の埼玉県入間市〕の陸軍航空士官学校にて）。

さんは振り返る。

「おそらく、人員が間に合わなかったからでしょう。人材を早く養成し、繰り上げて卒業させ、戦地に送り込む必要があったのだと思います」

また、パイロットになれば、戦地に赴いて直接敵と戦うこともあり得る。戦場で命を落とすかもしれないという不安な気持ちはなかったのだろうか。

「『敵と戦って勝つんだ！』という強い気持ちしか頭にはなかったです。戦場に行くことに対して怖いとかいう感情は一切ありませんでしたね。この訓練を半年やれば、第一線の舞台に立つことができる。『早く第一線に行きたい。早く一人前のパイロットになりたい』という気持ちが強かったです」

当時の林さんには、戦場へ行く恐ろしさがなかったというのが、とても印象的だった。もし私が今戦場へ行くことになったら、恐怖で震え上がることだろう。

陸軍航空士官学校を卒業、満州へ

昭和二〇（一九四五）年四月に陸軍航空士官学校を卒業した林さんは、その後すぐに下志津陸軍飛行学校（現在の千葉市若松町）に乙種学生[1]として進学した。

「航空兵の中でも、爆撃や偵察など、いくつかの職種に分かれていました。私は偵察機を操縦することを志願し、偵察機の訓練を専門的に行っている下志津陸軍飛行学校に進学しました。そこで、偵察の技術を本格的に教わることになったのです」

そして同年五月、実践演習として実用機（司令部偵察機[2]）に乗り込み、本格的な飛行訓練を行うことになった。訓練は、空襲のない北満（現在の黒竜江省《こくりゅうこうしょう》周辺）で行われた。「夢だった航空兵にやっとなれる」。期待に胸をふくらませ、林さんは渡満することになった。

満州に渡った林さんは、黒竜江省ガモントンの第四二教育飛行隊に入隊した。乙種操縦学生として司令部偵察機を使用しての飛行訓練課程を履修した。訓練は、二人乗りの偵察機を使ってパイロットとしての高度な専門技術を教

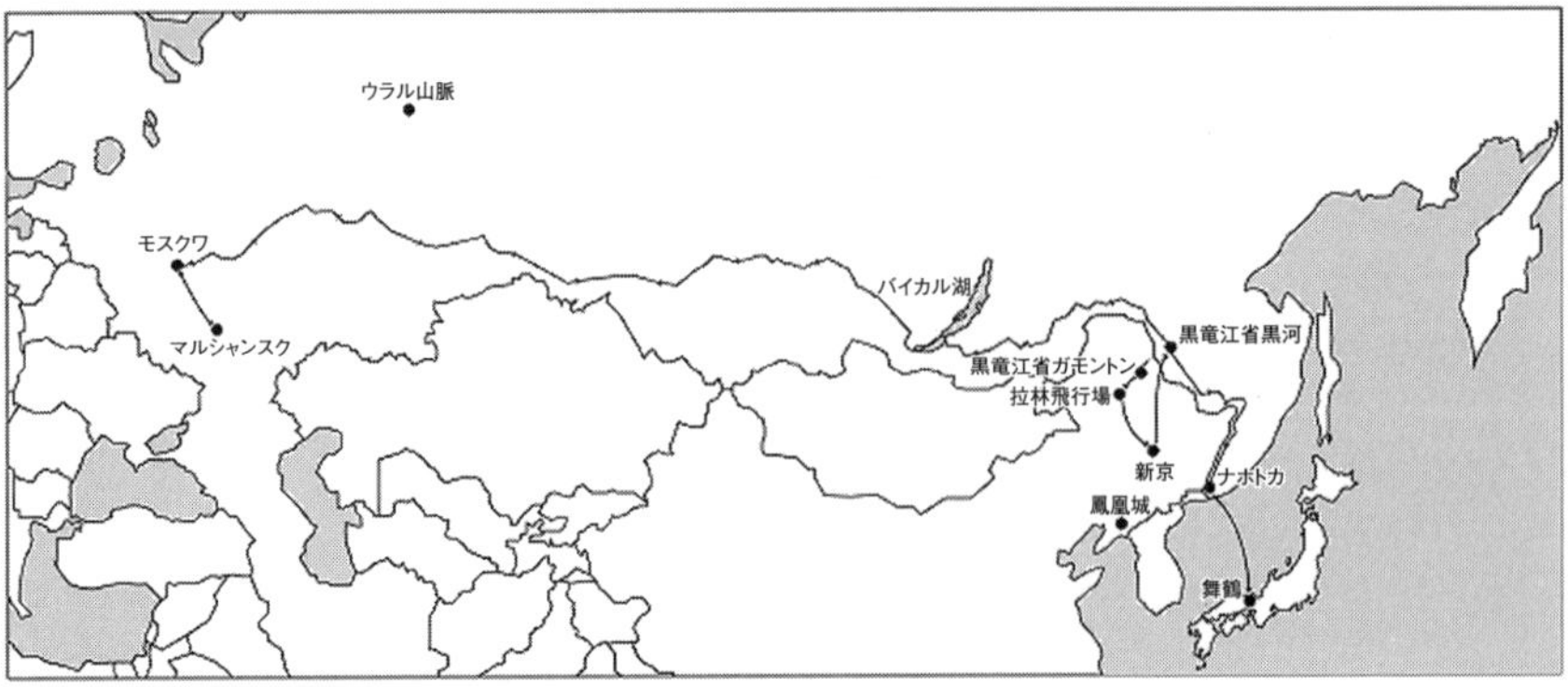

1945年５月、満州での飛行訓練開始〜1948年、舞鶴帰国までの林さんの足跡。

わったという。

「酸素ボンベを積んだ飛行や、夜間飛行を行いました。大きなカメラを積んで指定された場所に飛び、海岸線などの地形や鉄道などを撮影し戻ってくる。それも偵察機の仕事だったので、かなり実践的な訓練でした」

偵察機専門の実践演習だったため、弾の撃ち合いなど、実戦形式での訓練は行われなかったという。

「この訓練が終われば、ついに一人前のパイロットになれる、という期待感で胸がいっぱいでした」

七月一日には少尉に任官したが、実践訓練は続いた。九月には訓練課程を修了し、いよいよ実戦部隊に配属されるという時だった。

満州にて終戦を迎える

「早く戦場に出たい」。そんな気持ちを抱いていた林さんだったが、彼は戦場に立つこともないまま、終戦を迎えた。それは、ちょうど訓練課程を半分ほど終えた頃だったという。

「終戦の日のことは今でも鮮明に覚えています。私がいた部隊は、その日集団飛行をしていました。ガモントンを発着し、ガモントンから少し離れた所にある拉林《らりん》飛行場に着陸することになっていました。八月一五日の正午に玉音放送が流れている時間に、私はその飛行場に向かって飛行中でした。練習機の中にいた私は玉音放送が流れているとは知りませんでした。普段なら飛行場に近づいて高度を落とすと、飛行機を誘導する担当が地上にいて、指示を出してくれるんです。しかしその日は、何の指示も出ませんでした」

不思議に思った林さんは着陸し飛行機を降りた後、何かあったのかと地上の誘導係に尋ねた。すると、「戦争が終わったみたいだ」という返答が返ってきた。思わず、「日本は勝ったんですか？　負けたんですか？」と林さんが聞くと、「どうやら負けたみたいだ」と告げられたという。

終戦前に、林さんは戦況を知っていたという。

「教官は実戦経験もある方でしたから、『今は日本にとってかなり厳しい戦況である。あの島は玉砕して、アメリカに取られてしまった』という話をいつも聞かされていたんです。だから、当時の戦況が客観的に厳しいことはわかってはいました。しかし、負け戦という発想や考えは、自分の中に一切ありませんでした。周りの雰囲気にも、そう感じさせないものがありました。だから敗戦と知った時は、本当にびっくりしました。『アメリカに負けてたまるか！国に帰ったらやり返してやる！』と仲間で集まって騒いだほどでした。とにかくその時は、アメリカをこの手でやっつけたかったのです。そこに、理屈立った考えはありませんでした」

ソ連兵の占領

林さんが日本の敗戦を知った直後、部隊に対して「南満の鳳凰城（現在の中華人民共和国遼寧省《りょうねいしょう》鳳城市《ほうじょうし》付近）へ集結せよ」という指示が出たという。

「周りも混乱していて、いつ、どこで、誰から受けた指示だったかは、わかりませんでした」と林さんは言った。

そして、八月一九日午前、林さんは自分の練習機で拉林を発った。偶然にも、新京（当時の満州国の首都、現在の中華人民共和国吉林省《きつりんしょう》長春市《ちょうしゅんし》）まで行きたいという参謀の一人が同乗していたという。そこで、林さんはとりあえず新京飛行場に着陸することにした。新京は、関東軍の司令部など、重要な施設が密集している地域だった。そこからさらに鳳凰城に向かうため、出発の準備をしていると、林さんは驚くべき光景を目の当たりにした。

「突然、新京の飛行場に、ソ連軍の戦闘機や輸送機が次々と飛んできたんです。そして、輸送機からたくさんのソ連兵がぞろぞろと降りてきて、滑走路に向けて銃列を敷いたのです。『飛んだら撃つぞ』と言われました。一切の飛行が禁止になり、私たちも武装解除を命令されました。こうして飛行場は、あっという間にソ連軍に占領されてしまいました」

昭和二〇（一九四五）年八月八日、日本との中立を守っていたソ連が、対日参戦を宣言した。翌九日未明から、ソ連軍は各方面から満州への侵攻を始めていた。日本は、八月一五日、ポツダム宣言を受諾し無条件降伏した。しかしその後も、ソ連は満州への侵攻を続けていた。そして、新京をはじめとした満州国における日本軍の拠点は、ソ連軍によって次々と占領されていった。

「この瞬間、『アメリカをやっつけたい！』という今までの気持ちは消えてなくなりました。日本が敗戦したという現実を、重く受け止めざるを得ませんでした」

新京での生活

その後、林さんは、新京に留まることになった。

「『もうじき内地に帰れることになっているから、ここでしばらく待機する』と言われたんです。誰が指示したのかは混乱していてわかりませんでしたが、『そういう指示だから』と一緒にいた日本兵から告げられました」

新京に集められた日本兵は全員、日本軍の第二航空軍の指揮監督下にまとめられ、新京市内の学校など、いくつかの施設に収容された。林さんも、新京市内の学校で生活することを余儀なくされた。

「食料は日本軍から支給されました。それがどのように準備されていたのか記憶がないのですが、ひもじい思いはしていなかったと思います。行動もわりと自由で、新京の街をぶらぶらしていましたが、銃を持ったソ連軍に常に監視されている状態でした。逃げられず、彼らの言いなりでした」

そんな緊迫した状況を象徴するような体験を、林さんは話してくれた。

「一度、私はソ連兵に腕時計を取られたことがありました。ある日、市中で出くわしたソ連兵が突然私に近寄って来て、銃を突きつけ、腕時計を指しながら、『ダワイ！』と言ってきました。身振り手振りの様子や、予科士官学校でロシア語を少し習っていたのもあって、『よこせ』という意味だとすぐに理解しました。そしてこちらが渡すまいとすると、鉄砲を上に向けてバンバンバン！と発砲してきました。そしてまた『ダワイ！』と言われました。ついには二人か三人の兵士がやって来て、結局時計は奪われてしまいました。兵士の腕には、すでに二つの腕時計が巻かれていました。追いはぎとはこのことかと、その時実感しました。とにかく悔しい気持ちでいっぱいでした」

シベリアへ向かう貨物列車へ

九月に入ると、部隊の将校・下士官を幹部とする作業大隊が千人単位で組まれた。それらが次々と貨物列車に乗せられては、新京を出発していったという。その後、寄せ集めの将校大隊が編成され、少尉であった林さんもその中に編入された。

「白い丈夫な袋が渡され、それでリュックサックを作れと言われました。私は苦労して、できるだけ大きなリュックを作りました。結局これは三年後、日本の舞鶴港に上陸するまで、唯一の持ち物入れとなったのです」

そして一〇月下旬、ソ連兵から「列車に乗れ」と命令され、林さんはそのまま貨物列車に乗せられ、新京駅を出発した。列車には、約一〇〇〇人が乗り込んだ。「その中の誰もが、日本への帰国列車だと思い込んでいたことでしょう。私も、一切疑っていませんでした」

しかしその列車は、一向に港にはたどり着かなかった。

「私はてっきり港のある大連方面に向かうものと思っていたのですが、列車はどんどん北上していきました。私はそこでもまだ疑わず、ハルビンで乗り換えてウラジオストクを経由して帰国するのかなと考えていました。しかし、列車はそれとも違う方面に向かっていきました。列車に乗っている時は、正直自分がどこに向かっているのか、わかっていませんでした。しかし乗っていた日本兵の中に、方位磁針を持っている人がいて、『進んでいる方向がおかしいんじゃないか』と話していました」

ほとんど着の身着のままで列車に乗り込んだと言っても、過言ではないだろう。こうして林さんたちは、状況が飲み込めぬまま、シベリア方面へ連れて行かれたのだ。

これから先のことを想像すると、恐ろしくて仕方ない。気がつけば、私の手は緊張のあまり汗でびっしょりになっていた。

列車の旅で感じる異変

一一月頃、黒竜江《こくりゅうこう》の河畔の黒河《こくか》に列車は到着し、日本兵たちはそこで降ろされた。そこは、中国とソ連に面した「国境の街」だった。車窓から見えた黒竜江の水面は、凍っていたという。そこからまた別の列車に乗り換え、さらに西へと進み始めた。

「ここまで来てウラジオストクから帰国するという希望も絶たれてしまいました。いよいよ何かがおかしいと周囲も気づき始めました。そのうち、一面が凍った大きな湖が見えてきました。ソ連兵がその湖を指し、ロシア語で『バイカル湖だ』と言いました。自分の少しのロシア語の知識と、列車に一緒に乗っていた兵士にロシアの知識がある人もいて、すぐにその言葉の意味を理解しました。リュックに入れていた地図を見てみると、それは日本に帰る方向とは完全に逆方向でした。日本に帰ることはできない、とその時悟りました。なぜ帰してもらえないのか、どこに連れて行かれるのか、本当に疑問で、これから一体どうなるのだろうという不安でいっぱいでした」

「日本に帰ることはできない」。気がつかないうちに、取り返しのつかない状況になっている。そんな緊迫感が、私にも手に取るように伝わってきた。

時には駅に一時停車し、半日以上留まることもあった。そして、列車は進み、低くて幅が広い山脈に行き当たった。ソ連兵はそれを「ウラル山脈だ」と言った。

そして一二月下旬、日本兵たちは「マルシャンスク」という町で降ろされた。


マルシャンスクは、現在のタンボフ州の州都タンボフから北に一〇〇キロ。モスクワからは、東南に約四〇〇キロ離れた町だ。当時は人口数万人規模の小都市だった。市中には、ロシア正教風の高い教会の塔があったという。

「教会は、遠くからでもよく見え、夕陽に映える姿が印象的でした」

ここで、兵士らは十把一絡げにしてトラックの荷台に乗せられ、町の郊外にある収容所へ送られた。

「トラックに乗せられる前に、今まで携帯を認められていた軍刀はすべて没収され、丸腰にされました。そこが日本からどれほど離れているのかは、まったく見当がつかないまま、収容所へと連れて行かれました」

いよいよこれから抑留生活が始まるのだ。話を聞いている私は、ますます緊張した。

マルシャンスク収容所へ

町の郊外にある収容所の規模は、非常に大きかった。収容所は、一棟約二〇〇人収容の木造バラックが数十棟のほか、炊事場、蒸気浴場（サウナ）、医務室、消毒棟、各種倉庫、ソ連軍の施設等で構成されていた。

「とても寒い所でしたが、気温が零下三〇度以下になることはありませんでした。シベリア地方の収容所に比べると、極寒とまではいきませんでした」

それでも、粗末なバラックに二段ベッドが並べられ、二〇〇人がぎゅうぎゅう詰めで就寝した。暖房施設も粗末で、部屋の奥まで暖房が届かず、夜通し寒かったという。消毒棟が完備されているとはいっても、夏は蚊とアブが湧き、ノミ、シラミには年中悩まされた。

捕虜は、将校階級を中心とした日本人の兵士四〇〇〇人。それに加えて、日本人よりはるかに多いドイツ、ハンガリー、ルーマニア等の将兵たちが収容所にいたという。

「彼らは、とても威張っていたのが印象的でした。ソ連を下に見ているといった感じでした。やはり戦争で、敵国として地上戦を戦ったばかりであり、長い歴史に裏づけられたプライドがあったのだと思います」

彼らとは、居住区は区切られていたため、交流はなかったという。

収容所での生活

マルシャンスクにはいくつか強制労働をさせられる作業場が、町中や山の中などにいくつか点在していた。収容所はその作業場を結ぶ拠点の役割を担っていたという。労働は、一日八時間という決まりで、ガス管の埋設、工場での作業、農作業、森林伐採など、様々な種類があった。捕虜たちは労働の種類によって、それぞれの作業場に駆り出された。重機のない時代だったので、ガス管の埋設はつるはしを使って行われていたそうだ。森林伐採の労働の際は、山の中に作業場があり、そこに行くには半日以上かかる距離を歩いていく。二〇〇〜三〇〇人のグループで連れて行かれ、収容所に帰らず、山小屋で半年ないしは一〇カ月ほど暮らして作業を行う。労働を終え、拠点の収容所に戻ると、一カ月ほど休暇が与えられた。そして、その間に他のグループが交替で作業していた。

「就寝前は、収容所は出られませんが、何をしても大丈夫でした。ですから、最低限の自由と命の保障はあったように思います。食糧難で極寒だった収容所がほかにはあったと伺っていますから、それに比べれば厳しい環境にはなかったと思います」

零下何十度という世界で山小屋にこもって、一〇カ月の労働……。確かに、もっと悲惨だった収容所はあるかもしれない。しかし、それでもマルシャンスク収容所の状況が過酷であったことに変わりはない。あまりの厳しい環境に、話を聞いている私は普通の感覚がわからなくなりそう

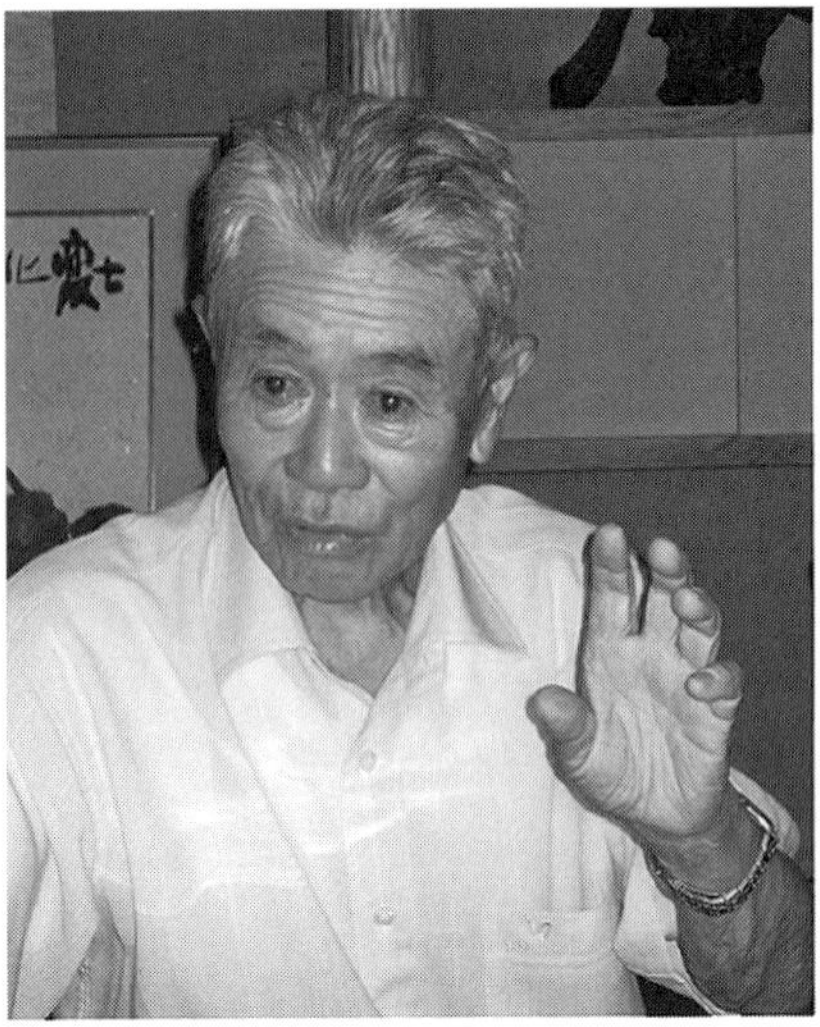

真剣な表情で抑留生活を語る林さん。

だった。

　収容所での日本人の基本的な食事は、黒パン約三〇〇グラムとじゃがいもの煮物だった。しかし、この食事では八時間の肉体労働をするのには厳しいものがあった。日本人たちは体力を奪われ、次々と亡くなっていったのだという。

「私は当時二十代で若かったから、この生活でも耐えられたのかもしれません。しかし、あまり若くない三十代・四十代の人々は、次々と亡くなりました。労働中の事故で亡くなることも多かったのですが、一番多かったのは、やはり栄養失調だったと思います」

「最低限の命の保障」があったとはいえ、やはり亡くなられた方がいたのだ。このように、少ない食料で厳しい労働を続けていれば、当然体はもたないだろうと思う。想像はしていたものの、収容所の厳しさを私は改めて実感した。

　誰かが亡くなると、身近に働いている仲間たちが協力して遺体を葬った。墓地はなく、立派な墓を作ることはできなかったので、代わりに何もない地面に穴を掘って遺体を埋め、そこに木の枝などでお墓の印を立てるというだけの簡素なものを作ったのだそうだ。

「一緒に働いて、励まし合った仲間が亡くなるというのは、とにかく悲しかったです」

　そう語る林さんの目は、少し潤んでいるように見えた。

　林さんには、収容所生活の中でもう一つ、辛いと感じたことがあった。それは、収容所内で行われた思想統制だった。ソ連は共産主義国家であり、思想の統制が厳しく行われていたのだという。

「日本人抑留者向けに、『日本新聞』という新聞が刷られ、収容所で配られていました。日本人抑留者の中に、共産主義を宣伝するリーダー的な存在がいました。彼らは、戦時中から反軍思想を抱いていた人々でした。そんな彼らに、その新聞を作らせていたのです。日本軍やアメリカに対して敵対心を持っていたようで、そういった人々がここぞとばかりに率先して共産主義を宣伝していました。ソ連は彼らを全面的にバックアップし、より共産主義に傾倒するよう教育していきました」

その『日本新聞』を通じて、林さんたちも共産思想を教え込まれた。共産主義に傾倒した者は、「優秀者」として、新聞に名前が掲載されたりもしたという。

労働力として利用されているばかりでなく、思想まで強制を受けることに対して、強い憤りを覚えていたという林さん。しかし、思想統制が辛かったのは、それだけの理由ではなかったという。

「労働から収容所に帰ると、『討論会』が行われたりもしました。共産主義の文献を順に読まされ、リーダーを中心にその文献について討論させられました。『お前はどう思うか?』と話を振られたら、思ってもいないのに、『そう思う!』と迎合し、おべんちゃらを言わざるを得ない環境でした。私はそれが嫌でたまりませんでした。しかし、反抗もできませんでした。反抗すると、『反動』というレッテルを貼られ、特別厳しい労働をさせられるなどのペナルティを与えられたのです。だから、私たちは真っ向から反抗することができませんでした。思ったように反抗ができないのは、とても辛いことでした」

林さんの表情は、苦渋に満ちたものだった。

「思想統制のほうが辛かった」というのが、私には驚きだった。というのも、抑留者たちが肉体的に極限に追い込まれるというのが、「シベリア抑留」のイメージだったからだ。肉体的にだけでなく精神的にも追い込まれる状況だったというのは、私の予想外だった。

私には思想を強制された体験がないため、その恐ろしさや辛さは、よくわかっていないのかもしれない。とはいえ、労働が厳しく、心が休まる場所もない。そこに「日本に帰れない」という焦りも加わる。そうなると、非常に辛い環境だったのだろうと、私は何とか想像力を働かせた。

その環境がどうしても嫌だったという林さんは、討論会では発言を控え、あえて積極的に山中の長期労働に行くなどしていたそうだ。「当然、山での労働はとても過酷でした。しかしそこでは、町にいる時のような厳しい思想統制からは解放されます。私は体力があった分、山にいるほうがましだと感じていました」

収容所生活を支えたもの

ここまで話を聞いた時、私には疑問に思うことがあった。過酷な労働、厳しい思想統制……。抑留生活では、肉体的にも精神的にも非常に辛いことばかりだったのだろう。そんな日々を耐え抜いた林さんの心の支えは、一体何だったのだろうか。

「『生きて日本に帰りたい』という気持ち、ただそれだけでした。『故郷に帰って、親兄弟に再会したい』という気持ち。その思いが、私の唯一の支えでした。仲間たちも皆、同じ気持ちでした。このまま死んでたまるかと、お互い励まし合い、支え合ってきました」

「抑留中は仲間の存在が支えだった」。時折笑顔を交えて話してくださった。

林さんは、時折笑顔を交えながら、そう語ってくれた。

また、収容所で一緒に暮らしていた日本人たちも、林さんの支えになったという。

「小説を上手に読んで聞かせてくれる人がいて、毎晩、彼が『五重塔』を読んでくれるのを聞いていました。読み方が本当に上手で、日本の風景を思い出していました。それで、夜はいつも心地よく眠れたものでした。また労働中に、ソ連の兵士や一緒に労働をしていたソ連人にきついことを言われた日も、その夜に仲間同士でお互いに慰め合ったりもしました。反逆すれば、規律違反で吊し上げられてしまうので、どうしても反逆しようとは思えませんでした。仲間がいたから、辛い生活を乗り越えられたんだと思います」

そう語る林さんは、優しい笑顔に包まれていた。

また抑留生活の間、家族と連絡を取る機会が一度だけあった。何人かずつに赤十字のハガキが配られ、家族に便りを書くことが許されたのだという。妻子がいる人から順にハガキは渡された。林さんに配られたのは、抑留生活から約二年が経った頃だったそうだ。

「『元気でいる』という旨をハガキに書き、家族宛てに送りました。そして、そのハガキはちゃんと家に届いたそうです。両親も、当時はずっと息子の行方を捜していて、あまりに手がかりがないので、占いを頼るほどだったそうです。しかし、そのハガキで私が生きているということがやっとわかったのだと言っていました。今はなくなってしまったのですが、母親は、唯一の手がかりだったそのハガキをとても大事にしていました。私が帰国した後も、ハガキがしわしわになるまで持っていましたよ」

安否がわからないまま息子の帰りを待つ日々は、どれほど苦しかったことだろうか。ハガキを大事に持っていた林さんのお母さんのお話で、それが痛いほどに伝わってきた。

帰国できないもどかしさ

「九月、一〇月頃に日本への帰国が二回ほど行われたらしい」。抑留されてから二年後の昭和二二（一九四七）年、収容所ではそのような噂が流れた。山中の長期労働から収容所に戻ってきた時、林さんはちょうどその話を聞いたそうだ。そのうち「日本新聞」にも、帰国が始まったという記事が掲載された。そしてその年の一一月、第三回の帰国が行われた。

「『自分の身の回りのものを持って、営門の前に整列せよ』とソ連兵から命令を受け、並ばされました。そして、順に名前を呼ばれて営門の外に出て行きました。そして、『以上。名前を呼ばれた者だけが帰国できる。残りは来年の春まで待て』と言われました。私の名前は、その時呼ばれることはありませんでした。呼ばれる人数は、その時によってまちまちでしたが、次第に名前を呼ばれる人数の割合は増えていきました。山の作業場から呼び出され、名前を呼ばれず、そのまま山に戻される者もおりました」

『日本新聞』に「優秀者」として名前が掲載されたことのある者たちが、早く帰国できている。林さんは、そう感じたそうだ。

「そういう人たちは、日本に共産思想を広める役割を担っていたため、優先されたのかもしれません。私は理不尽さを感じてはいました。しかし愚痴が出るよりも、とにかく今を考えて、『生きて日本に帰ろう』と思っていました。『何とかして帰りたい、必ず日本に帰る』という思いだけが、辛い状況の中での唯一の希望でした。そしてその希望が、私の唯一の支えだったのです」

ついに帰国へ

そして四回目、昭和二三（一九四八）年にようやく林さんの名前が呼ばれ、ついに帰国できることになった。

「日本に向かう港に着くまでのことは、あまり覚えていません。記憶があるのは、日本へ向けてナホトカという港を出発した辺りからです。『英彦丸』という日本の船に乗り込んだのですが、船長・船員も皆日本人で、これほど安堵したことはありませんでした。領海を出ると、ソ連の巡視船が次第に見えなくなっていきました。出航して二日後、やがて向こう岸に日の丸を振っている人々が見えて、心から感動した記憶がありますね。それを見た瞬間、『帰って来た！　ばんざい！　ばんざい！』と叫びました。京都の舞鶴港に帰って来たのですが、その美しい情景が目に焼き付いています。海は青く、松は緑で、『日本ってこんなに美しいのだな』と感じました。『やっと帰って来た』という何とも言えない気持ちになりました」

林さんは当時を再現するように、晴れやかな表情で、喜んだ様子の身振りをつけながら話してくれた。三年と言われれば、決して長い期間とも言えない。しかし、いつ帰れるかもわからず、肉体的にも精神的にも追い詰められる三年間は、とても長く感じたのではないだろうか。

舞鶴駅で三重県の復員担当の人に付き添われ、父親に再会したという。

戦後、家族は三重県に移り住んでいたという。横須賀海軍工廠で働いていた父親は、戦後失業し、日雇い労働で工場の後片付けや空襲を受けた町の後始末の仕事をしていた。その仕事で各地を転々とした後、横須賀から三重県に移ったのだそうだ。

そういうこともあって、帰国するとすぐに、林さんはこれからの生活など実利的なことを考えるようになったという。

「家族に再会した時は、心配をかけたと、頭を下げて謝りました。しかしその後、『働かないといけない。食べていくだけのことは自分でしないといけない』とばかり考えていました。何とかして自立しないといけないという思いで、頭がいっぱいでした」

帰国後の生活

三重県鈴鹿市の自宅に戻った林さんは大学への進学を志望した。

帰国した当時、終戦から三年が経っていて、同級生たちは皆、仕事に就いたり大学に行ったりしていたという。そして友人から、「林も大学に行ったほうがいい」と勧められたそうだ。

「先ほども言いましたが、父親には、『中学校以降は、自分で学費を出せ』と言われてきました。大学のことも、

『行ってもいいけど、お金は出さない』と言われてしまいました。それでも、父親はよく家を出してくれたと思いますね。当時、戦後の混乱で父は仕事を失い、日雇い労働をしていたのです。『仕事を手伝え』と言われるかと思いましたが、そうは言いませんでしたね。私はリュックサック一つで友達を頼って上京しました」

昭和二五（一九五〇）年四月、林さんはそのまま中央大学経済学部（旧制）に入学した。学費は、すべて自分で工面したという。

中央大学を選んだのは、私立で学費が一番安かったからだそうだ。また、国立はかなりの勉強が必要だったが、当時の中大は受験科目が作文と英語の二科目だったため、試験勉強に余裕があったという。

大学時代は世田谷に下宿し、謄写版《とうしゃばん》（ガリ版）の原版を切るアルバイトをして学費を工面したという。一枚につき八〇円の収入になり、七回の仕事で一月五六〇円の学費を賄うことができたという。

「働きながら学校に通うことは、大変ではありましたが孤独ではなかったです。当時は同じような仲間がたくさんいたので、頑張れたのだと思います」

中央大学経済学部を卒業すると、林さんはすぐに実家のある三重県に戻った。そこで、三重県の教員採用試験を受け、教員となった。それから四一年間、商業高校などで簿記や会計を教えていたそうだ。

「教員時代はシベリア抑留のことに関しては、まったく無関心でした。とにかく今の生活を続けることで精一杯で、過去のことを考える余裕などまったくありませんでした。教員生活の中で、受け持った生徒たちに話す機会もありませんでしたね。ただ、抑留当時一緒にいた仲間たちとは、文通をしていました。やっぱり同じ仲間でしたからね」

「シベリア抑留」の記憶を残したい

シベリア抑留について考えるようになったのは、平成一三（二〇〇一）年。教員を退職してからのことだったという。シベリア抑留体験者が集まり、全国強制抑留者協会の三重県支部を作ることになった。そして文通相手の仲間たちに誘われ、林さんはその会員になった。

三重県支部は、体験者・遺族合わせて三〇〇人を擁し、平均年齢は現在八六～八七歳になる。平成一三年一一月二六日、支部を設立したその日は三重県で、「シベリア抑留者慰霊祭」が行われた。それ以降は、毎年五月頃に、慰霊

抑留死没者埋葬地に墓参する様子。林さんは左から２番目（ロシア・アルタイ州バルナウル市内の病院、平成18年）。

祭が行われるようになったという。そして林さんは、三年前に支部長に就任した。シベリア抑留体験について講演する機会が増え、体験談を集めた書籍なども出版した。

林さんにとって、活動の中で困難なことは何なのだろうか。

「関心を持ってくれないということが、伝えるうえで一番難しいと感じます。最近になってやっと、シベリア抑留についてドラマなどで掘り起こされるようになったと思います。新聞で取り上げられる機会も増えました。しかし、体験者や遺族の数は、年々減っています。このままでは、慰霊祭も毎年行えなくなるかもしれません」

シベリア抑留に関しては、最近ではドラマ「不毛地帯」などを始め、メディアで数多く取り上げられてきた印象がある。しかしそれでも、記憶の風化が進んでいることが、何よりも深刻なことだろうと思う。

問題は記憶の風化だけではない。ロシアに眠る抑留者の遺骨収集作業も深刻な状況だという。

「異国で眠る仲間を祖国日本に連れ戻してやりたい」と林さんは言う。

「『日本に帰りたい』と強く願いながら、彼らは涙を飲んで死んでいきました。私たちは、幸いにも生き延びて帰って来てしまった。彼らに対して、『あの人たちを残して帰って来てしまった』という申し訳ないというような思いがあるのです。ただそれだけの思いで、私は活動しています。せめてもの償いとして、遺骨収集や墓参を行いたいのです」

林さんは平成一八年と一九年の二度、シベリア抑留で亡くなられた方の墓参をした。

「旅費はとても高額でしたが、それでも自力で行きました。お墓の様子は様々でした。立派なお墓と碑が建てられ、守られるように作られている所もあれば、ここに遺体が埋まっているという印が立てられているだけの所もあります。草原の真ん中にお墓がある所は、年月が経ち、今ではどこだかわからなくなってしまっている所もありました。また、ロシア人が射撃の目標にしてしまい、お墓や碑に弾痕が残っているものもありました。遺体も、地面が固くなって掘り起こせなかったり、雪解けの時に流れてしまったり、収拾は非常に難航しています。中には、住宅街として開発する時、骨ごと地面をならしてしまったり、動物に掘られてしまったりしているケースもあります」

遺骨収集を続けていきたい気持ちは強かったが、年齢と体調を理由に、それ以降の墓参は諦めることになったそうだ。

「遺骨・遺品収拾は、今後も続けていってほしいです」

林さんは、悲痛な表情で、そう語った。

「シベリア抑留」は「一つの人生経験」だった

「林さんにとって、『シベリア抑留』とは何だったのでしょうか」。私は最後にこんな質問をぶつけてみた。

しかしこの質問をした直後、私は後悔した。「悲惨な体験だとわかりきっているのに、私は何てことを聞いてしまったのだろう」と思ったのだ。

ところが、林さんからは意外な答えが返ってきた。

「語弊が生じる言い方かもしれませんが、シベリア抑留は貴重な経験でした」

思わぬ答えに私は戸惑い、言葉を失った。しかし、林さんは優しい笑顔で、その理由を話してくれた。

「八五歳六カ月。私が生きてきた人生の年月です。そのうち三年は、抑留生活です。この三年が、人生にとってプラスだったのかマイナスだったのかは今でもわかりません。有益な青春の時間を、灰色の三年間で無駄にしてしまったと思う人ももちろんいることでしょう。もちろん、マイナスなこともありました。労働の辛さ、捕虜の人々やソ連の人々の様々な態度……。いろんなことを見たり、経験したりしました。マイナスと言われればそうかもしれない。しかし、私はそうは思いません。むしろ人生経験として見れば、かけがえのない貴重なものだったとも思うのです。収容所で、いろんな経験やいろんな出会いもありましたから。確かにもし抑留されていなければ、もっといい生活で、もっといい経験ができたのかもしれない。しかし、それは比較できないことなのです。なぜなら、これが私の人生だったからです。人生経験は、比較するものではありません。否定的な考えをする人もいますが、それはその人の考えであって仕方がないことです。それでも、私はそうは考えない。『シベリア抑留』は、私にとって一つの貴重な人生経験です」

抑留という言葉を聞くと、とても辛いことを体験したのだなと、誰もが感じるはずだ。林さんに取材をお願いした時、私もそういう思いを抱いていた。しかし、そうではなかった。

「これが、私の人生なのだから」。どれほど辛い出来事や悲しい出来事も、林さんはこうして受け入れ、前向きに乗り越えてきたのだろう。その人の人生は、誰も代わることができない。辛いことも楽しいことも含めて、「生きる」ということはかけがえのないものだ。そんな林さんの思いが、私にはしみじみと伝わってきた。

私は最初、戦争体験の話を聞くためだけに、林さんに会いに行った。しかし、私が林さんから学んだのは、戦争体験だけでなく、「人生の生き方」だった。「どんなことも、貴重な人生経験だ」。このことを知ることができて、私は嬉しかった。

エピローグ

取材の最後に、私は聞いた。

「私たち後輩に、何か伝えるとすれば、どんなことがありますか?」

林さんは、少し考えてからこう答えてくれた。

「『戦争は悲惨だから、二度としてはならない。平和は大切なものだ』。それはずっと言われてきていることで、もちろんその通りです。しかし、今一番若い人に欠けているのは、『どうすれば平和を保つことができるのか、戦争を防ぐことができるのか』という視点だと思います。そういった話が、若者からあんまり上がってこない。それが、今までの経験を通じてとても残念に思うことです。『戦争はいけない、平和は大切』という気持ちだけでは、平和を保つことはできないのです。私たち日本人は、負けを知ったからこそ、戦争は繰り返してはならないという考えが強い。しかし、国と国との関係は、もっと冷酷なものだと思います。感情論ではなく、冷静に考える視点も必要なのです」

これは、戦争の時代を生き抜いた林さんから、私たち若者への問題提起だと感じた。平和を維持するために何ができるのだろう。戦争体験者の話を聞いておきながら、なかなか思い浮かばない自分に無力さを覚えた。複雑な気持ちを抱えたまま、私は林さんとの取材を終えた。

林さんに車で駅まで送って頂いた。その車中でも、林さんはいろいろな話をしてくれた。

「友達や家族など、人間関係を大切にしてくださいね。シベリアでへこたれず帰って来ることができたのも、『生きて帰ろう』と、仲間と信頼し合ったからこそです」

林さんは、まるで孫にでも教えるかのように、繰り返しアドバイスしてくれた。

「会いに来てくれて、ありがとう」

駅に到着し、林さんが差し出した手を、私は握りしめた。その手は、とても温かかった。別れを惜しみながら、私は名古屋へと向かう電車に乗り込んだ。

遠のいていく鈴鹿の町を見つめ、私は考えた。「戦争をしてはいけない」という思いだけでは、平和を守れない。林さんのその言葉が、胸に残った。今、日本は近隣諸国を始め、いろいろな国と多様な問題を抱えている。私たちの選択によっては、過ちを繰り返しかねない。これは、私たちが真剣に向き合わなければならない課題だ。林さんからのメッセージを、次の世代を生きる人間として、受け取り考えていく義務がある。私は、強くそう感じた。

平和な社会を保つためには、どうしたらいいのか。答えは、やはり見つからなかった。しかし、今の私にできることは、林さんから受け継いだ「戦争の記憶」を後世に残していくことが何よりも大切なのではないか、と私なりの結論に達した。およそ六〇万もの人々が体験した「シベリア抑留」の事実は、絶対に風化させてはならない。

戦争体験者の数は、年々減っている。その流れに、誰も抗うことはできない。しかし、一つ一つの証言を形にすることで、それは未来に残っていくのではないだろうか。

林さんは取材中、繰り返しこう話していた。

「私の話は、六〇万分の一に過ぎません」

六〇万分の一という数字は、果たして小さいのだろうか。私は決してそうは思わない。一人の証言を聞いて、私はこんなにも「戦争は繰り返してはならない」と思えたのだから。

夕暮れの日差しが田畑に反射し、きらきらと光っていた。林さんと握手した時のあの手の温もりを、私は一生、忘れないと思う。

注

(1) 士官候補生のこと。昭和一二（一九三七）年以降、陸軍予科士官学校を卒業した者が士官候補生とされた。予科士官学校を卒業すると、陸軍士官学校あるいは陸軍航空士官学校（昭和一二年開校）に進学し、本科教育を受けた。一方甲種学生は、航空兵科大尉などを対象にし、空中における戦術などを学んでいた。

(2) 敵の地域の地形や状況などを情報収集するために使われた軍用機のこと。林さんが乗っていたのは、一〇〇式司令部偵察機。

軍楽兵が見た戦争

――山本五十六、戦艦大和、ミッドウェー海戦、そして戦艦武蔵――

取材・執筆者（つなぎ手）
石田洋也
▼中央大学総合政策学部二年

×

戦争体験者（証言者）
矢野　務
▼取材時、九〇歳

証言者の経歴

大正一一（一九二二）年四月…宮崎県西都市の農家に生まれる。

昭和一二（一九三七）年三月…妻尋常高等小学校卒業。四月…佐世保にある海軍工廠の会計課に赴任。

昭和一五年六月…横須賀海兵団に入団。

昭和一七年五月…戦艦大和の乗組員に配属。六月…ミッドウェー海戦に軍楽兵として参加。電話・暗号取り次ぎを担当し、大敗北に向かう様子を時々刻々と知る。

昭和一八年二月…戦艦武蔵の乗組員に配属。四月…連合艦隊司令長官山本五十六の死に遭遇。五月…横須賀海兵団で軍楽兵の任務を務める。

昭和二二年四月…宮崎交通に入社。

昭和二五年四月…宮崎県警音楽隊に入り、定年まで勤める。

取材日

平成二四（二〇一二）年九月一九日

プロローグ

平成二四（二〇一二）年六月上旬、私は取材対象者を探すためにパソコンに向き合っていた。YOMIURI ONLINE（読売新聞のウェブサイト）の宮崎版に掲載された一枚の写真が、私の目に留まった。クラリネットを持ち、自身の戦争体験を語る男性。矢野務さんである。矢野さんは太平洋戦争当時、軍楽兵だった。軍楽兵とは、音楽演奏によって将兵の士気を鼓舞し、要人の歓迎セレモニーで音楽演奏を行う兵士のことである。

記事によれば、矢野さんは軍楽兵としてクラリネットを担当していたことがわかった。私は高校時代に吹奏楽部に所属していた。「音楽」という共通点から、私は矢野さんに親近感を覚えた。だが、戦争の時代を生きた矢野さんと、平和な時代を生きる私は、お互いに「音楽」の捉え方が違うのではないだろうか。その思いから、どうしても矢野さんにお話を伺いたかった。

六月中旬、私は矢野さんに取材をさせて頂きたい旨を伝える手紙を書いた。期待と不安という両方の気持ちが入り混じっていた。それから一週間ほど経った頃、私の携帯電話が鳴った。「もしもし、矢野です」と一言。この言葉を聞いた瞬間、私の身体中が熱くなるのを感じた。こんなに早く電話でお返事を頂けると思っていなかった私は、緊張と興奮でうまくしゃべることができなかった。しかし、私の緊張とは裏腹に、矢野さんの口調は穏やかではっきりとしていた。「戦争を生きた先輩たち」プロジェクトの概要と、取材をさせて頂きたい旨を伝えると、矢野さんは快諾してくださった。私は少し落ち着き、スケジュール帳に「九月一九日矢野さん取材」と書き込んだ。私はスケジュール帳を眺めながら、責任感がふつふつと湧いてくるのを感じた。

一通り取材日程に関する会話が終わると、私は思いきって言ってみた。「私は高校時代に吹奏楽部に所属していてアルトサックスを吹いていたんです」。短い沈黙の後、「私も戦後はサックスを吹いていましたよ」という言葉が返ってきた。私は矢野さんがクラリネットだけを吹いていたと思っていたので、意外に思った。それでも、意外な共通点に矢野さんへの親近感は増した。お礼を述べて受話器を置いた時には、私の緊張は期待と興奮に変わっていた。

取材のため宮崎に向かう

その年の九月はじっとりと暑い日が続いたが、取材日の一九日は曇り空だった。早朝から矢野さんへの質問事項を確認しながら、私は羽田空港の出発ロビーに立っていた。矢野さんは現在、宮崎市にお住まいであり、取材をするためには飛行機を使わなければならなかった。「取材は一回勝負」。そう自分に言い聞かせ、出発ゲートをくぐった。

飛行機の座席に着くと、「自分にとって音楽とは何か」について考えてみた。

私は音楽そのものが好きというよりも、仲間とセッションし、音楽について語り合うことのほうが好きだ。音楽を通して多くの友達ができたし、高校時代は音楽にどっぷりはまった。演奏に関しても、演奏技術を上げるよりも皆で盛り上がる演奏会になる方法を考えていた。私にとって音楽は人との交流を円滑にするものだったように思う。

これからお話を伺う矢野さんにも、「矢野さんの音楽」があるのではないだろうか。そう思いながら、私は窓の外に広がる雲海を眺めていた。

飛行機に乗ること一時間半、私は宮崎空港に降り立った。気温はほとんど東京と変わらないが、風がカラッとしていて過ごしやすかった。南国の植物も植えられていて、この時ばかりは旅行にでも来た気分だった。さっそく、JR宮崎空港駅から電車に乗り矢野さんのご自宅がある西都市へ向かった。一面に広がる田んぼの景色。遠くには沿道に沿ってパームツリーが植えられていた。

宮崎市内を走るバイパス。パームツリーが夏風になびいていた。

矢野さんのお宅に到着し、玄関のチャイムを鳴らすと、中から「どうぞ」という声が聞こえてきた。引き戸を開けて中に入った。矢野さんは「遠いところからよく来てくださいましたね」と温かく迎えてくださった。電話の時と同じ声で、穏やかで笑顔が印象的だった。通された部屋の中には、今回の取材のために用意してくださった資料がいくつか置いてあった。矢野さんは、その資料を示しながら、こう切り出した。

「どんなことを聞かれるのかと緊張しています。質問にすべてお答えできるかわかりませんが、わかる範囲でお答えしますよ」

私は、改めて自己紹介をして、さっそく矢野さんのお話を伺うことにした。

練習生になるまで

大正一一（一九二二）年、矢野務さんは宮崎県西都市で七人兄弟の四番目として生まれた。実家は米づくりの農家を営んでいた。幼少の頃は午前中に妻《つま》尋常高等小学校に通い、学校から帰ってきてからは家族の手伝いをする生活を送っていた。当時の高等小学校の教育は、現在の中学校くらいに当たる。

「国語や数学を習っていて、教科によって教える先生が違いました。ちゃんと教科書を使って授業を行っていましたよ。ただ、歴史の授業で『戦争はすばらしい』、みたいな教育はありました。先生からそういうことを教わると、私たちも戦争ってすごいんだなと思ったんです」

当たり前のように戦争意識を駆り立てる教育。その教育に疑問を抱いた生徒はいなかったという。

「学校から帰ってからは、家族の手伝いの合間を縫ってギターを弾いていました」

矢野さんは、海兵団に入団する前から音楽が好きだった。もともと矢野さんのお兄さんがギターを持っていて、暇さえあればギターを弾いていたそうだ。午前中に学校に通い、帰宅してからは家事を手伝い、音楽に没頭する。矢野さんの高等小学校時代は、現在の中学生とほとんど変わらない生活だったようだ。

矢野さんは高等小学校を卒業してからすぐに、海軍工廠（海軍で使用する武器や道具を作る施設）の見習い工の試験を受けた。見習い工は三年の訓練の後、海軍工廠の職員になる。倍率は三〇人に一人という超難関試験だったそうだ。

「兄に連れられて鹿児島県に見習い工の試験を受けに行きました。もしかしたら受かるかもしれないという気持ちでしたが、結果は駄目でした」

その後、矢野さんは長崎県佐世保市に住むいとこを頼って、何とか同市の海軍工廠の会計課に勤務することになった。

佐世保は軍港の町で、そこで初めて矢野さんは軍楽兵に出会った。矢野さんはすぐに、彼らに特別な印象を持った。

「軍楽兵は特殊な服を着ていました。七つボタンで裾の丈が短いんです。普通の水兵とは違いましたね。軍楽兵の特徴は階級に関係なく、同じ軍楽兵の服装なんです。一目でエリートとわかりましたね。大事な式典や天皇への謁見がある時は、必ず軍楽兵も同行して、演奏をしていたんです。町中でもパレードを行っていました。その姿を見て、自然と格好いいなあと思いました」

楽器ができる人は格好いいと言われるのは、いつの時代も変わらないのかもしれない。まして、当時はまだ楽器が今ほど普及していなかった時代なので、軍楽兵はみんなの憧れの対象だったに違いない。

矢野さんが佐世保市で勤務していた頃に、日中戦争（昭和一二（一九三七）～二〇年）が始まった。近いうちに戦争に駆り出されると感じた矢野さんは、軍隊を志願することを考えていた。

そして、昭和一五年三月、矢野さんはやはり憧れの軍楽兵を志願した。軍楽兵になるためには、筆記試験と二次試験の二種類に合格しなければならない。筆記試験の試験科目は数学、国語と船乗りに必要な最低限の知識の問題。この試験は軍楽兵に限らず志願兵ならば全員受験しなければならず、九〇点以上を取らなければ二次試験に進めないという仕組みになっていた。

「二次試験は音を聞き分けるテストでした。試験官がリコーダーで吹いた四つの音を五線譜に書いていくんです。私は高等小学校の時から音楽をしていましたし、以前に海軍の見習い工の試験を受けていたから筆記の勉強はしっかりと行っていました」

矢野さんは、無事に難関の軍楽兵の試験に合格。そして、神奈川県横須賀市にある横須賀海兵団に入団することになった。横須賀海兵団で練習生として一年半の教育期間を経た後、正式な軍楽兵になる。試験に合格した時は、矢野さんはまだ一八歳であった。一人で佐世保市から横須賀市まで行く気持ちは、どのようなものだったのだろうか。

「九州や四国で試験を受けた人は普通、佐世保海兵団に入団するんです。でも軍楽兵だけは横須賀に集められました。その時は横須賀までものすごく時間がかかりましたね。飛行機なんてない時代ですから、鈍行列車に乗って三〇時間くらいです。だから佐世保に行く人たちよりも一日早く出発するんです。出発する時は、私一人が横須賀に行くわけですから、とても心細かったです」

練習生としての活動

昭和一五（一九四〇）年六月、矢野さんは横須賀海兵団に入団した。しかし、横須賀での音楽教育は非常に厳しいものだった。朝八時半から授業が始まり、午前中は英語やドイツ語、音楽理論の勉強、午後は楽器の練習を行う。残りの時間は自主練習を行って、時折先生に演奏の出来栄えを見てもらう。音を一つでも間違えたら指揮棒で思いっきり叩かれ、できるまで練習させられる生活を繰り返していたそうだ。矢野さんがクラリネットと出会ったのも横須賀海兵団の練習生の時だった。

「楽器の振り分けは先生が行うので、どの楽器を担当することになるか、まったくわかりませんでした。はじめからクラリネットをやりたかったわけではないんです。ホルンが格好いいなと思ったけれど、今となってはクラリネットで本当に良かったと思っています」

自分の続けてきた楽器にだんだん愛着が湧いてくるのは、私にもよくわかる。楽器に名前を付けるくらい愛着を持っている人もいる。残念ながら矢野さんも私も楽器に名前は付けていなかったものの、また一つ共通点が増えたようで、嬉しい気持ちになった。

私は一つ疑問に思ったことがあった。吹奏楽器は値段が高いが、矢野さんはどのようにして楽器を手に入れたのだろうか。

「楽器は横須賀海兵団から支給されます。軍楽兵として活動している間は自分のものとして使っていいんです。戦争が終わったら海軍に返さなければいけないのですが、私はもらって帰ってきてしまいました」

以後七二年間、矢野さんは同じクラリネットを使い続けている。そのクラリネットは程度も良く、現役だ。

矢野さんが愛用したクラリネット。当時は木箱に入っていた。

横須賀海兵団の練習生の間で一番厳しい訓練は何だったのかを伺うと、矢野さんから思いもよらない答えが返ってきた。

「カッター（ボート）漕ぎです。軍楽兵といえども戦争に備えて訓練もしていました。これは軍楽兵に限らず海兵団全員が練習しなくてはいけないことなのです。それで、毎年各隊でレースがありました。機関兵とか、水兵、主計兵とか一一の分隊がありました。軍楽兵も参加をしないといけないのです」

私はこの時に、肝心なことをふっと思い出した。横須賀海兵団での練習は、そもそも、戦争に行くための準備であるということを。微笑みながら語る矢野さんの表情から、私は完全に「戦争」の存在を忘れていた。

矢野さんが日米開戦の知らせを聞いたのは、横須賀海兵団にまだ所属している時だった。矢野さんは開戦の知らせを聞いても、特に動揺することはなかったという。

戦艦大和に乗船

横須賀海兵団での一年半の教育を終えた後、本格的に軍楽兵としての任務が始まる。軍楽兵は鎮守府（明治期以降の海軍軍政上の機関）がある横須賀、佐世保、舞鶴、呉に派遣されるか、連合艦隊や南遣艦隊（東南アジアの防衛のために編制された艦隊）、ミクロネシアのトラック諸島の本拠地に派遣されることが一般的だった。

昭和一六（一九四一）年一二月、矢野さんは横須賀海兵団での練習生の課程を終え、横須賀海兵団で一般職員として働き、一九四二年五月に連合艦隊の戦艦大和に軍楽兵として派遣された。戦艦大和は当時日本最大の戦艦で世界最強と謳《うた》われていた。

「大和に配属されることは乗船する三日前くらいに知らされました。あまりに突然だったので家族にも連絡を取ることができませんでした。戦艦大和への乗船の準備をしたり、山口県へ向かう列車の手配をしたりして忙しかったのです。当時、戦艦大和は柱島（山口県岩国市）というところが停泊地でした。実際に戦艦大和を見ると巨大な一枚岩みたいな感じでした。『憧れの大和に乗れるんだ』という気持ちで嬉しくなりましたね。何て言ったって、日本一の船ですから」

戦艦大和に配属されるとすぐに軍楽兵の仕事が始まった。戦艦大和に乗ると、矢野さんたち新兵が一番若かったので、炊事から掃除から洗濯からすべて率先してやらなければいけなかったそうだ。戦艦大和での軍楽兵の一日は目覚まし時計代わりのラッパとともに始まる。まだ日が昇る前に起床し、掃除と朝食作りを始め、それが終わると昼食時に演奏するための練習が行われる。昼食時には、司令部幹部の前で三〇分程度の演奏会を行った。司令部幹部の中には、連合艦隊司令長官山本五十六の姿もあった。山本五十六を見た矢野さんはこう語る。

「山本長官は、やはり威厳がありましたよ。私たちにとって夢のような人でしたから。見た目は普通の親父さんでした。私は長官と直接お話ししたことはないのですが、私たち軍楽兵に対して、『もっと違う音楽をやれ』とか『もっと柔らかい音楽をやれ』と指示していました。山本長官は、クラシック音楽にあまり興味がなかったようです」

昼休みの小演奏会はマーチに始まり、マーチで終わる。

途中、バッハやシューベルトなどのクラシック音楽や民謡・流行歌も演奏した。しかし、太平洋戦争が始まるとアメリカの曲は一度も演奏しなかった。

「私は『アルルの女』やクラリネットの独奏曲とかが好きでした。独奏曲の時は、クラリネットが第一楽章と第二楽章のつなぎ目に一人で演奏するのです。まして、山本長官の前で演奏する時はとても緊張しました。だから独奏の部分は、自分で楽譜を書いて自主練習をしておく必要がありました」

昼休みの演奏が終わると、午後の活動はひたすら自主練習や楽譜の書き起こしを行った。独奏は音楽に関わっている者なら一度はやってみたいと思うだろう。しかし、一人で演奏するので、上手か下手かがすぐにわかってしまう。独奏するためには、相当量の練習をこなす必要がある。私も何度か独奏を経験したことがあるが、大勢の人を前に演奏するのはとても緊張する。そして、緊張すると自分が思っていたような演奏ができない時がしばしばある。私は矢野さんの「山本長官の前で演奏するのはとても緊張しました」の言葉に共感できた。

戦艦大和において軍楽兵の人数は三〇人程度と、他の部署の兵士に比べると最も少ない。それ故に、他の兵士と比べて団結力が強かったという。また、軍楽兵の中でも年の差は大きく、一二年もの間、軍楽兵として携わってきた者もいた。矢野さんが戦艦大和に乗船した時の同年兵はたった四人しかいなかった。先輩がほとんどで、下っ端として何でも率先して働くのは当たり前で、時々失敗すると先輩方から文句を言われる。その時に四人の絆はさらに深まっていったという。

戦艦大和において軍楽兵は音楽演奏のほかに、司令部において暗号の受理・取り次ぎを行う任務も行っていた。何年も戦艦で経験を積んだ軍楽兵が作戦室で暗号を受理・解読し、若い軍楽兵がその暗号文を取り次いで司令室に渡す任務である。矢野さんはまだ、戦艦大和に乗船して一年足らずだったので暗号文を取り次ぐ役割を担った。矢野さんは暗号文の取り次ぎのほかに、電話室において、主に鎮守府からかかってくる電話の取り次ぎにも携わっていた。当時の任務を矢野さんはこう振り返る。

「電話室は作戦参謀のいる司令室の奥にありました。電話がかかってきた時や暗号文の取り次ぎの時は司令室に出入りできましたが、要人でも簡単に出入りができない部屋でした。このため任務の重要性を感じていました。また、司令室には高性能の望遠鏡が備え付けられており、作戦参謀がいない時は、瀬戸内海の小さな島々を見るのが楽しみでした。小舟や島で草刈りをしている人を見たのが懐かしいです」

その時、矢野さんが望遠鏡を通して見た情景は、まだ米軍の本土攻撃を受けていない平穏な日本の風景だった。

ミッドウェー海戦

昭和一七（一九四二）年五月二七日、連合艦隊はミッドウェー基地攻略のために柱島を出港した。

この出撃に際して、軍楽兵は甲板で出航演奏を行った。矢野さんにとっては、初めての出撃が、ミッドウェー海戦だった。

「軍楽兵が演奏した軍艦マーチは艦全体に響き渡り、『ついに戦争に行くんだな』と身の引き締まる思いでした。ただ、家族は私がミッドウェー海戦に出撃したことは知りません。戦艦大和に乗船してからは、ほとんど海上で過ごすことが多かったので、家族ともなかなか連絡を取ることができませんでした。だから、出撃前に家族にもう一度会いたいと思いました」

私は何も言葉が出なかった。当時の矢野さんの年齢と今の私の年齢はほとんど変わらない。家族に会えないまま自分だけが先に死んでしまうかもしれない。そんな状況に私は耐えられるだろうか。そんなことを考えていると、矢野さんは私の心情を読んだかのように、こう付け加えた。

「家族に会えないからといって悲壮な気持ちにはなりませんでした。私も男なら戦争に行って国のために尽くすのが当たり前だと思っていましたから」

私は矢野さんの言葉をじっと聞き入ることで精一杯だった。

同年六月五日早朝、戦艦大和は太平洋のど真ん中にいた。戦艦大和は旗艦（艦隊の指揮を執る軍艦）ということもあり、戦場から三〇〇海里後方に待機していた。作戦室では連合艦隊司令長官山本五十六を始め、参謀が一堂に会しており、矢野さんも電話当番、電報取り次ぎとして作戦室にいた。

ミッドウェー海戦の戦闘海域では、航空母艦赤城を旗艦にして航空母艦加賀・蒼龍・飛龍が米軍のミッドウェー基地を襲撃した。作戦室では終始和やかな雰囲気で勝利の報告を待っていた。しかし、戦艦大和に送られてきた電報は、「ミッドウェー基地に米軍戦闘機あらず」。

この電報で作戦室の雰囲気は一変した。日本の襲撃作戦はすでにミッドウェー海戦が始まる前にアメリカに知られ

自身の戦争体験を語る矢野さん。

ていたのだ。続けて戦艦大和にもう一通の電報が入って来た。「日本の索敵機が敵航空母艦を発見」。

作戦室ではあわてふためいた様子で航空母艦四隻に指示を出していった。戦艦大和は戦場から三〇〇海里も離れている海域で指揮を執っているので、実際に戦況を見て確認することはできない。しかし、作戦室と戦場をつなぐ電報の取り次ぎを行っていた矢野さんは、刻一刻と変化する戦況が手に取るようにわかったという。

「ミッドウェー作戦という作戦で、四隻の航空母艦から第一航空部隊を発進させて米軍の基地を攻めました。しかし敵の飛行機は基地にいませんでした。日本軍の作戦がすべて相手に筒抜けだったのでしょうね。空振りのまま第一航空部隊は航空母艦に帰還しました。敵空母を沈めるには爆弾ではなく魚雷を使わなければなりませんでした。航空母艦の甲板で第二航空部隊に爆弾から魚雷を装填し直している時を米軍戦闘機に狙われました。甲板上の爆弾が一つ爆発すると数珠つなぎに次々に誘爆が起きてしまいます。あっという間に航空母艦は火に包まれたそうです」

航空母艦加賀、蒼龍は撃沈。飛龍も大破炎上し総員退艦命令が出ていた（後に雷撃処分）。そして、機動部隊の旗艦『赤城』も大破炎上した。

作戦室では作戦参謀が声を荒らげて「どうして赤城は電報も打てないのか！」と叫んだ。その時すでに航空母艦赤城は航行不能の状態で、甲板が火に包まれて、ただ漂流しているしかなかった。「赤城航行不能」の電報が戦艦大和に入ると、連合艦隊司令長官山本五十六は「私が陛下と乗組員にお詫びをする」と言って航空母艦赤城を雷撃処分する命令を下すとともに、ミッドウェー海戦中止を決めた。

こうして日本は航空母艦四隻を失うとともに、この海戦は太平洋戦争で初めての黒星となった。矢野さんはミッドウェー海戦を振り返ってこう語る。

「ミッドウェー海戦の間は軍楽兵の演奏は一度もありませんでした。もしかしたら、出航演奏が最後の演奏会になっていたかもしれません。戦争だから沈む覚悟で戦艦に乗っていましたが、航空母艦赤城の沈没を聞いた時は驚きました。戦争だから負ければ死ぬことはわかっています。それでも、赤城に乗船していた数多くの命が亡くなったことは無念でした」

ミッドウェー海戦敗北後、戦艦大和はトラック諸島に向かった。トラック諸島へ向かう途中、艦内にいた兵士たちが作戦参謀室に集められた。

「これは戦記に書かないから絶対に口外してはいけない」

負け戦を発表すれば国民の海軍に対する信用が下がることを恐れての発言だったという。矢野さんはそれ以後、終戦を迎えるまでミッドウェー海戦の一部始終を誰にも話すことはなかった。

私はマスメディアが国民に対して、ミッドウェー海戦をどのように報道したのか気になり過去の新聞を調べた。すると、昭和一七年六月一一日付の朝日新聞にはこんな見出しが躍っていた。

米空母二隻（エンタープライズ・ホーネット）撃沈

わが二空母、一巡艦に損害

大本営（戦時の陸海軍の最高統帥機関）はメディアを使って嘘の報道を流した。後に、この新聞記事を知った矢野さんは、「マスメディアである新聞まで大本営の発表のまま報道をするとは、もう誰も信用できなくなりますね」と話した。戦争賛美の教育に続き、大本営による世論操作で、日本国民は真実を知らされないまま、終戦まで泥沼の戦いを強いられることになる。

戦艦武蔵に乗船

昭和一八（一九四三）年二月、連合艦隊司令部は戦艦大和から戦艦武蔵に旗艦を移し、軍楽兵も異動した。戦艦武蔵は戦艦大和と船内の構造はまったく一緒である。

「軍楽兵は司令部の飾りみたいなものです。司令部の傍には必ず軍楽兵がいました。機関兵や水兵はそのまま戦艦大和に残りました」

軍楽兵の戦艦武蔵での生活は、戦艦大和とほとんど変わらなかった。

「戦艦武蔵に乗って、新しい機関兵や水兵と知り合いになれたのが嬉しかったです。朝顔を洗っている時によく他の兵隊としゃべっていました。同年兵も多くいたのですぐに仲良くなることができました。兄弟みたいに気楽でしたね。でも船の中だから遊んだりはできませんでした」

長時間、戦艦に箱詰めにされ、訓練を繰り返している矢野さんたちの息抜きは存在したのだろうか。

「戦艦大和も戦艦武蔵も男しか乗船していませんでした。男子校みたいな感じですね。女性の話とか、お酒の話とかで盛り上がっていました。特に同じ楽器をしていた人と仲が良かったです」

矢野さんはこの時二〇歳。息抜きにしゃべる会話は、今の大学生とほとんど変わらないことに少しばかり安心した。

山本五十六長官の死に遭遇

同年四月、矢野さんは戦艦武蔵で一度も戦闘を体験することなく、横須賀の地に降り立った。戦艦武蔵を降りるきっかけとなったのが山本五十六の戦死だった。四月三日、山本五十六は「い」号作戦の陣頭指揮を執るため、戦艦武蔵の停泊地のトラック諸島からラバウルを訪れていた。四月一八日、「い」号作戦を終えて兵士の慰問と激励をするために前線基地であるブーゲンビル島南端のブイン基地を訪れる計画を立てていた。しかし、米軍に「山本五十六前線基地視察」の暗号を解読され、ブイン基地の視察へ行く途中のブーゲンビル島上空で山本五十六を乗せた一式陸上攻撃機は撃墜された。戦艦武蔵の乗組員は、ブーゲンビル島内に墜落した山本五十六を乗せた飛行機と山本五十六の遺体を回収した。その後、戦艦武蔵艦内で通夜を行い、横須賀に帰還した。山本五十六の死は一カ月近く秘匿にされ、戦艦武蔵に乗っていた上官からは「山本長官が亡くなった今、軍楽兵が演奏している場合ではない。このまま横須賀で下船しろ」という命令が下った。矢野さんは当時の心境をこう振り返る。

「山本長官の戦死は信じ難い出来事で、ショックでした。戦艦武蔵での通夜の時は、艦内は非常に厳かな様子でした……」

しかし、戦艦武蔵からの下船は嬉しかったという。

「もうすでに戦況は変わっていましたから。戦争に負けるとは思っていませんでしたが、やはり日本の戦力には限界があるとは思っていました。しかも、戦艦に乗っていたらいつ沈められるかわからず、常に死の恐怖と闘っていました。横須賀は私の思い出の地でもありましたから、下船した時は、『生きて帰って来れてよかった』と生のありがたさを実感しました」

横須賀で下船した後、矢野さんは再び横須賀海兵団で軍楽兵を務めた。午前中は練習、午後は出張演奏を行う毎日を送っていた。矢野さんの所属していた横須賀海兵団は北海道から名古屋までを統括する部署であった。そのためか、出張演奏は小旅行になることもしばしばあった。演奏といっても献納式に付随してのことがほとんどだった。献納式とは神仏や国家・天皇に金品を奉る儀式のことで、当時は戦闘機を飛行場に配備する時に行われていたという。その儀式に軍楽兵も参加し、国家や軍艦マーチを演奏していた。だが、戦況が悪化するにつれて、献納式の回数は減っていった。

戦争の恐ろしさを語る矢野さん。

昭和一九（一九四四）年、戦況はさらに悪化し、同年十月に戦艦武蔵がフィリピンのシブヤン海で撃沈された。翌昭和二〇年四月には戦艦大和が沖縄に向けて水上特攻し、米軍航空機によって撃沈された。自身が乗艦していた戦艦が次々と撃沈されたことを知って、矢野さんはどう思ったのかを伺った。しかし、矢野さんが、戦艦武蔵、戦艦大和の両艦の沈没の詳細を知ったのは戦後の新聞記事だったという。

「私は真っ先に、一緒に過ごした水兵たちの顔を思い浮かべました。彼らの安否はわかりませんでしたが、何人も亡くなったことは間違いないでしょう。それでも、彼らが亡くなったことを信じたくなかったです。『何で戦争なんかしているんだろう』って、悔しくて仕方がありませんでした。私も少し長く戦艦武蔵に乗っていたら、彼らと同じ運命をたどっていたかもしれません。しかも、戦艦大和は沖縄に水上特攻を仕掛けました。あの時期の若い人は、特攻で亡くなった方が多いです。その心境を考えると、やりきれません」

そう語る矢野さんの目には、うっすらと涙が浮かんでいた。

戦艦大和が沈没してから四カ月後の八月一五日、太平洋戦争は日本の敗北をもって終結した。横須賀海兵団の上司から終戦の知らせを聞いた時、矢野さんは戦艦大和・戦艦武蔵に乗船した仲間たちの姿を思い描いていた。

「仲間と過ごした日々を思い出しました。しかし、その思い出が戦争によってすべて失われてしまいました。教育では戦争賛美、お国のために尽くせ！と言われていましたが、実際のところは、お国のために死にたいと思いませんでした。終戦になった時、これからは戦死した仲間の分まで背負って生きる義務があると思いました」

矢野さんは厳しい訓練、演奏に耐え、その中で楽しみを見つけ、時には仲間と冗談を言い合った。その楽しかった思い出が心に残っているという。しかし、その仲間たちも、多くが戦死してしまった。戦争とは、人々の命を奪うだけではなく、生き残った人の心にも、深い傷を負わせてしまうのだということを痛感した。

私は、矢野さんに、太平洋戦争中にどのような思いで音楽に関わってきたのかと質問した。すると、矢野さんは、こう答えた。

「責任だと思っていました。演奏をすることが私たちの任務なので楽しむというよりも、むしろ使命感として音楽に関わってきました」

―戦後の活動―

昭和二〇（一九四五）年八月末。矢野さんは八年ぶりに実家の宮崎県西都市に帰宅した。一人で心細かった横須賀までの行き道とは反対に、帰り道は九州に向かう人が大勢いた。西都市に着くと、そこには見慣れた景色が広がっていた。駅には戦争からの帰りを待つ人でごった返していた。家族と再会して涙する人が大勢いる中で、矢野さんは一人自宅へと向かった。自宅へ着くとまず出迎えてくれたのは母親だった。

「母の姿を見たら、思わず泣き出してしまいました。今までの緊張感が涙となって溢れ出てくる感じでした。母は私に一言、『ありがとう』と言いました」

矢野さんは入隊して以来、ほとんど家族と連絡が取れなかったために、その嬉しさはひとしおだった。

矢野さんの兄も中国戦線に駆り出されていたが、幸い家族は全員無事だった。

「家族に会えて本当に嬉しかったです。戦争に行ったらもう帰ってこられないかもしれないと思っていましたから。何より家族全員が無事だったことが嬉しかったのです」

戦後は食べ物が著しく不足し、満足に食事をとれない家庭もあったそうだが、矢野さんの実家は農家だったために食べることには困らなかった。

矢野さんは農業をするつもりで西都市に復員した。しかし、宮崎県で音楽教師だった園山民平《そのやまみんぺい》氏の誘いを受けて音楽を続けることになる。園山氏は太平洋戦争中、満州で満州国の国歌を作曲し、女学校や中学校の音楽教師を務めていた。終戦後、宮崎県で音楽の教師をしながら日本における市民オーケストラの先駆けと言われる宮崎管弦楽団を設立した人物でもある。矢野さんは戦後も音楽を続けるきっかけについて、こう語った。

「どうせ音楽を続けるなら人のためになる音楽活動をしたいと思ったんです。戦争で心に傷を負った人を音楽の力で何とか癒せないだろうかと考えるようになったんです」

昭和二二年四月、矢野さんはブラスバンドを結成するために宮崎交通に入社した。この時にクラリネットに替えてサックスで演奏し始めた。仕事をする傍ら、精力的に音楽活動を続けた。軍楽兵の音楽の枠にとらわれない、新しい手法の音楽を開拓していった。クラシックやマーチではなく、当時の流行歌や歌謡曲を積極的に演奏した。楽器隊のメンバーに歌手を加えての演奏活動も行っていた。三年ほど宮崎交通で働いた後、宮崎県警音楽隊で定年まで務めた。宮崎県警音楽隊は、大阪府警音楽隊に次いで戦後全国で二番目に発足した音楽隊である。矢野さんは当時の慰問演奏活動をこう振り返る。

戦後、矢野さんが使っていたテナーサックス。

「この時代は音楽を求める人がとても多い時代でした。軍楽兵での活動を含めて、終戦まで西洋音楽は日本人にとってあまり馴染みのない音楽でした。しかしアメリカからジャズ音楽やポップな音楽が入ってくると、たちまち日本で音楽ブームとなりました。終戦後の虚無感も影響していたのでしょう。音楽を聞くと元気になってくれる人が多くいました。私たちの音楽を聴いてくれる人から『良かったよ』とか『頑張る力が出てきた』という言葉をかけてもらうのが一番の喜びでした」

矢野さんは戦時中と戦後では音楽に対する考え方が変わったという。「軍隊で演奏している時は責任感と使命感で演奏をしていました。しかし、戦後の活動では責任感はなく、演奏が楽しいと思えるようになりました。また、演奏する曲がガラリと変わったのも理由の一つです」

音楽は「音」を「楽しむ」と書く。矢野さんの「音楽を

楽水会の会員名簿。毎年発行されている。

楽しいと思える」気持ちが音に乗って、戦争で傷を負った人の心に届いたのだろう。

海軍軍楽兵には「楽水会」という親睦団体がある。矢野さんは「楽水会」を通して、軍楽兵時代に仲が良かった方と今でも交流を持っている。交流会で再び出会った仲間と、毎年博多で行われている陸海軍の軍楽兵が一堂に会する演奏会にも参加していた。大規模な演奏会なので、会場は溢れかえるくらいの満員だったそうだ。当時の演奏会について、矢野さんはこう語る。

「宮崎県警音楽隊と元軍楽兵の演奏会とでは、演奏会に対する思いがそれぞれ違います。博多では博多の曲を多く取り入れる工夫を行っていました。もちろん元軍楽兵の仲間と再び演奏できることは嬉しかったです。お客さんにも好評だったというお言葉を頂きました」

しかし、この軍楽兵の合同演奏会は現在行われていない。高齢化によって奏者が集まらなくなってしまったのだ。矢野さん自身、平成二三（二〇一一）年に肺炎を患い、長時間の演奏ができなくなってしまった。高齢化で多くの元軍楽兵が亡くなられていることに対しても、思うところがあるようだ。

「現在、九州で健在な軍楽兵は、私ともう一人だけです。兄弟のようにしていた仲間が皆亡くなってしまうのは本当に寂しいことです。もう一度皆で演奏をしたいと思っています。それと同時に、戦争や軍楽兵を知る人も少なくなってきてしまっています。戦艦大和や戦艦武蔵ではどんな活動をしていたのか、軍楽兵は音楽活動だけやっていたのではないことを知ってほしいですね」

さらに矢野さんはこう続けた。

「私は運良く戦争を生き残りました。軍楽兵だから助かったと言われたこともあったけれど、艦隊ごと海に沈んだ軍楽兵もいました。『戦争はしてはいけない』というのが、命を懸けて学んだ結論です」

今を生きる若者へ

戦争を生きた先輩の目には、平和な時代を生きる後輩たちの姿は、どのように映っているのだろうか。

「今の若い人たちは自由に生きていると思います。自分の意のままに生きているという感じですね。もちろんそれはいいことなのですが、もう少し他の人を気にかけながら生活してみてもいいのではないのでしょうか」

さらに矢野さんは、こう付け加えた。

「今の若者は自由に生きすぎて、自己主張しないようにも思えます。もっと何かに食らいついて、それに真剣に取り組む姿勢が大切だと思います」

戦艦大和や戦艦武蔵に乗船し、戦死した仲間の思いを背負って戦後を生きてきた矢野さん。その言葉はとても重く、そして私の心に響いた。

ふと窓の外を見ると、辺りは薄暗くなっていた。気がつけば、取材は三時間にも及んでいた。長丁場の取材の中で、私は矢野さんに対し、感謝と申し訳のなさを感じた。矢野さんはお身体が万全な状態ではないにもかかわらず、それでも私たち学生の取材を快く引き受けてくださり、多くの質問に丁寧に答えてくださった。私は最後に「矢野さんにとって『音楽』とは何ですか?」と質問した。

「私は音楽に頼って生きてきました。若い時は軍楽兵でかなり苦労しました。だけれど、練習生の時や、戦艦大和、戦艦武蔵に乗船していた時の努力が、その後の人生で大いに役に立ったと思います。宮崎交通でも、県警でも、定年しても、音楽を続けられたのは音楽が好きだからです。延べ百五十回くらい演奏会を行いました。私の原動力は、聞いてくれるお客さんの笑顔が見たいというところにありました。音楽は私のすべてです」

矢野さんは、噛みしめるように語った。

一通りの取材を終えると、私は今回の取材を快く引き受けてくださった矢野さんへお礼の挨拶をした。すると、矢野さんはこうおっしゃった。

「遠いのにわざわざ来て頂いてありがとうございます。私は肺炎持ちなので、これからクラリネットやサックスを演奏することができなくなるかもしれません。こうして、学生さんが私の話を聞きに来てくれたことは本当に嬉しいです」

もしかしたら、私たちは戦争体験者の話を聞ける最後の世代かもしれない。戦艦大和、戦艦武蔵、ミッドウェー海戦、山本五十六に関する矢野さんの話はとても貴重で、ずっと語り継いでいきたい。そう強く思いながら矢野さんに別れの挨拶をした。

取材を終え、矢野さんの家を出た。空気は相変わらずカ

空に延びる一筋の飛行機雲。

ラッとしていた。ふと空を見上げると、きれいな夕焼けの中に一筋の飛行機雲が細長く延びていた。

私はＪＲ西都駅から宮崎駅行きの電車に乗った。外はすでに真っ暗で、自分の姿が窓に反射する。私は自分の姿を見ながら今回の取材を回想した。

取材中、矢野さんは終始、仲間の大切さと音楽の楽しさを語っていた。矢野さんからは戦争賛美の言葉を聞いたことがない。軍楽兵は立派な兵士だが、実は、心から音楽を愛する集団だったのではないかと思った。

エピローグ

日本での吹奏楽の起源は江戸時代の薩摩藩軍楽隊に始まる。時代の流れとともに吹奏楽の在り方も変わり、大正時代に入ると大日本吹奏樂聯盟が発足し、吹奏楽が全国に普及した。太平洋戦争が始まると、吹奏楽は戦意高揚や国威発揚のために利用されるようになる。戦後は、吹奏楽は音楽のレパートリーが増え、諸外国の吹奏楽界とも交流が盛んになり現在の形に至る。この吹奏楽の歴史の片隅に軍楽兵はいた。一体、どれだけ多くの人が、軍楽兵という存在を知っているのだろう。

いつか、戦争を知らない人だけの時代がやってくる。軍楽兵という存在が人々の記憶から消えてしまう前に、私は矢野さんから話を聞けて本当に貴重な経験ができたと思う。この取材を通して戦争、平和について改めて考えさせられた。

そして、「矢野さんの音楽」についても伺えた。「私の音楽」は私の仲間だけに向けられていたものだった。戦争体験者の矢野さんは、「聞いてくれるお客さんの笑顔が見たい」と話した。その言葉が私の心に沁みた。

電車は宮崎駅に着いた。

沿道のパームツリーが、南国特有の風になびいていた。

「戦艦大和」の水上特攻から生還して…

取材・執筆者（つなぎ手）
小坏美穂
▼中央大学文学部二年

×

戦争体験者（証言者）
北川　茂
▼取材時、八八歳

証言者の経歴

大正一三（一九二四）年…三重県名張市に生まれる。
昭和一七（一九四二）年…広島大竹海兵団に入団。
昭和二〇年…二月、戦艦大和の乗組員に配属。四月七日、大和沈没。
昭和三四年…東海地方で生き残りの乗組員で「大和会」を結成。
平成二四（二〇一二）年…三重県名張市に在住（取材当時）。

取材日

平成二四（二〇一二）年九月三〇日

プロローグ

平成二四（二〇一二）年九月二〇日、私は三重県名張市にいた。天気はあいにくの曇り。空には雲がどんよりと広がっていた。私は、初めての取材ということもあって不安でいっぱいだった。でも一方で、この日がずっと待ち遠しかった。なぜならこの日は、「戦艦大和」の生還者である北川茂さんにお会いして体験談を伺うことができる日だったからである。

「戦艦大和」と聞いて思い浮かべるものは何だろうか。真珠湾攻撃の直後に竣工し「世界最大・最強」と言われた戦艦。しかしこの巨大戦艦は、レイテ海戦などを経て、沖縄へ水上特攻に向かう途中、わずか二時間あまりの戦闘で撃沈された。三三三二人の乗組員のうち、生還者はたった二六九人。このわずかな生還者のうちの一人である北川さんからお話を伺えるかと思うと、私の心臓の鼓動は、不安と興奮で高まるばかりだった。

私が戦艦大和に興味を持ったのは高校一年生の時だった。戦艦大和の第六代艦長の有賀幸作《あるがこうさく》が私の出身高校の卒業生だと知ったからである。それからというもの、私は戦艦大和に関する映画を観たり本を読んだりしてきた。しかし正直な気持ちを言えば、私にとって戦艦大和はリアリティーを感じられるものではなかった。その航跡を調べても犠牲者数を知っても、戦争を知らない私にはなかなか現実味が湧かなかった。私の中で戦艦大和とは「愛する者を守るために散っていった兵士たちの象徴」であり、ただただ格好いい存在だったのだ。

そんな私に舞い込んできたのが『戦争を生きた先輩たち』プロジェクトである。私は「戦艦大和の生還者の方にお話を聞きたい」と素直に思った。生還者の方の生の声を聞き、きちんと現実の出来事として「戦争」と「戦艦大和」を捉えたかったのだ。

北川さんの存在を知ったのは、それからすぐのことである。大学の図書館で見つけた『戦艦大和―生還者たちの証言から』（栗原俊雄著、岩波書店、二〇〇七年刊）という一冊の本に北川さんは載っていた。

その本に掲載されている写真の中で、北川さんは千人針の腹巻を手にしていた。私はその写真から目を離すことができなかった。なぜならその腹巻は、戦艦大和の重油でどす黒く染まっていたのである。これが、私が初めて戦艦大和にリアリティーを感じた瞬間だった。私は北川さんに会って直接お話を聞きたいと強く思った。さっそく北川さんに連絡を取ると、北川さんは快く取材を引き受けてくださった。そして二カ月後にお会いできることになった。

取材の前日は緊張のためかよく眠ることができなかった。私は現実味を帯びた戦争の話を聞くのが怖かったのだと思う。しかしそれ以上に、「戦争としっかり向き合いたい」という気持ちが私の中に存在していた。私は戦争を知ることで、今ある平和を見つめ直したかったのだ。

近畿日本鉄道名張駅の出口を抜け、私は大きく深呼吸をした。ビルばかりが立ち並ぶ東京とは違い、そこには古い建物が多く並んでいた。何だか優しい景色だと思った。しかし空を分厚い雲が覆っていて今にも雨が降り出しそうである。私は地図を片手に足早に北川さんとの待ち合わせ場所に向かった。着いたのは、ショッピングモールの一角にある喫茶店である。私が緊張気味に喫茶店の前に立っていると、一人の男性が喫茶店の中から出てきて私に声をかけた。「中央大学の小坏さんですか?」。その方が、北川茂さんだった。

店内に入り、軽く雑談を交わす。外の曇り空とは正反対に、北川さんの声と笑顔は明るかった。それにつられて思わず私も頬が緩んだ。そんな和やかな雰囲気の中、取材は始まった。

幼少時代

北川さんは大正一三（一九二四）年、三重県の名張市に長男として生まれた。

「叔父が金物問屋をやっていて、私は尋常高等小学校を卒業した後、そこで働き始めました。見習いみたいな感じで働いてね、毎日学ぶことが多かったなあ」

兄弟は七人いて、その中で北川さんは年長だった。家族仲良く暮らしていたが、幸せな毎日は長くは続かなかった。太平洋戦争が始まったのだ。

「戦争は生活に大きな影響を及ぼしました。例えば食事は配給制度に変わりましたね。米やサツマイモが配られたんです。また戦争が始まってからは、夜の自由がなくなりました。米軍機に見つからないように電気に布などを被せて部屋を暗くしていたんですね。だから今のように、電気を点けて夜遅くまで酒を飲むなんてことは決してできませんでした」

そして戦争は教育にも大きな影響を及ぼしたという。

「当時は愛国心をあおるような教育がなされていましたね。例えば『利己心は敵だ』とか、戦争を推進するための標語も盛んに使われていました」

当時のことを懐かしそうに目を細めながら語る北川茂さん。

ここで北川さんは一息ついてこう語った。

「幼い頃から愛国心を駆り立てるような教育を受けていたからかな……。太平洋戦争が始まった時、私は戦争反対でも何でもなかったんです。時代の流れにただ引きずられているだけでした。当時の私は、戦争に対して何の抵抗もなかったんです」

「戦争は二度と繰り返してはいけない」という学校の先生の言葉を、私は幼い頃から幾度となく耳にした。だから私は、戦争の本当の恐ろしさを知らなくても「戦争は良くない」と思い続けてきた。しかし、もし私が戦争を正当化するような教育を受けていたら「戦争は良くない」とは思わないだろう。教育の力の恐ろしさを感じた。

―海兵団へ―

昭和一六（一九四一）年一二月、当時一七歳の北川さんのもとに「白紙」が届く。国民徴用には二通りあり、一つは軍隊への徴兵でこれを赤紙召集と言い、他は軍需工場などへの徴用で、これを特に白紙召集と言っていた。

「私はお国のためなら軍事工場よりも兵隊に行きたいと思っていました。ですから役場に行って海兵を志願したんです。そうしたら役場の人が海軍に受付してくれてね、軍需工場には行かないことになったんですよ。なぜ海兵を志願したのかというと、単純に、走ることが得意ではなかったからです。陸軍と違って海軍なら、あまり走らなくてもいいのではないかなあと思ってね」と北川さんは笑った。

その後北川さんは、海兵になるために学科試験や身体検査を受けたそうだ。そして昭和一七年五月に、広島県呉市の大竹海兵団への入団通知が届く。

「五月に大竹海兵団に行くつもりで、家で待機していたんだけれど、入団時期が急遽延期になりました。すでに太平洋戦争は始まっていますから、兵士がどんどん必要になってきたんです。それで兵士を多く採用したために、五月には兵舎の空きがなかったんですね。だから私は、結局四カ月遅れの九月に広島県の大竹海兵団三期生として入団しました」

わずか一八歳で親元を離れ、海軍への道を歩むことを決めた当時の北川さんの心境はどのようなものだったのだろうか。

「すでに私は、お国のために戦う覚悟ができていました。海軍に自ら志願したわけですから、自分の中では戦場に行くことに対して何の抵抗もなかったんです。しかし母親は『兵隊に志願するなんて馬鹿だ』と涙を流しながら言っていました。『自分から戦場に行く必要なんてないのに』と」

自分のためではなく国のために生きることを望み、死ぬことを覚悟している息子の姿は母の目にどう映ったのだろうか。大切な我が子を十代の若さで戦場へと送り出さなければならなくなった母親の気持ちを思うと、私は胸が痛くなった。しばらくの沈黙の後、北川さんはカップをそっと手に取りコーヒーをすすった。外を見ると、雨が降り始めていた。

こうして北川さんは大竹海兵団に入団した。海兵団では集団で走ったり整列したりという集団訓練が行われていた。訓練期間中、北川さんにとって最も辛かったことは陸上での訓練だったそうだ。

「訓練期間は三カ月間だったんですが、最後にけじめとして一週間ほど海兵団を出て、陸軍の部隊に行かなければならなかったんです。そこでは銃を持って走ったり転んだりする訓練を受けました。陸軍が嫌だったから海軍を志望したのに。本当に辛かったですよ。しかし私の周りには仲間がいました。自分だけが辛いのではないと思うと、辛い訓練も頑張ることができたんです」

そんな苦しい訓練中に北川さんの心の支えとなったのは、家族との手紙のやり取りだった。

「検閲に引っかかってしまうから、『お父さんお母さんお元気ですか？　僕は元気でおります』くらいのことしか書けないんだけれどね。家族も私に返信をしてくれました。風邪を引いていないかとか、体を大切にしなさいとか……。家族は私の体の心配ばかりしてくれていましたね」

一一月中頃には、母親が北川さんを訪ねて広島県までやって来たそうだ。千人針の腹巻

大竹海兵団に入団した頃の北川さん。

を届けるための来訪だった。

「千人針の腹巻をもらった時はとても嬉しかった。母親と妹たちが駅前や街頭に立って、一〇〇〇人の女性から縫い玉を集めてくれたそうです。手で触れると、みんなの無事を祈る思いが届きました。その腹巻には小さな袋が付いていてね、そこにはお守りが入っていました。その腹巻を巻くと心も体も元気になりました。本当にありがたかったです」

私が北川さんにお話を聞きたいと思うきっかけになった千人針の腹巻。北川さんの家族を含む一〇〇〇人の女性たちは、一体どのような思いで千人針を縫ったのだろうか。私はその腹巻を早く見たいという逸《はや》る気持ちを落ち着かせて、北川さんのお話に耳を傾けた。

海兵団を卒業して

昭和一七（一九四二）年一一月に大竹海兵団を卒業した後、少しでも日本の戦力になりたいという思いから、北川さんは大砲について学ぶ決意をした。そして、砲術学校に入学するための身体検査や学術試験を受けた。その試験を優秀な成績で合格した北川さんは、砲術学校で測的術を学ぶ。測距、つまり距離を測定することを大切な教育として、原理から実技訓練までびっしりと仕込まれたのである。

「現代のように、レーダーとかコンピューターなどがあるわけではないでしょう。当時は人の目で見て距離を測ったんです。測距の方法は平面測距と立体測距の二通りがありましたが、主に水上艦艇を目標にした平面測距の訓練が多かったですね。

測距儀にはいろいろな種類があったんです。小さいのは六六センチメートルから、大きいものは一六メートルまでありましたよ。

船は海の波に打たれて上下左右に絶えず揺られているうえ、船は全速力で進行しているのだから測定しにくかったです。目標を摑むだけでも困難でした。当時は、測的術を身に付けている人は二〇人に一人くらいの割合でかなり少なかったんですよ」

そして北川さんは昭和一九年四月に砲術学校を卒業。卒業後は戦艦日向や駆逐艇三六号に乗船し、海兵としての経験を積んでいった。

戦艦大和

私はいよいよ、戦艦大和について伺うことにした。昭和二〇（一九四五）年二月一七日、北川さんに戦艦大和に乗るよう海軍の上官命令が下った。戦艦大和に配属が決まった時、北川さんはどんな思いだったのだろうか。

「憧れの戦艦大和に乗ることが決まって本当に嬉しかったですね。戦艦大和は大きくて威厳があって……。海兵なら誰もが乗りたいって思っている軍艦だったんです」

北川さんは懐かしそうに語った。ここで私は、戦艦大和に乗船することが決まって北川さんの家族はどういう反応を示したのか思わず質問をした。先ほどまでのお話から、家族は北川さんの体や無事を気にかけていたということを私は感じていたからだ。

「戦艦大和に配属されたことを家族に報告する機会はありませんでした。戦艦大和への配属は突然決定したので、手紙も書けなかったんです」

北川さんが戦艦大和に乗船する前に家族と最後に会ったのは、戦艦大和への配属が決まる前年の暮れだった。その時は一週間の休暇をもらい、三重県の実家に帰省したのだ。

「休暇で実家に帰った時はまだ戦艦大和への配属のことは知りませんでした。しかしもう二度と家族のもとには帰れないかもしれないということは覚悟していました。それほどまでに戦況は厳しくなっていたのです。私の両親も口にはしなかったけれど、きっと私と同じことを考えていたと思います。母はそれまでずっと『馬鹿だね。兵隊なんて志願して』と言っていました。しかし私が休暇で実家に帰った時は、母はそんなこと何も言っていませんでした。そして軍の機密で何も話すことができない私に、母は何も聞きませんでした。きっと聞きたいことはたくさんあったんでしょうけれど……」

辛そうな表情で北川さんはそのまま話を続ける。

「当時二〇歳の私に、母はすき焼きを用意してくれました。私は幼い頃からすき焼きが大好きだったんです。母は苦労して手に入れた地元名産の牛肉を『どんどん食べや』と勧めてくれました。今までの人生で食べたものの中で、あのすき焼きが一番おいしかった」

北川さんは静かにそう語った。私はただ黙って頷《うなず》くことしかできなかった。私の目には涙が溢れていた。

こうして昭和二〇年二月一七日、北川さんは戦艦大和に乗艦した。戦艦大和はとても大きく、艦内には大浴場やエレベーターなどの設備が整っており、北川さんはとても驚いたそうだ。

北川さんは戦艦大和に乗船する前に身に付けた測的術の腕を買われ、測的兵としての仕事を任されることになる。

「測距儀を覗いて目標を捕まえ、測距レバーを静かに回していきます。船は動いているので素早く測り、その時の時刻と測定距離を記入していました。測距目標は、山頂にある鉄塔であったり航行中の船舶や漁船であったり、多種多様でした。飛行中の飛行機を測れとなると、目標を掴むだけでも容易ではありませんでしたね」

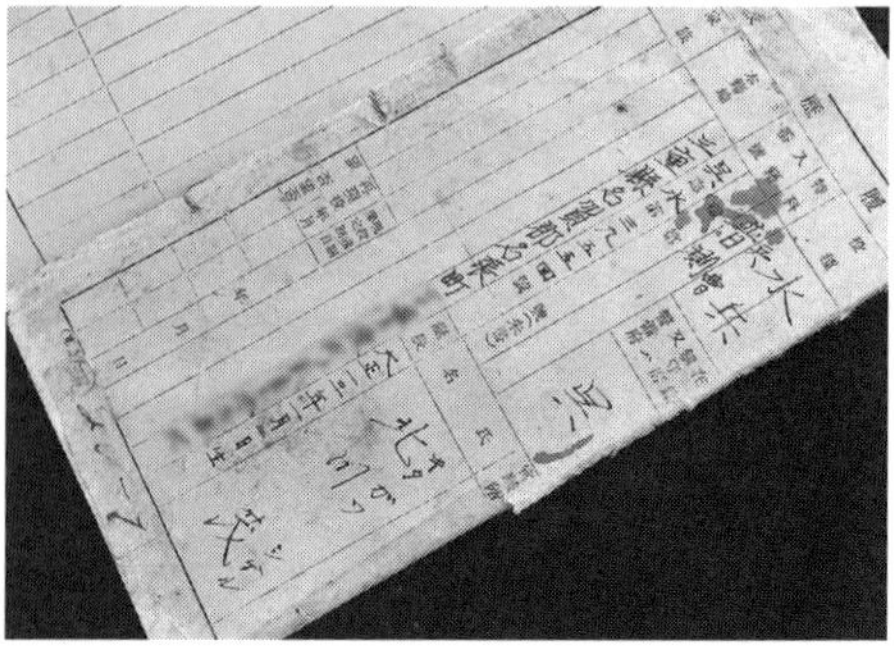
北川さんの海兵としての履歴書。北川さんの戦歴が書かれている。

また北川さんは測的兵のみではなく伝令兵としての仕事もしていた。

「伝令兵は測距儀で測った距離を、大砲を撃つ兵士に伝えるという役割でした。その際、大砲を撃つ兵士と私との間で言葉の行き違いがあったりしてね。そうすると頭を叩かれるということがよくありました」

北川さんが戦艦大和で過ごした日々は、訓練漬けの毎日だったという。

故郷を思って

昭和二〇（一九四五）年四月五日、戦艦大和は連合艦隊より沖縄水上特攻の命令を受領。この特攻の目的は、米軍に上陸された沖縄防衛の支援だった。つまりその航程で主に米海軍の戦闘機を戦艦大和に随伴した九隻の護衛艦に振り向けさせ、日本側特攻機への攻撃を緩和させることである。

命令受領後、戦艦大和の乗組員は甲板に集められ「本作戦は特攻作戦である」と伝えられた。

「特攻と聞いて、これはただごとじゃないと思いました。しばらくの沈黙の後、『やってやろうじゃないか』と士気をみんなで高め合いましたね。複雑な気持ちとは裏腹に」

北川さんはゆっくりと語った。

「その後『解散』と言われたんです。『解散』と言われたら普通は即座に散らなければいけないんだけれど、その時ばかりは足が動きませんでした。靴の裏が糊で甲板に張り付いてしまったかのようでしたね。周囲を見回してみると、周りの兵士たちも顔面蒼白になっていました。普通の作戦だったら帰って来られるけれど、特攻だから。ただ行くだけです。もう二度と帰れないんだなと感じました」

その翌日の四月六日の夕刻。司令長官が乗組員にこう命じた。「故郷に向かい、今まで育ててもらった両親にお礼をせよ」。故郷、そして家族とのささやかな別れの時間が北川さんたち乗組員に与えられた。

「各自が故郷の方向を向いて黙礼しました。私もずっと頭を下げていましたね。家族の顔や故郷の景色が走馬灯のようによみがえってくるんです」

そして北川さんは私の目を真っ直ぐ見て語った。

「不思議なものですね。ああいう状況になって初めて、私は大切なものの本当の価値に気づくことができたんです」

特攻へ

特攻を控えた昭和二〇（一九四五）年四月五日の夜には壮行会が開かれ、乗組員全員で酒を酌み交わしたそうだ。

「最後の晩餐だと思うと何とも言えない感情が込み上げてきました。酒を何杯飲んでもまるっきり酔わないんです。普段だったらすぐに酔っぱらってしまうのにね……」

壮行会は二一時頃に終わり、北川さんはすぐに床に就いた。しかし北川さんはなかなか寝付くことができず、深夜〇時頃甲板に出た。するとある兵士が駆逐艦に重油を入れている。大和は明日突撃するのに、なぜ駆逐艦に重油を入れているのか北川さんは疑問に感じたそうだ。

「兵士に理由を聞いたんです。するとその兵士はこう言いました。『大和には片道分だけの燃料を入れればいいから、余ったものは駆逐艦に回すように分隊長に言われた』と。それを聞いた時は衝撃的でしたね……」

昭和二〇年四月七日。ついに大和が沖縄海上特攻に向かう日がやってきた。戦艦大和は徳山湾沖を出発し、沖縄へと航行した。「敵機発見」という連絡が電波探知機担当者から伝えられたのは、戦艦大和が九州南方に着いたお昼頃。米軍の雷撃機によって複数方向から多数の魚雷が発射されたうえに、戦闘機と爆撃機がひっきりなしに襲来する中での応戦だったため、巨大な戦艦大和がそれらの攻撃を完全に回避することは困難だった。

「私は測的兵として、また伝令兵として、結局何もできませんでした。米軍の飛行機はもう近すぎて、距離を測ることはできなかったんです」

戦闘中の北川さんの心境はどのようなものだったのだろうか。

「魚雷が来て、私の目の前で爆発したんです。ショックでした。とても怖くて、座っていられませんでした。私の周りには、魚雷によって負傷した人がたくさん倒れていて……。脚や腕に大怪我を負っていたり、脳みそが飛び出ている人がたくさんいました。その残酷な光景は、今でも忘れることができません」

一四時を過ぎると大和の傾斜は左舷へ二〇度となり、この傾斜の復旧は見込めないと判断された。そして戦闘開始から約二時間後の一四時二〇分、総員上甲板（総員退去用意）が発令された。

総員退去

退去命令が出されたものの海に飛び込むタイミングがなかなかめず、北川さんは同じ伝令兵だった大村兵三さんと電波探知機にしばらくまたがっていたそうだ。電波探知機は船の上部にあり、それが着水するまではまだ時間が残されていたためだ。しかしその間にも大和はどんどん沈んでいく。北川さんと大村さんは、無我夢中で海に飛び込んだ。

「戦艦大和が沈んでいくからその波がすごくてね、水の力というのは本当に恐ろしいと思いました。しばらくすると戦艦大和が完全に海に沈んでしまい、海中で爆発したんです」

戦艦大和が海中で爆発した時の衝撃は凄まじいものだったという。

「戦艦大和が爆発した後、水の勢いがすごくて、お尻を戸板でバーンと叩かれるような感じでした。お尻を下から持ち上げられるように水圧によって上に押し上げられたんです」

北川さんの口調は自然と興奮気味になった。戦艦大和の爆発によって無事海面に上がることができたと聞いて、北川さんを含む大和の生還者は、大和のおかげで生き残ることができたのかもしれないと思ったそうだ。爆発することで乗組員を海面へと押し上げて命を救ったのは、大和にとって最後の仕事だったのではないか。

「海面に顔を出すと、大和の重油で私たち乗組員の顔は真っ黒になっていました。私たちは必死になって周りにある物をかき集めてそれに摑まりました。そして私たちはみんなで集まって歌を歌いました。体を冷やさないように、そして死の恐怖から逃れるために、私たちは大声で子供の頃の思い出の歌を歌いました。例えば『夕焼け小焼け』や『赤とんぼ』などです。子供の頃に親と一緒に歌った歌というのは忘れないものなんですね」

漂流中、北川さんは歌を歌いながらこんなことを考えていたそうだ。

「何でこんなに、私たちばかり苦労しなきゃならないんだろうと思いましたね。そしてもし生きて帰ることができたら、結婚したいと思いました。生きて帰って好きな人と結婚して、そして幸せな家庭を築いて……。こんな単純な願いなのに、なぜ叶えることがこんなに難しいんだろうって。持って行き場のない苦しみを感じていました」

北川さんは大村さんと一緒に丸太にしがみついて浮き上がった。しかし、無事に海面に顔を出すことができても溺れてしまう人がいたそうだ。

「ちゃぷちゃぷと水をかく音が聞こえてきて、そちらを見てみると上等水兵がいたんです。私は『これに摑まれ』と言って丸太を渡そうとしました。そうしたら突然大村が『北川危ない！　逃げよう！』と叫んだんです」

その上等水兵はパニック状態に陥っており、北川さんに覆い被さろうとして来たのだ。

「私は思わず逃げてしまったんです。するとその上等水兵は、女性の名前を叫びながら沈んでいってしまいました。奥さんの名前だったのか彼女の名前だったのか……。今となっては知る術はありませんが、彼にとって大切な人の名前だったのでしょう」

北川さんはうつむきながらそう語った。その名前の女性にとっても、沈んでいってしまった上等水兵は大切な人だったのだろう。そして、彼が戦場から無事に生きて帰ってくることを、彼女は心から望んでいただろう。それをわかっているからこそ、北川さんは上等水兵を救うことができなかったことを、今でも後悔しているという。

北川さんと大村さんが、駆逐艦『雪風』に救出されたのは、大和が沈没してから約四時間後のことだった。無事に救助されて船の上に上がった時は、もう体に力が入らず体中が重油や戦友の血でベトベトになっていたそうだ。汚れた体を拭くために衣類をすべて脱ぐように指示されたが、北川さんは母親がくれた千人針の腹巻だけは離さなかった。

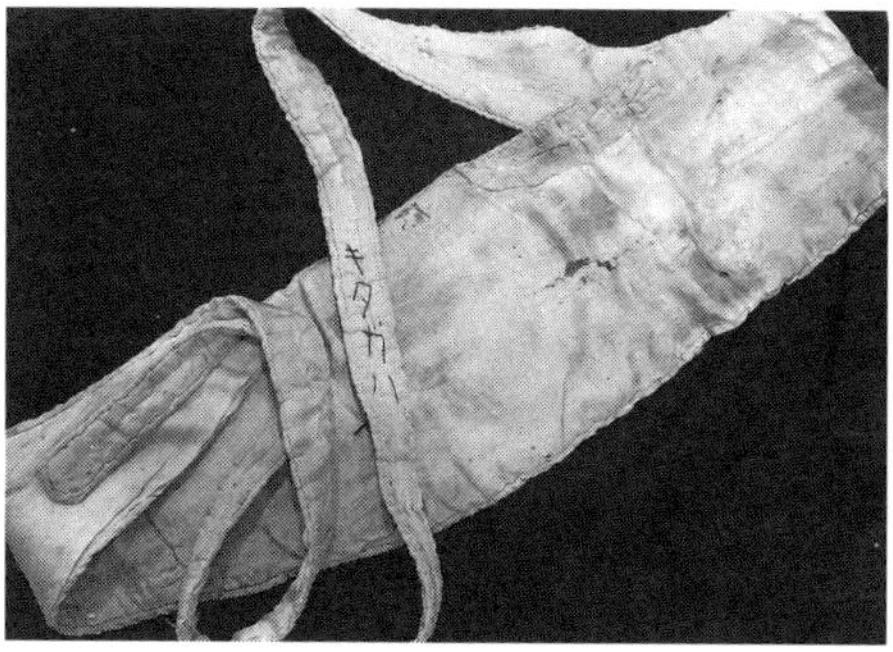

千人針の腹巻。北川さんはこの腹巻を今でも大切に保管している。

「これは私の命の綱ですから」

そう言うと北川さんは傍らに置いてあった

鞄から千人針の腹巻を取り出して、私に見せてくれた。大和の重油と戦友の血でどす黒く染まった腹巻。その実物を手に取って触らせてもらった。その後、私は自分の体が小刻みに震えているのに気づいた。この腹巻にはたくさんの人の思いが染み込んでいる。そのことが、腹巻に触れている自分の手から痛いほど伝わってきた。

終戦、そして戦後

昭和二〇（一九四五）年八月一五日。ラジオから玉音放送が流れた。北川さんは、海軍が駐屯していた高知県須崎市で終戦を知った。その時、北川さんはどのように感じたのだろうか。

「海兵皆で玉音放送を聞いてね。『若い兵士は故郷に帰れ』と言われました。終戦を知った時は正直『やれやれ』と思いましたね。もう死ななくて済むと思うと安心しました。そして私は、戦争はもう二度と嫌だと心から思ったんです」

戦艦大和の水上特攻から生還した北川さんの言葉は、戦争を知らない私の心に、深く響いた。

「私が実家に帰った時には、祖母はすでに病気で亡くなっていました。祖母は亡くなるまでずっと『茂はどこにいるんだ。はよ帰らんか。はよ帰らんか』と言っていたみたいです。それを母親から聞いて、私はとても悲しくなりました。しかし他の家族は皆元気で『よう帰ってきてくれたな』と私に温かい言葉をかけてくれました。だから私は『ただいま帰りました！』と大きな声で言いました。家族に再会することができて、本当に幸せだと思いましたね」

しかし、戦後、北川さんを待ち受けていたものは、いいことばかりではなかった。

「大和の戦死者の遺族のもとを訪ねることがあったんだけれど、その遺族の方に言われたんです。『特攻だったのに、なぜあなたは生きて帰って来たんだ』と。私は何も言い返せなかった。心が痛みました」

その後、北川さんたち戦艦大和の生還者は、昭和三四年に『大和会』を結成する。戦艦大和の戦死者の遺族を支えるために、生活費や育英資金を皆で出し合った。

遺族の方は今、戦艦大和の生還者に対してどのような思いを抱いているのだろうか。特攻だったにもかかわらず、生きて帰ってきたことを、今もなお許せずにいるのだろうか。そうでないことを、私は願いたい。

ふと窓の外に目をやると、外はすっかり暗くなっていた。最後に私は、「本当に大切なものを守るためには、人は何をするべきだと思いますか」と北川さんに質問をした。

「会話でしょうね。これしかないと思います。武器を持ったら戦争になってしまう。戦争では何も残らないんです。だから会話をして、お互いに理解し合うことが大切だと私は思います」

北川さんは、優しい笑顔でそう答えた。私はその言葉に強く頷いた。

北川さんが言うように、会話をしなければお互いを理解し合うことはできない。たくさんの会話を重ねても、その人のすべてを理解することはできないかもしれない。けれどそこで会話することを諦めて武力に頼ることは間違っている。どんなに難しくても「わかり合いたい」という気持ちを持ち続けて、私たちはお互いの思いを伝え合っていかなければならない。北川さんの話を聞いて、強くそう思った。

エピローグ

私は北川さんにお会いすることができて本当に良かった。その機会がなければ、私はいつまでも戦争を現実のものとして捉えることができなかっただろう。戦時下の日本で、北川さんたち若者は、自分の夢や可能性のためではなく、軍や国のために青春を捧げなければならなかった。自分の夢を、そして希望を追いかけることができる私は幸せなのだと痛感した。そして、平和な時代を生きる私も、北川さんのお話を伺ったことで戦争の現実と痛ましさを感じることができた気がする。

「世界最大・最強」と言われた戦艦大和。その乗組員が命を賭けて守ろうとした日本の未来に、私たちは今生きている。彼らの目に、私たちは今どのように映っているのだろうか。もしかしたら、彼らが望んだような生き方はできていないかもしれない。しかし私たちは、自分の夢や希望を追いかけることができる。それだけで、彼らは微笑んでいてくれるような気がする。

私は北川さんにお礼の言葉を述べて、帰路についた。

外に出て空を見上げると、相変わらず雨が降っていた。しかし、そんな風景も、今は平和の中にある。そう思うと、何だか美しい宝物のように思えた。

犬の献納運動、そして焼け野原になった八王子

取材・執筆者（つなぎ手）村松 拓 ▼中央大学法学部三年

×

戦争体験者（証言者）鈴木ナミ ▼取材時、八四歳

証言者の経歴

昭和二（一九二七）年…二月一二日、東京の深川に生まれる。
昭和一六年…四月、八王子実践女学院（現在の八王子実践中学校・高等学校）入学。
昭和一九年…三月、八王子実践女学院卒業。四月、八王子市役所に勤務。
昭和二〇年…八月二日、八王子空襲で家を焼失。

取材日

平成二三（二〇一一）年七月一〇日、九月一五日、平成二四年一二月五日

プロローグ

平成二三(二〇一一)年七月一五日、午前九時過ぎ。ガランとした下りの京王線の椅子に、私はひとり腰かけていた。窓の外を見ると、眩しいくらい青い夏の空が広がっていた。一戸建てとマンションが混在する風景の先に、日差しを受けてきらきらと光るビル群が見えてきた。目的地、八王子だ。

私がお会いするのは、八四歳の鈴木ナミさん。東京の深川で生まれ、八歳の頃に八王子市に引っ越して以来、七〇年以上住み続けてきた方だ。太平洋戦争の時には八王子市役所に勤務し、終戦間近の昭和二〇(一九四五)年八月二日には、B29爆撃機による八王子空襲で焼け出された経験を持つ。

正直に言えば、私は自ら戦争と向き合おうと思ったことは、これまでに一度もなかった。はっきりとした理由はない。ただ、戦争は「歴史」の教科書の一ページにすぎず、私にとっては想像がつかない現実味のないことだった。

そんな私の考えを覆したのが、「戦争を生きた先輩たち」プロジェクトとの出会いだった。課題図書として『戦争を生きた先輩たち』の第Ⅰ巻と第Ⅱ巻が配られた。読書が苦手な私にとっては、ちょっと分厚い二冊の本。恐る恐る読み進めると、そこには教科書には載っていない、当時を生き抜いた方々の生々しい体験が並んでいた。私は自分の無知さにショックを受けた。それと同時に、戦争体験者の証言がどれほど読者の心を揺さぶるものなのか、痛感した。

その頃、『戦争を生きた先輩たち』第Ⅲ巻の発刊に向けたプロジェクトが始動し、私も参加させてもらうことになった。

鈴木さんの存在を知ったきっかけは、新聞の投書欄にある一つの記事を見つけたことだった。そこに書かれていたのは、昭和二〇年八月の八王子空襲で被害に遭った時のエピソード。突然家を焼け出され、住む場所も食料もない中で終戦まで生き延びた話だった。八王子市といえば、私たちが通う中央大学の多摩キャンパスがある場所だ。こんなに身近なところで戦中、九死に一生を得た方がいることに、私は衝撃を受けた。きっと何かの縁があるに違いない。そう確信し、鈴木さんの連絡先を探し出し、お会いしたい旨を連絡した。幸いにもすぐにお返事があった。今でも八王子にお住まいだという。それから話はとんとん拍子で進み、一カ月後に取材が決まった。

八王子空襲はもとより戦時中の様子について何も知らな

京王八王子駅前。ビルが所狭しと立ち並んでいる。

い私は、取材までの間に戦争について調べ直すことにした。難しい戦争関連の単語が並ぶ本も、途中で投げ出さずに読破した。八王子市の郷土資料館も訪れた。これまでの人生で最も戦争と向き合った期間だったかもしれない。万全の準備を整えたが、私にとっては初めての取材。前日は緊張のためか、よく眠れなかった。

京王八王子駅の出口を抜けると、ビルの隙間から一気に日が差し込んだ。賑やかなバスターミナルに、林立する背の高いビル群。この視界の中に、戦時中の面影など微塵《みじん》もなかった。そんなことを考えながら、鈴木さんとの待ち合わせ場所へ向かった。

着いたのは、駅の向かいのビルにある喫茶店だった。店の入口から広い店内を何度か見回す。すると、店のちょうど真ん中辺りに小柄で華奢な女性が座っているのが目に入った。

緊張で速まる鼓動を抑えながら、私はドアをくぐり、ゆっくりと女性に声をかけてみる。「鈴木さんでしょうか」。「はい、どうもこんにちは」。優しい笑顔が返ってきた。私も思わず、頬が緩んだ。

鈴木さんは現在、心臓などに重い病を抱え、週に五日も病院に通う日々が続いているという。この日は通院のない貴重な一日を割いて取材に応じてくださったのだった。体に負担をかけられない中、暑い時期に取材をお願いしてしまったことを申し訳なく思った。それでも、お話をしている時の明るい声や陽気な笑顔は、重い病を患っていることなど少しも感じさせなかった。軽く雑談を交わし、和やかな雰囲気の中、取材は始まった。

幼少時代

鈴木さんは昭和二（一九二七）年、東京の下町、深川に生まれた。父親が営む材木屋の一人娘として育った当時をこう振り返る。

「深川にいた頃はとても楽しかったね。うちは『上浪』という深川一の材木屋だったの。だから、いつも職人さんや使いのおばさんが家にいてね。一人っ子で兄弟はいな

鈴木ナミさん。

かったけど、周りがチヤホヤしてくれたのよ。深川の人はみんな気風が良くて、明るくて。それに、家には本がたくさんあったから、海音寺潮五郎とか川口松太郎の本をずっと読んでいたね」

懐かしそうに、微笑みながら語る鈴木さん。兄弟はいなくても、可愛がってくれる大人や好きなものに囲まれ、寂しさは感じなかったという。

幼い頃から文学が好きだったという鈴木さんは、今では本を出版したり、新聞にもしばしば投書をされている。しかし、当時は満州事変の直後。豊かな暮らしの一方で、戦争も当たり前の存在だったようだ。

「生まれた時、物心ついた時から戦争だった。うちには七、八人が入れる大きな檜のお風呂があったの。そこに仕事上がりの職人さんたちが入って、『ここはお国を何百里、離れて遠き満州の……』なんて、そんな歌ばかり歌っていたのよね」

鈴木さんが陽気に、そして懐かしそうに歌を口ずさんだ。後で調べてみると、それは明治三八（一九〇五）年に作られた「戦友」という軍歌だった。当時の人々にとって戦争が身近なものであったことが、少しだけわかったような気がした。

八王子へ

昭和九（一九三四）年頃になると、材木屋「上浪」は倒産してしまう。それをきっかけに、鈴木さんは両親と一緒に八王子に移り住むことになる。移住した当初は市街地の平岡町で宿屋を営んでいたが、それも長くは続かず、最終的に由井村片倉（現在の八王子市片倉町）で暮らすことになった。片倉は八王子市街から南に少し離れており、当時は桑畑に囲まれたのどかな場所だったそうだ。

「田舎の人は人情が厚くって、空気も良くって、さぞいい所だろうって甘い夢を抱いてやって来たの。でも、当時の農家の人っていうのは差別がひどくてね。村には同じ苗字の親戚ばかり集まっているから、都会から来た私たちはよそ者扱い。相手にもされなかったんだよ」

当時小学生だった鈴木さんが直面した差別という苦い現実。この差別が、後に戦火でも鈴木さん一家を苦しめることになる。

昭和一六年、一四歳になった鈴木さんは、八王子実践女学院（現在の八王子実践中学校・高等学校）に通い始める。しかし、その時にはすでに通常の授業はあまり行われなかったという。

朝はたいてい、教室に入ると間もなく空襲警報が発令。すぐに防空壕に逃げ込み、警報が止むのを待ってから授業が始まる。また、体育の時間には敵の飛行機が爆弾を落としたという想定で、消火訓練があった。バケツで水をまいたりするそうだが、「そんなことしたって何の役にも立たないよね。本物の爆弾はどんどん落っこってくるんだから」と鈴木さんは呆れた顔をして当時を振り返った。女学校時代にはほかにも、出征兵士のいる家の畑で草むしりをしたり、兵士たちの無事を願って高尾山にお参りに行くこともあったそうだ。

「それに、英語も使っちゃいけなかったのね。英語の時間がないんですよ。だから私や同級生は、今でもみんな英語を知らないの」

戦時中の特殊な教育のせいで、学びたいこと、本来学ぶべきことが学べない。人生に一度しかない学生時代や青春が戦争一色で塗られてしまう。私は当時の若者を想像し、それをにわかには受け入れ難かった。

女子ばかりの学校に通っていた鈴木さんだが、同年代の男子の中には、すでに「予科練」（海軍飛行予科練習生）として、戦闘のための操縦訓練を受けている少年もいた。鈴木さんが片倉に住んで以来の幼なじみ、「たけちゃん」もその一人だった。

「ある日、学校の帰りに歩いていたら、向こうから予科練が来たの。予科練って、それはもうみんなの憧れだったのね。紺の制服、桜に碇《いかり》のマークの七つボタン、帽子を格好よく被って、軍靴を高らかに上げて歩く姿が、夢の中の人みたいだった。そしたら、向こうからやって来たその子が、私の前でぱっと止まったの。誰だろうと思ったら、二、三軒先に住んでいる『たけちゃん』っていう男の子だったのよ。たけちゃんも昔はとてもいたずらっ子だったんだけど、予科練になっていざ国のために死ぬことを意識してか、顔つきがびっくりするほどキリっとしちゃってたね」

予科練になるためには、自ら志願して、さらに厳しい試験も突破しなければならない。現在の中学生か高校生ぐらいに当たる年齢の「たけちゃん」。彼は一体どんな気持ちで予科練を志望し、何を思いながら戦地へと赴いたのだろうか。私が思い悩む間も、鈴木さんは落ち着いた様子で話し続けた。

「それで、その後ろから彼のお母さんが来たの。背中を丸めて、荷物を持ってとぼとぼとね……。母親の気持ちを思うと、本当にかわいそうだった。たった一人の我が子を戦争にやるために生んだわけでもないのに。ここまで育てておいて、死なせなきゃいけないかもしれないんだもの。だけど、『軍国の母』として泣くわけにはいかなかったのね」

鈴木さんの瞳が、かすかに潤《うる》んでいるように見えた。戦況が悪化していく中で、いつ死ぬかわからない、いわば「兵士の卵」となった幼なじみと、その子をたったの十代で送り出さなければならなくなった母。七〇年ほど前のこととはいえ、鈴木さんは、その母と息子のことを今でもきっと鮮明に覚えているのだろう。しばしの沈黙の後、彼女はカップをそっと手に取り、コーヒーをすすった。外を見れば、日がずいぶんと高く昇っている。昼時が近づいたからか、周りにはお客さんが増えて、店は賑やかになってきた。

市役所へ

昭和一九（一九四四）年春、女学校の卒業を間近に控えた鈴木さん。しかし、当時は戦況の悪化で労働力が不足しており、学校から、卒業後は軍需工場で働くようにと伝えられたそうだ。

「卒業式の二、三日前に先生から突然、ある工場を紹介されて、そこに行きなさいって言われたの。でも、うちの両親は『戦争で人を殺すための道具を作っているようなところで、我が娘を働かせたくない』と言って反対してね。私はどうすればいいかわかりませんでしたよ。学校で先生からは、国のために、天皇陛下のためにと、ずっと教わってきたんですから。学校と親の言うことが全然違ったのよ」

その頃すでに、鈴木さんの両親は、日本が負けるかもしれないと感じていたらしい。決して口には出さなかったそうだが、もしかしたら、せめて娘は戦争から少しでも遠くに離しておきたいという気持ちがあったのかもしれない。結局、鈴木さんは両親の強い勧めで八王子市役所に勤めることになる。それでも、ヒト・モノ・カネ、あらゆるものが戦争に投入されていた時代の中で、戦争に直接貢献しない市役所で働くことは、決して気易いことではなかった。

「私が卒業した後、女学校の校長が朝礼の時にこう言ったらしいの。『国のために工場に行くよう勧めたにもかかわらず、行かない生徒がいた。そいつは非国民だ』って。後から聞いた話なんだけど、怖かったね」

今、私たちは当たり前のように進路や職業を選択し、自分のための人生を生きている。だが、ほんの七〇年前には、少しでも戦争を否定すれば、あるいは国のために働くことを拒めば、「非国民」と言われてしまう時代があったのだ。ぞっとした。

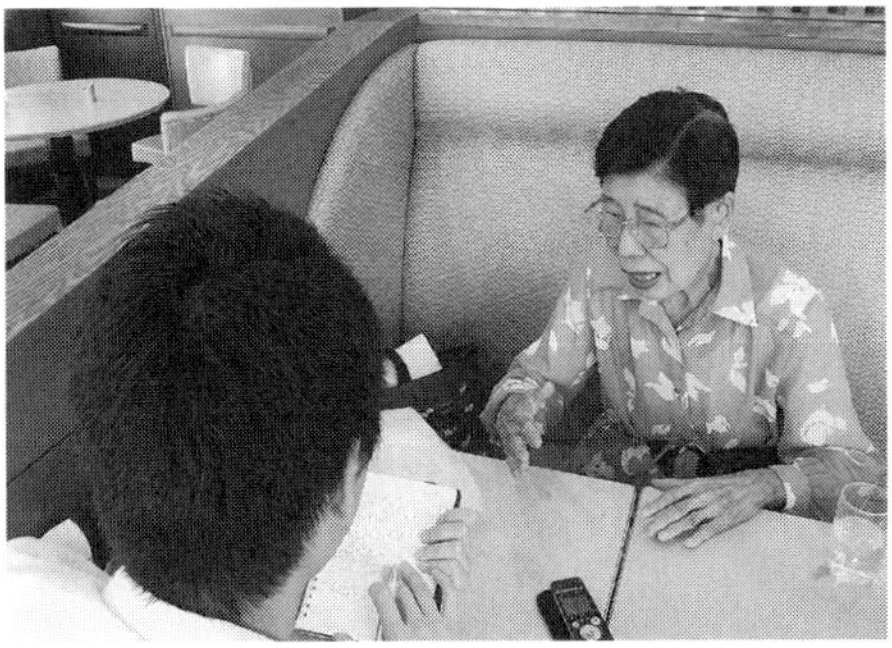
喫茶店での取材風景。

市役所に就職した鈴木さんは、税務課に配属された。男性の多くが戦場に駆り出されてしまったため、職場には女性と老人ばかりが残った。そうした状況下での仕事は大変だった。

「税務課ではね、税金を市民の人に納めてもらうための納税通知書を書いていました。あの頃は今の時代と違ってコピー機なんてなかったから、同じような内容を一日中、手で書いていたの。でも、作業中によく空襲警報が鳴ってね。そのたびに仕事に使っていた土地台帳や家屋台帳を一〇冊くらい抱えて、近くの公益質屋の蔵に逃げ込みました。警報が解除されると、またみんなで運び出して市役所に戻るの。そんなことばかりしていたから、いくら書いても間に合わないのよ」

残業をしても終わらない時には家に持ち帰り、夜なべで仕事を続けた。その最中にも空襲警報は鳴り響いた。

「空襲警報が鳴っている時に部屋を明るくしていると、敵の飛行機に見つかっちゃうの。だから、明かりに黒い布を被せてみかん箱を机代わりに仕事をしたね。それでも、少しでも光が漏れれば近所の人に『電気を消せ！　消しておくれよ！』ってすごく怒られるの。そうしたらもう電気を消すしかなかったよ」

一つの明かりが命取りになる。そんな緊迫した状況でも、市役所の職員として仕事をこなさなければならなかった。戦地で戦っている人々だけではない。鈴木さんのような非戦闘員でも、いつ家を、家族を、そして自分の命を失うかわからないという恐怖の中にいた。

鈴木さんには、市役所に勤めていた時の忘れられない光景があるという。それが昭和一九年の「犬の献納運動」だ。行政が犬を飼っている市民に対し、飼い犬を引き渡すよう求めた運動だ。集められた犬は、主に軍用の毛皮や食肉を確保するために使われたという。

「我々人間でさえ物が食べられないというのに、犬を飼って食べさせているとは何事だということで、献納の日に飼い犬を市役所に連れて来なさい、という知らせが出ました。だから、犬を飼っている人は愛犬を取られないように、口を塞いだり押し入れに隠したりした。でも、犬って吠えるでしょ。それに、愛犬を取られた人の中には、知り合いで犬を飼っている人のことを密告する人もいました」

結局、献納の日になると、市役所の裏庭には犬を連れた人々がずらりと列を成した。飼い主たちは愛犬の最期を飾ろうと、犬に赤いリボンや兵児帯をまとわせていた。受付には鈴木さんの同僚がおり、やってくる人々に犬の名前や飼い主の住所、氏名などを書かせていた。鈴木さんは献納の業務には関わっていなかったものの、その様子をじっと見ていたそうだ。

「飼い主は、いざ自分の愛犬が殺されるとなると、もう手が震えて文字が書けないの。それにね、涙がこぼれてインクも滲んじゃって。だから、職員が『もう諦めて、涙を拭いて書きなさい！』なんて言って書かせていました」

飼い主のもとを離れた犬たちは、その場で専門の業者によって殺処分された。

「午後三時前だったかしら。お茶を入れようと、たまたま裏庭の見える給湯室にいたのよ。その時窓の外を見たら、獰猛な顔つきのおじさんがいてね。引き渡された犬の首根っこを掴んで吊るしたと思ったら、手に持った棒で犬を叩きだしたの。三回くらい叩いたところで、犬はいつの間にか声も出さずに伸びちゃってね。終わると、その死体を木箱にぎゅうぎゅうに詰めるんですよ。飼い主たちはそれを見て、わんわん泣きながら帰っていったの」

その日の夕方、雨が降りだした。犬の死骸は、いつの間にか給湯室の天井よりも高く積み上がっていて、周囲には犬に飾られていたリボンなどが無残に散らばっていた。その様子を見ていた鈴木さんは、「本当に何とも言えないほど哀れだった……」と語った。

その後、殺された犬たちの亡骸はしばらく放置されたままで、結局何の用途に使われたかはわからないという。理由も知らされずに突然命を奪われ、山のように積まれた犬たち。その一匹一匹が、ほんの何時間か前には、誰かにとって家族同然の存在だったはずだ。それを軍隊のために献納させられ残酷な方法で殺されてしまうことに、飼い主たちはどれほど深い悲しみを覚えたことだろう。

八王子空襲

私はいよいよ、八王子空襲のことについて伺うことにした。八王子空襲、それは鈴木さんが市役所に勤め始めてから、ちょうど一年と四カ月が過ぎた頃の、昭和二〇（一九四五）年八月二日の未明に起きた。米軍のB29爆撃機一六九機が一六〇〇トンを超える焼夷弾《しょういだん》を投下。八王子市街地の八割が一晩で焼け野原となり、四〇〇名以上の死者と、約二〇〇〇名の負傷者が出た。これだけの大空襲の中を、鈴木さんはどうやって、そしてどのような思いで生き抜いてきたのだろうか。

「あの時、私はちょうど家の風呂場から出たところだったのね。そしたら突然、さっきまでいた風呂場に『ドカーン』って焼夷弾が落っこって、火の手が上がったの。もうびっくりしてね。慌てて父親と母親の名前を呼んで、手をつないで近くの丘の上へ逃げたよ。もし風呂から出るのが少しでも遅かったら、死んでいたわ」

こんなにも一瞬の偶然で、生死が分かれてしまう。それが空襲の恐ろしさなのだろう。

鈴木さん一家が丘の上に駆け上がると、そこにはすでに八王子の市街から逃げてきた人たちがいた。絹織物と養蚕が盛んだった八王子。丘には養蚕に使う桑の畑があったそうだが、この日ばかりは空襲からの避難所と化し、人で溢れ返っていたという。鈴木さん一家は夜露に濡れながら、そこで一晩を過ごした。

「夜が明けると、八王子から来た人たちはみんな自宅のほうに引き上げていったんだけど、中にはけがをした人や亡くなった人もいてね。私も死んだ人の上をまたいで歩きました」

間一髪で命拾いをしたとはいえ、鈴木さん家族は、家を失ってしまった。しかし一方で、片倉で爆撃を受けた家はあまり多くなかったという。その中でも自宅が被害に遭った理由を、鈴木さんはこう話した。

「うちのすぐ近くに軍の倉庫があって、非常食のイワシの缶詰をたくさん保管していたのよ。それを狙ったんじゃないかね。あの倉庫があったために、うちが焼けたんだと思う」

空襲の後、爆撃を受けた倉庫からは缶詰が散らばり、住民たちの間で奪い合いが始まった。人々が缶詰一つを我先

廃墟となった八王子の街（米国国立公文書館提供）。

に取りに行く姿は、まるで鬼のようだったという。鈴木さんも、何とか一日に一つずつ缶詰を手に入れては、家族で分け合って食べていた。その後もわずかな食料で食いつなぐ日々が続いた。

「空襲で焼けたから草もほとんど残っていないんですよ。線路脇で草をやっと見つけて食べたりしてね。昔の歌に『泥水すすり、草を噛み』なんて歌詞があったけど、まさにそんな感じでした。それに、周りにはお米や芋を育てている農家の人がいるんだけど、彼らはたとえ自分の家が焼けていなくても、私たちには育てている芋一つさえ分けてくれなかったの。『よそ者だから駄目だ』って。私たち一家は、まだ差別されていたのね」

近所も頼れなければ、身寄りもなかった。その上、国や地元の役場からも、何の援助もなかったそうだ。

「今では、東日本大震災の時のように、全国から食べ物とかいろいろなものが被災地に届くでしょ。でも、当時は助け合おうとか、人のために尽くそうとか、そういう気持ちが全然なかったの。自分たちが生きていくことで精一杯だったから」

ふと発された「精一杯」という一言に胸が詰まった。確かに平成二三（二〇一一）年三月の震災以降、「絆」や「助け合い」といった言葉がしきりに叫ばれ、物資や義援金、ボランティアの人々が東北の被災地に集まった。ただ、そうした援助は、被災しなかった多くの国民がいたからこそ成り立つことだ。戦時中、特に末期には、それこそすべての日本国民が追い詰められていたのだと思った。

当時、鈴木さんを苦しませたのは、飢えだけではなかったという。八月二日以降もなお、敵の飛行機に怯《おび》える日々が続いた。

「お月様が憎かった……」

鈴木さんは、はっと何かを思い出すように、少し大きめの声でつぶやいた。私はその含意がわからず、思わず首をかしげた。「どういう意味ですか」と聞き返す間もなく、鈴木さんは話し続けた。

「月の明かりで、敵の飛行機からこちらの様子が見えるじゃない。だから、月が出ないことを、闇夜であることを毎日祈っていたの。空襲で周りが焼けちゃって隠れる場所がないから、飛行機が飛んでくると、顔を砂だらけにしながら地べたに伏したりしたの。飢えと飛行機は本当に恐ろしかった」

そして、終戦

こうした限界とも言える生活の末、八月一五日、ついに終戦を迎えた。ラジオもなく、人づてで日本の敗戦を耳にしたという鈴木さん。その時、どのように感じたのだろうか。

「終戦の一報を聞いて、私の友達はみんな喜んでいたの。でも、私はなかなかそんな気持ちになれなかったね。こんなに一生懸命我慢したのに、何で負けたんだろうって……」

鈴木さんを何年間も苦しめた戦争の終末は、あまりにあっけなかった。

「でもね、それから焼け落ちていた木材とトタンでバラックを建てたの。そしたら電気が点いたんだよ。それでもう生き返っちゃった」

鈴木さんは笑顔で語った。戦争には負けたが、空襲の恐怖から解放され、少しでも安心な暮らしを取り戻したことが嬉しかったのだろうと思った。

昭和二〇（一九四五）年九月になると、進駐してきたアメリカ軍のトラックなどが道を行き交うようになった。

「最初はアメリカのことをすごく憎んでいたの。女学校

鈴木さんがかつて住んでいた由井村片倉（現在の八王子市片倉町）。閑静な住宅街が広がる。

を卒業する時、先生に『女は米兵に裾《すそ》を踏まれたらおしまいだ。もし捕まったら家に帰ることはできないし、どこかに売り飛ばされる』と教えられていたからね。ある時、勤めの帰りに『やっちゃん』っていう知り合いと横浜街道を歩いていたら、進駐軍のトラックや戦車が何台もやってきたんです。そこには真っ赤に日焼けした兵士が乗っていたの。それを見て私が『やっちゃん、来たよ！　敵兵だ、アメリカだ！』って叫んで、一緒に桑畑の中へ潜り込んだ。それから、ずっと震えながら、泣きながら通り過ぎるのを必死に待ったの。結局、車列が通り過ぎてからも、桑の影にこそこそ隠れながら家へ帰ったのを覚えているね」

　しかし、アメリカ兵たちは恐ろしいイメージとは裏腹に、戦災に遭った人々へ積極的に食料や毛布などを配給した。その頃から、人々のアメリカ兵に対する態度が大きく変わったという。

「戦時中は、『鬼畜米英』とか『我らの敵』だなんて言ってすごく憎んでいたの。でも、戦争が終わってみんなころっと変わっちゃうんですよ。子供たちはチョコレートをねだってもらっていたし、体を売って家を建ててもらう女性もいたの。あと、歌だってそう。『向こう通るはジープじゃないか、見ても軽そなハンドルさばき』だなんて曲も流行ってね。『歌は世につれ世は歌につれ』って言うじゃない。そうやって、みんなアメリカ兵に媚《こ》びるようになったのね……」

物言えぬ時代

戦前から終戦に至るまで、数々の恐怖や苦難を乗り越えてきた鈴木さんだが、当時は「言いたいことも言えなかった」時代だったと回顧する。

　女学校に通っていた昭和一八（一九四三）年頃、鈴木さんは、越後に住んでいた叔父さんと叔母さんのもとを訪れた。その際に、たまたま叔父さんが出征することになり、鈴木さんも駅まで行って見送りに立ち会ったそうだ。駅には叔父さんが働いていた会社の同僚を始め、婦人会、青年団、町内会の人など五、六〇人が集まった。

「出征する叔父さんに、みんなは『元気に行ってこい』『敵を倒してこいよ』なんて叫んでいたけれど、どれも嘘ばかりよ。本当は『(生きて)帰って来い』とか言いたくても、それが憲兵に見つかったら連れて行かれちゃうからね。でも、私の叔母さんはその時『おめーさん、帰って来いよ！　死んじゃなんねーぞ！　おらのために帰って来い！』って大勢の前で叫んだの」

ちょうどこの時は運良く憲兵もおらず、叔母さんの身には何も起きなかったそうだ。

「私はね、『君死にたまふことなかれ』を詠んだ与謝野晶子を尊敬しているの。軍律の厳しい時代にあの詩を詠んだ彼女をすごいと思っていたけど、一般人であんなことを言った叔母さんはもっとすごいと思った。みんなも同じことを言いたかったけど、なかなか言えなかったんだよ」

『君死にたまふことなかれ』。これは、日露戦争の時に歌人の与謝野晶子が、戦地に行った弟に向けて詠んだ詩だ。私自身、彼女の名前や詩については学校で過去に教わった記憶がある。ただ、戦時下で言論が厳しく制限され、国のために死ぬことが名誉とされていた時代だからこそ、その詩に意味があったことを、鈴木さんの話を聞きながら初めて認識したのだった。自分の無知さに恥ずかしくなったと同時に、戦争について今まで教わってきたことは、表層的なことに過ぎなかったのかもしれないと思った。

叔父さんが出征すると、鈴木さんは何度か手紙を出した。しかし、返事はなかなか返ってこないうえに、たまに返ってきた手紙にも形式的な挨拶しか書かれていなかったそうだ。

「私は戦地でのいろいろなことを聞きたかったんだけど、それについては何一つ書かれていなくて。ただ単に、勉強して、お父さんとお母さんの言うことを聞いて、体を大事にしろ、ってこれだけ。どの兵隊もこの三つの言葉を書くばかりで、本当のことは軍の検閲があるから書けなかったの」

鈴木さんは、悔しそうに言った。出征した兵士とその家族の唯一の連絡手段であった手紙でも、当時は自由に書けなかったのである。

結局、鈴木さんが叔父さんの戦地での様子を知ったのは、終戦後だった。叔父さんは南方の戦地から帰還し、鈴木さんのもとを訪れたそうだ。

「その時に手紙のことを聞いたら、『内地から来る手紙はすごくありがたかったよ』と言ってくれたの。だけどね、内地に送る返事には本当のことを書いちゃいけなかったというの。書いても全部検閲されるんだって。だから、どの人も言いたいことが言えなかったんだなと思ったわ」

叔父さんは日本に帰ってくることができたが、戦地では上官に殴られたり、軍靴で蹴られたりと、とても辛い思いをしたという。

「本来なら敵と戦っている仲間同士だから、助け合わなきゃいけないのに、何でそんなことしなきゃいけなかったのかな」

招集されて戦地に送り込まれ、軍隊内部で痛めつけられる苦しさ、それを誰にも打ち明けられない苦しさ。兵士たちがその二重苦を耐え抜くことに一体どんな意味があったのだろうか。それでも当時、軍や政府への不満を表立って唱える人はいなかったと、鈴木さんは語る。

「当時は東條英機内閣だったんだけどね、東條さんの悪口など誰も言わなかった。新聞には彼が八百屋の人に、にこにこと話しかけている写真が大きく載ってさ。東條さんは偉い人だ、という頭があったのね。戦中、あれだけ食べるもの、着るもの、住む所がなくたっても、政府や内閣の悪口なんか一言も言わなかった」

鈴木さんは「今は逆に、内閣が変わった途端にいろいろと言われちゃうもんね」と、笑いながら付け加えた。確かに今は内閣もよく入れ替わり、政治への不満も常々耳にする。だが、不満があってもそれを自由に言えること自体が大切なのであり、戦時中に比べれば恵まれたことだと思う。

「今は本当にいい時代になったよ。買いたいものも買えるし、言いたいことも言えるじゃない」

鈴木さんの顔に、陽気な笑みが戻った。

エピローグ

深川での豊かな幼少時代、そして倒産。さらには日米開戦の後、八王子空襲で九死に一生を得た鈴木さん。ご自身の人生を「まるでドラマのよう」だと例える。最後に、「二度と戦争は経験したくない」と強調した。

「私たちは生まれた時から軍国少女としていろいろ教え込まれてきたけど、もう戦争はしちゃ困るね。もうあんな思いは嫌だよ。今でもね、昔のことを昨日のことのように鮮明に思い出すの。最近あった出来事はすぐ忘れちゃうのにね。だけど、悪い思い出はもう捨てたいと思う。いろいろなことを振り返ったってしょうがないから、前へ進まなきゃ駄目なんだよね」

そんな忘れたいような思い出を、鈴木さんは話してくださった。そのおかげで、私は戦争というものの現実を知ることができた。

「最近、年を取ってくると、『若いっていいな』ってつくづく思うの。きっと戻れないからいいんだろうね。私は医者から余命わずかと宣告されて、もう二年が経ったの。まだまだやりたいこともあるけど、明日はどうなるかわからない。だから、こうやって話を聞いてくれる人にお会いできて、本当に良かったわ」

人生の大先輩から感謝され、私は恐縮しながらも嬉しさを感じた。

何となく周囲が静かになった気がした。時計を見ると、ランチタイムも終わりに差しかかっていた。

帰り際、鈴木さんは「ぜひ握手を」と言って、そっと手を差し出された。私もその手を握り返した。しわしわで、少しごつごつしていて、でも今まで握った誰の手よりも「平和の温もり」を感じる手だった。

取材を終えて・後日談

取材からしばらく経った一〇月下旬、一枚の新聞記事が目に留まった。投書欄の記事で、タイトルは「若者に語る戦争の記憶」。投稿者は東京都八王子市の鈴木ナミさん――何と、お話を伺った鈴木さんの投書だった。記事には以下のように書かれていた。一部引用する。

先日、私は中央大学の学生さんと話し合う機会に恵まれました。テーマは「戦争を生きた先輩たち」です。私は完治できない病を持ち、高齢でもあり、体調が悪い日でしたが、若い人を前に五十分間もしゃべってしまいました。

戦中、戦後の話を語り合う友も逝き、当時の話をしても今の若い人には実感が湧かないと思っていたのです。しかし、熱心に私の話を聞いて、そして感動してくれ、すごく嬉しかったです。

（『東京新聞』平成二三年一〇月二一日付朝刊、一部引用）

昔から文学が好きで、新聞にもよく投書をしていた鈴木さん。とはいえ、まさか今回の取材のことを投稿されるとは、思ってもみなかった。

投書には「五十分間」とあるが、実際には三時間近くお話をした。その時間を短く感じてくださっていたのなら、私にとってこれほど幸せなことはない。

北緯三八度線を越えて
――おばあちゃんの初恋物語――

取材・執筆者（つなぎ手）
小林奈緒
▼中央大学文学部二年

×

戦争体験者（証言者）
中村登美枝
▼取材時、八五歳

証言者の経歴

大正一五（一九二六）年…五月一一日、父・香川新太郎さん、母・イサミさんの二人姉妹の次女として、朝鮮咸鏡北道《かんきょうほくどう》雄《ゆう》基《き》（現在は北朝鮮羅先特別市先鋒郡）本《ほん》町《まち》に生まれる。

昭和二〇（一九四五）年…八月、ソ連軍侵攻。一二月、興南（現在は北朝鮮咸鏡南道咸興市に位置する）の暁星寮で父母を亡くす。孤児の世話を引き受ける。

昭和二一年…三月、三八度線に向けて暁星寮出発。五月、三八度線突破。六月、釜山より博多に上陸。

昭和二六年…中村博充さんと結婚。

平成一二（二〇〇〇）年…五五年ぶりに北朝鮮を訪れる。

平成一四年…『おばあちゃんの初恋物語』に登場する「初恋の人」と再会。

平成二二年…一〇月、『おばあちゃんの初恋物語』出版。

平成二三年…五月七日、日本自分史学会「昭和の記録賞」受賞。七月、『おばあちゃんの初恋物語』第二刷発行。

取材日

平成二三（二〇一一）年八月二九日、平成二四年一二月二一日、平成二五年一月二九日

プロローグ

私がまだ高校生で、終戦記念日頃に放送されたテレビニュースを見た時のことだった。そこでは、「戦争体験者の数がだんだんと減少している。いつの日か日本は戦争の悲惨さを忘れ去ってしまうのではないか」というようなことが報道されていた。普段は政治や社会の事柄にあまり関心のない私だったが、その時はなぜか、そのような事態に陥ることの深刻さを漠然と感じたのだった。

それから時が経ち、大学に入学し、戦争体験者の証言を記録する「戦争を生きた先輩たち」というプロジェクトがあることを知った。そして高校生の時に、未来に対して、一抹の不安を感じたことを思い出した。「まず私自身が、戦争を体験した方から直接話を聞くべきではないだろうか」。そう思い、このプロジェクトに参加することに決めた。

私が中村登美枝さんを知ったのは、平成二三（二〇一一）年の六月も終わろうとしていた頃だった。新聞に掲載されていたある記事が目に留まった。

中村登美枝さん（八五）という方が、自身の半生を振り返った『おばあちゃんの初恋物語』を出版したこと。そして登美枝さんは、平成一四年に、本に登場する初恋の人と約五〇年ぶりの再会を果たしたこと。記事には、そのような内容が書かれていた。

さらに本の中には、終戦間近にソ連軍が侵攻してきたため、初恋の人と別れざるを得なかった登美枝さんの戦争体験も書かれていた。

登美枝さんが体験した「戦争」とは一体どのようなものだったのだろう。そして登美枝さんは、どのような「初恋」を経験したのだろうか。「登美枝さんにお会いして、話を聞いてみたい」。そう思った私は、連絡先を調べてみることにした。

やっとの思いで電話番号を入手した私は、高まる気持ち

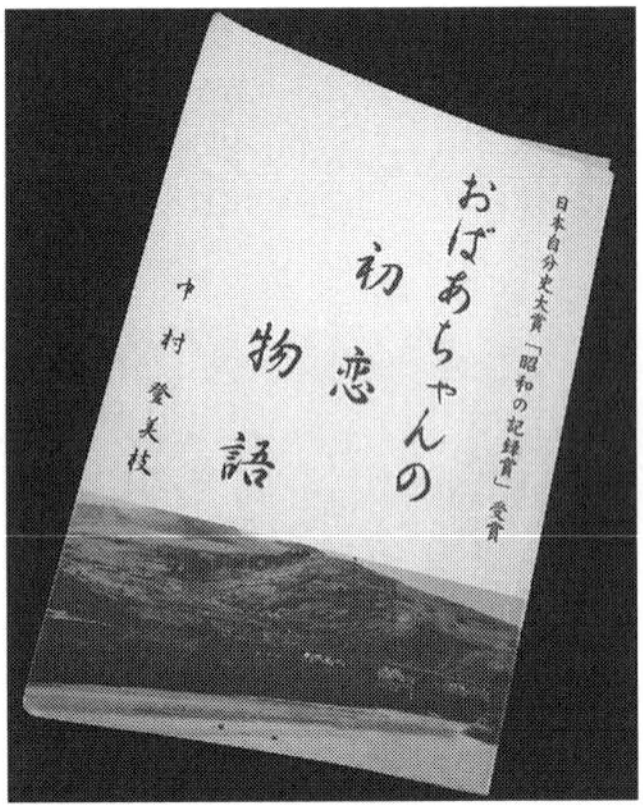

登美枝さんが2010年10月に出版した『おばあちゃんの初恋物語』。

を抑えながら、携帯電話を手に取った。「はい、中村です」。電話口から聞こえてくる優しい声で、緊張が解けた。登美枝さんは、「あなたのような若い人に興味を持って頂けて嬉しいです」と取材を快く引き受けてくださった。お会いする日は、二週間後ということに決まった。

取材当日

ようやく迎えた取材日の八月二九日は、まだまだ夏の暑さを感じる日だった。私は朝からずっと落ち着かない気分だった。忘れ物はないか、何度も持ち物チェックをして家を出た。

取材場所の登美枝さんのご自宅には、一三時に伺う予定だった。町田駅からはタクシーで向かう。登美枝さんのお宅に近づくにつれて、緊張がそれまでより何倍も高くなっていった。

登美枝さんはどんな方なのだろう。しっかりお話を聞くことができるだろうか。胸の内には、様々な思いが去来していた。

一五分ほど走ったところで、私はタクシーを降りた。「ここだ……」。ついに登美枝さんのお宅に到着した。ほっと一安心したのも束の間、決意を固めてインターホンを押す。私の緊張は最高潮に達した。

しばらくしてドアが開き、登美枝さんが温かな笑顔で迎えてくださった。登美枝さんの小柄な背丈や短く切られたヘアースタイル、眼鏡をかけているところなど、同じ家で暮らす私の祖母にそっくりだった。初対面の登美枝さんに対して、私は勝手に親近感を感じてしまっていた。

私が通された居間には、ご夫婦やお孫さんのものなど、たくさんの写真がかけてあった。

挨拶や自己紹介を済ませて軽く世間話をした。しばらくして、登美枝さんが「私、打ち上げ花火が怖くて見られないんです」と話を切り出した。登美枝さんは、「爆撃を思い出すんですよね。白い煙が不気味で……」と語った。

私は、今まで花火を見ても「きれいだな」としか感じたことがなかった。花火に対してこのような思いを抱く方がいるとは考えてもいなかったので、大きな衝撃を受けた。戦争の記憶は、そう簡単に消えるものではないのだろうか。そんなことを思いながら、お話を伺うことにした。

朝鮮に生まれる

登美枝さんは、大正一五（一九二六）年五月一一日に朝鮮の雄基《ゆうき》（現在は北朝鮮羅先特別市先鋒郡）で、父・香川新太

左から姉、妹、登美枝さん。三姉妹でひな祭りを楽しんだ。

郎さん、母・イサミさんの次女として生まれた。父は、化粧品店と玩具店を営んでいた。しかし、昭和五（一九三〇）年に母が結核で亡くなり、父はイサミさんの妹であるクニミさんと再婚する。彼女の産んだ妹㐂代子《きよこ》さんも、生後間もなく亡くなる。昭和九年には弟・俊雄さんが生まれたが、昭和一二年に姉・千鶴子さんを結核で亡くした（四人兄弟で、長女と三女が亡くなった）。相次いで家族が亡くなり悲しみに暮れる父母は、それまで営んでいた二つの店を他の人に貸し、一家は慶興《けいこう》（現在は北朝鮮咸鏡北道恩徳郡）へ引っ越した。その後は、賃貸料などで生計を立てた。

昭和一四年の春、登美枝さんは「朝鮮より内地（日本）の教育のほうがいい」という父の考えのもと、祖母の家があった広島の女学校に入学することとなった。広島へは、父の姉が付き添ってくれた。一三歳だった。

登美枝さんに女学校時代について伺うと、返ってきたのは悲しそうな表情だった。

「楽しい思い出なんて一つもないんですよ。朝礼が終わったらすぐに木刀を持たされて、軍事教練を受けるんです。その後はすぐに勤労奉仕ということで、軍需工場に振り分けられました。慰問に行く陸軍病院で負傷している兵隊さんを見ると、悲しくて言葉もかけられませんでした。『腹が減った』と言って祖母を困らせたことが、心に残っています」

勉強するための場所である「学校」で、戦争に向かうための準備をさせられる……。一番楽しいはずの学生時代に、楽しかった思い出がない……。私が送る学校生活とのあまりの違いに、呆然としてしまった。

登美枝さんが広島の女学校に通い始めた頃から、日本には配給制度が敷かれるようになった。戦況が悪化し物資が不足する中で、あらゆる生活物資が切符との交換制になっていった。父親から「内地は食糧事情がどんどん悪くなっているから、早く帰ってこい」と言われ、昭和一八年、登美枝さんは慶興に戻った。当時を振り返って「朝鮮にはまだ自由に買うことができる米や衣料があったから、別世界みたいで驚きました」と語る。

淡い初恋

慶興に戻った登美枝さんは、郵便局に勤め始めた。書留を送る窓口で働いていると、一人の兵士がよくやって来るようになった。彼は、本が好きな人だった。当時本を買うには、代金として小為替を書留で出版社へ送らなければならなかった。彼は用事を済ませると、自分が読み終わった本を「読みなさい」と言って本の感想文と一緒に貸してくれたそうだ。

そんなある日、登美枝さんは、愛犬のジョンを連れて西峰台（慶興にある小高い丘）へ出かけた。辺り一面萩で覆われた西峰台を散歩していると、突然一匹のオオカミが現れた。命からがら逃げだした登美枝さんは、近くに住む人に起きたばかりの出来事を話した。するとそこへ、彼が通りがかった。登美枝さんは家まで送ってもらうことになった。

そしてある時、いつものように郵便局の窓口で彼から本を受け取ると、中から達筆な文字で「登美ちゃんへ」と書かれた白い封筒が出て来た。中には、こんな俳句が書いてあった。

初恋や夢に求めし青い鳥

登美枝さんはこの時の心境をこのように語ってくださった。

「これがラブレターなのかな?と思いましたね。嬉しくて、今にも叫び出したい気持ちでした。その本が、彼が手にして読んだ本だと思うと、どんどん愛着が湧いてくるんです」

18歳の登美枝さん。黒い、ストレートの髪が自慢だった。

初恋の人について話す登美枝さんの表情は、少女のようだった。

その後も彼は頻繁に登美枝さんの家にやって来た。二人は一緒に夕食をとるなどして、交流を重ねた。

「彼はお母さんを亡くしていたから、うちに来て母の作った料理を食べると『おふくろの味だ』と言って喜んでいました。軍からお酒を配られた時には、『お父さん、一緒に飲みましょう』と一升瓶を抱えてきました。ふとした時に彼が『登美ちゃんの髪きれいだね』と言いながら、撫でてくれたこともありました。とても嬉しかったです」

そんな中、彼から「登美ちゃんを僕のお嫁さんに頂きたい」と正式に結婚の申し込みがあった。しかし、登美枝さんのお父さんは「まだ早い」の一点張りだったそうだ。登美枝さんは、「彼の気持ちに答えることができなくて苦しかったけれど、最愛の妻と長女、三女を亡くして、残った娘を軍人に嫁がせる父の辛さも痛いほどわかりました」と語った。

登美枝さんに、彼との印象的な思い出について伺った。

「母に許しをもらって行った西峰台でのデート。スズランがたくさん咲いていました。一緒に連れて行った愛犬のジョンが、彼があぐらをかいている所にすっぽりと収まっているのを見て『ジョンずるい』と思っていました。彼は離れて座って、一生懸命本を読んでいるんですよね。私は、彼が『西峰台に行こう』と言うものだから、『何か話があるのかな』って楽しみにして行ったのに、彼はただ本を読んでいるだけ。こんなんだったら、家で読んでいたっていいじゃないかって」

そう言って「ふふふ」と笑った登美枝さんは、まるで少女のようだった。私は、デートの様子を思い浮かべてみた。辺り一面にスズランの花が広がる中で、ぎこちない距離を取っている二人。読書に没頭している彼。それを少し面白くないといった様子で見つめる彼女。何と奥ゆかしいのだろう。異性と出かけるにも親の許可が必要だった時代。男女は手をつなぐことさえ、思うようにできなかった。しかし彼らは、愛情表現の方法が制限されていても、互いを真っ直ぐに思う気持ちでつながっていたのだ。これを「純愛」と呼ぶのかもしれないと思った。

ソ連軍の攻撃

昭和二〇（一九四五）年八月九日の一八時頃、自宅の庭で夕涼みをしていた登美枝さんの耳に、「ドカーン」という雷鳴のような音が轟く。ただごとではないと感じた登美枝さんは、自分が働いていた郵便局へと走った。

ソ連軍の侵攻。

恐れていたことが起こった。

瞬く間に火の海と化す慶興の町の中を、登美枝さんは先祖の過去帳(1)と彼の写真を取りに自宅へ戻った。

「以前、珍しく軍服を着た彼が『父さんと妹に登美ちゃんを見せたいから、写真撮ろうよ』と家に来たことがあったんです。二人で写真を撮るのは恥ずかしいし、ましてや母に許可も取らないで勝手に写真屋さんには行けませんよね。だから『悪いけど、母がいないから写真は撮れない』と言いました。そうしたら彼は寂しそうに写真屋に行って、一人で撮ってきた写真を持って来てくれたんです。それが本当によく撮れていたの」

それが、登美枝さんが命を懸けて守った「彼の写真」だった。その晩、登美枝さんは生まれて初めて、野宿を経験した。優しい目をして写る彼が、心の支えとなった。

爆撃があった夜から二日後の一一日朝、登美枝さんは父と再会した。父は、「よく生きていたなあ！」と汗びっしょりの体で抱きしめてくれたという。登美枝さんは、「父の伸びた顎鬚《あごひげ》が当たって痛かったのよね」と微笑みながら語った。

そして翌朝、左が会寧《かいねい》（現在は北朝鮮咸鏡北道会寧市）方面、右が上三峰《かみさんぼう》（現在は北朝鮮咸鏡北道穏城郡三峰労働者区）へと続く三叉路の前に登美枝さんと父が立っていると、遠くから向かって来る彼の姿が見えた。

彼は足早に二人の前にやって来ると、父の前に立って「登美ちゃんを頼みます！」と真剣な顔で敬礼した。それから登美枝さんの手を握ると、「ソ連兵にやられても、どんなことがあっても、生きて内地に帰れよ！」と言った。初めて手を握られたことが嬉しくも恥ずかしくもあった登美枝さんは、ただ小さな声で「はい」と返事することしかできなかったそうだ。

思いを寄せ合っていた二人を、戦争が引き裂く。そのことを思うと、とても悲しかった。何で愛し合う二人が離れ離れにならなくてはいけないのだろう。私は今まで、戦争について漠然としか考えてこられなかった。しかし、登美枝さんのお話を聞く中で、戦争は、人と人の別れしか生み出さない無意味なものだと心の底から感じ始めていた。

そして彼の「生きて帰れよ！」の一言は、後々まで登美枝さんを守ってくれる力になった。

敗戦、断髪、そして彼が捕虜に

一二日の夕方、上三峰で母と弟と再会を果たし、一家は北緯三八度線を目指し、南下を続けていた。そして、昭和二〇（一九四五）年八月二二日。延社（現在は北朝鮮咸鏡北道延社郡）の駅は、いつ来るかわからない列車を待つ避難民で溢れ返っていた。待つこと数時間。ようやく到着した列車に乗り込むが、あまりの乗客の多さにスピードが出ない。列車はのろのろと進み、終点の白岩（現在は北朝鮮両江道白岩郡）という駅に着いた。ここで登美枝さんは初めて、日本の敗戦を知った。

「駅前にいる兵隊さんが、腰に銃剣を巻いていなくて『どうしたのかな』と思ったら、『武装解除した』と。はじめは武装解除の意味がわからなかったです。傍にいる兵隊さんに、母が『どうしたんですか』って聞いたら、『戦争に負けたよ』と言われました。母はガタガタ震えて顔が真っ青になって座り込んでしまいました。私よりも父や母のほうが、ショックが大きかったみたいです」

敗戦の知らせを受けた兵隊は、避難民一人ひとりに自決用の手榴弾を配って回った。登美枝さんにも手渡されたが、お父さんが「無駄死にはするな！」と素早く取り上げてしまった。

「そのまま手に持っていたら、自爆していたかもしれません。あれって、弁を外して、石に投げつけるだけなんです。『私にも使えるぐらい、簡単なんだ』って思いましたね。あの時の手榴弾の冷たさとか、重さはいまだに忘れられません」

南下の途中、登美枝さんは髪を切ることになった。それは、ソ連兵による強姦を防ぐためのものだった。

その時のことを、登美枝さんはこのように語った。

「私が髪を切りたくなくてもたもたしていると、近くにいた女性が『きれいな髪なんだから、切るのもったいないでしょう』と言ってくれたんです。それを聞いた父は苛立ったのか、私に拳骨を食らわしたんです。目に火が走りました。父は、私の髪を根元から切るんですよね。私が『鏡がなくてよかった』と言うと、父は黙ってしまって。母は『長い髪がばらばらになるといけない』と、穴を掘ってきれいに、地中に納めてくれたんです」

登美枝さんは、涙ぐんでいた。長い間大切に伸ばし続けた髪を切られたことは、想像以上に乙女心が傷つけられたのだろう。以前、彼が家に遊びに来た時に、「登美ちゃんの髪は本当にきれいだね」と言って撫でてくれたことがあった。その楽しかった思い出までもが、髪とともに消え去ったように感じられたのかもしれない。

登美枝さんたちはさらに南下を続け、興南《こうなん》（現在は北朝鮮咸鏡南道咸興市に位置する）にたどり着いた。家族は寺に収容された。

そしてある日、ソ連の捕虜になって連れられて行く兵士の中に、彼の姿があるのを見つけた。「早く行って彼に会って来い」と言う両親を前に、登美枝さんは「こんな頭で会うなんてできない」と泣いた。

自分の恋人が異国の地に捕虜として連れて行かれ、いつ帰って来るのかわからない。もしかしたら、もう帰って来ないかもしれない。登美枝さんの心の中には、私の想像を絶する悲しみが広がっていたに違いない。当時の登美枝さんは一九歳で、今の私は二〇歳だ。ほぼ年の変わらない少女が、計り知れない大きさの悲しみを背負って生きていかなければならなかったことを思うと、胸が締め付けられるような気持ちになった。男の子のように短く切られた髪を恥じて、去って行く彼を、遠目に見つめることしかできなかった。別れの挨拶さえ交わすことができなかった二人を思うと、もどかしく、そして悲しくてたまらなくなった。

父母との別れ

寺を出ると、一家は興南の九竜里にある暁星寮《ぎょうせいりょう》（日本窒素の会社の寮。避難民が収容所とした）に入った。六畳の部屋に、登美枝さんの一家四人と他の家族の計一二人が押し込められた。

ここで、またしても悲しみが登美枝さんを襲った。昭和二〇（一九四五）年一二月二日、最愛の母が発疹チフスにより亡くなった。四六歳だった。九竜里は、厳しい冬を迎えていた。

「夜冷え込んでくると、発疹チフスが流行り始めました。発疹チフスだというのがわかっていても、お医者さんがいませんでした。そして薬もなかったんです。着物を洗濯することもできず、母の着物の縫い目にはシラミがずっと歩いていました」

私は、自分の顔が強張るのを感じた。

「母は四〇度近くの熱が出て、うわごとばかり言っていたんです。『彼が戸のところで待っているから、早く会ってらっしゃい』と。だけど夜明けの頃だから、彼が来るはずがないですよね。実際に戸を開けたら誰もいないんです。雪が山のように積もっているだけ。母は息を引き取る前に、『早く早く、船が出るから』と言いました。一一歳の弟は泣くのも忘れて見ていました。父が『手を握ってやれ』と言っても怖がって、立ったまま握ろうともしませんでした。そして、母は亡くなりました。シラミが、体温がなくなった体から、一斉に出て行くのを私は初めて見ました」

登美枝さんは、声を詰まらせながら続けた。

「亡くなったら、同じ日本人の雑用係の人がすぐに来て、死体を藁《わら》に包むんですよね。頭と足首のところで縛っているから、ちょうど真っ黒になった足袋が見えるんです。ぼろぼろで指が出ていて。死体は廊下に置かれるんです。その日のうちに何回か死体のところに行ったけれど、母の上に何十体も並べられていて、誰の遺体かわかりませんでした。だけど、足袋の汚れでそれがお母さんだとわかったんです」

そう言って、言葉が止まった。登美枝さんの目には、涙が溢れていた。私も、熱いものが込み上げてくるのを感じた。戦争が残したものは、「勝利」や「敗北」ではない。「平和」でもない。戦争が残したものは、「悲しみ」だけだった。

それから登美枝さんは、母が亡くなった後のことを語ってくれた。

残された家族は、雑用係の人が遺体を埋めに行くのに付いて行った。そして父が、「浴衣一枚だと寒いから」と、遺体の上に自分が着ていた上着をかけた。すると雑用係の人が、このようなことを言ったそうだ。「お母さんには、金歯はあるか。遺体が身に着けているものは、とにかくすべて避難民にはがされる」。登美枝さんたちは母の口に新聞紙を丸めて入れ、父の上着は持って帰った。しかし、夜中に部屋の入口から雑用係の人の手が伸びて、その上着をずるずると引っ張っていくのが見えた。登美枝さんは飛び起きて弟に知らせて、盗られるのを防いだという。

「昼間は『あんたたち、親が亡くなってかわいそうだね』と言って慰めてくれて、親切な人だなと思っていたんです。けれど、母を埋めてすぐに盗りに来たから、もう信頼できないなと思いましたね」

人をこのような行動に駆り立たせてしまう戦争が怖いと私は感じた。しかし毎日のようにたくさんの人が死んでいく。その光景を間近で見ていると、「明日は我が身かもしれない」と不安が募り、いても立ってもいられなくなるのだろう。雑用係の人がそのような行動に出るのも無理はないのかもしれない。誰もが一日も長く、生き延びたいと思っているのだ。

そして登美枝さんに追い討ちをかけるかのように、一二月二一日、今度は父が息を引き取った。母と同じ、発疹チフスが原因だった。五二歳だった。

父について伺うと、「私の長男が当時の父と同じ五二歳になっているんですけどね、長男の五二と父の五二は違う。私の長男には父親の威厳がないです。子供からしたら『父親は威厳がある』と思うかもしれない。けれど私の中の父親像とは全然違う。父は軍隊で育てられたから一本筋が通っているんです。怖いけれど優しい人。何をさせてもできる父でした」と語ってくださった。

かつて一二人が押し込められた部屋は、登美枝さんと弟の二人を残すばかりとなった。両親を亡くし、登美枝さんは、戦争を始めた国に対して憤りを覚え始める。

「敗戦を知って、多くの兵士が自決しました。ソ連兵に強姦されたことを苦にして自決した日本人の女性も、たくさん見ました。けれど、その情報は全然日本には伝わっていないんです。何の援助もなく、見捨てられたような気がしました。すごく悔しかったです。何としても、弟と二人で内地に帰ろうと思いました」

この時登美枝さんは、悲しみのどん底にいた。しかし、めげることなくそこから這い上がった。強い人だ、と思った。

孤児を連れて三八度線を越える

両親が亡くなってまだ日も経たない頃、登美枝さんは同じ寮の一室で暮らす孤児一一人の世話をすることになった。その寮にいる孤児の中で、一番年齢が高かったからだ。隣の部屋には「団長」と呼ばれる人がいた。団長は、内地から会社の出張で来ていた四十代の男性で、「必ずみんなを内地に連れて帰るよ」と言ってくれていた。毎朝、孤児全員を連れて、「今日も元気ですよ」と団長に挨拶に行くのが登美枝さんの日課だった。その日も、いつも通りに団長の部屋を訪ねた。

「部屋に行ったら、入口のところに一斗の米と『先に内地に行きます』というメモが置いてあったんです。子供たちも空っぽになった部屋を見て気づいているんですよね。米を部屋に持って帰って、『この米がなくならないうちに逃げなきゃ行けないけど、歩ける?』と聞いたけれど、みんな返事をしませんでした。しかし、一二人の中でも年齢の高かったさっちゃん、直ちゃん、弟の三人は『とにかく歩けるところまで歩こう』と言ってくれたんです。『雪が解けて道も悪いし、三八度線もどこかわからないけど歩こう』と決断しました。団長に裏切られたことが悔しくて、二畳の炭小屋に行って泣くだけ泣きました」

そして、昭和二一（一九四六）年三月。登美枝さんと直ちゃん、三歳のみどりちゃんを先頭に、孤児たちは地図もないまま三八度線を目指して南下し始めた。

ここで私は、「弟と二人だけで逃げたいと思うことはなかったのですか？」と質問してみた。

「私は、孤児となってしまった子供に助けられたことがありました。ソ連兵が昼間に戸をボーンと蹴って入ってきた時のことです。弟はすぐに自分の夏布団を私に被せて、さっちゃんの弟が上に乗って覆い被さったんです。子供たちは『ダワイ、ダワイ』（ロシア語で「よこせ」）と言って、兵士の食べている黒パンを欲しがりました。その勢いにびっくりして、パンを放り出して逃げて行きましたよ。弟と二人だけで逃げるチャンスはありました。けれど、助けてくれた子供たちを残して行くという気にはなれませんでした」

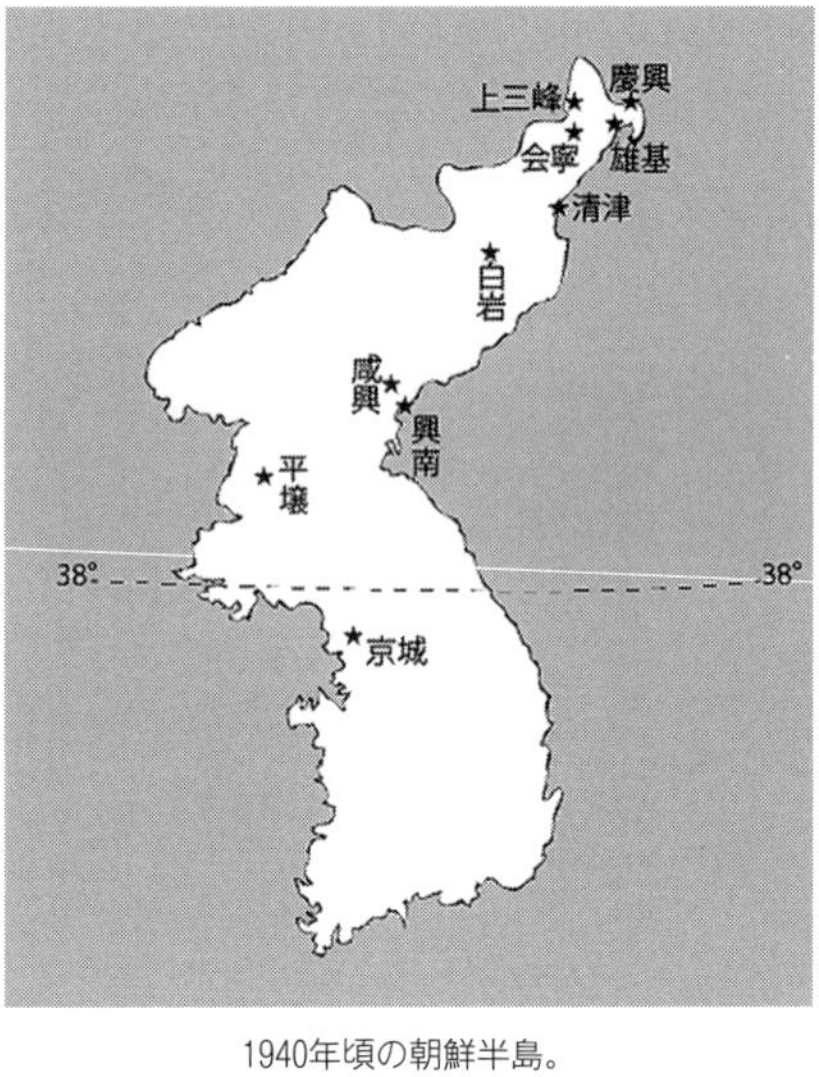

1940年頃の朝鮮半島。

日を追うごとに一人また一人と新たな孤児が列に加わり、気がつくと登美枝さんは四〇人近い孤児のお母さん代わりとなっていた。疲労と空腹、ソ連兵の襲撃に対する恐怖で極限の状態まで達していた登美枝さんの耳に、川が流れる音が聞こえてきた。幅およそ五メートルのその川を越えた先に、三八度線はあった。

「川が流れていて、その上に電信柱がかかっているんです。私は川の中に入って中間に立って、やって来る子供の手を引っ張って向こう岸に渡しました。一番小さな子は、私が抱えるようにして渡しました。信頼できたのは、握っている手の感覚だけでしたね。『この手を放したら死んでしまうよ。だからお姉ちゃんの手を放したら駄目よ』と言っていました。五月の終わりぐらいだったんですけれど、雪解け水の冷たさで腰から下は感覚がなくなっていました。でも『私が手を放したら、この子たちは川に落ちてしまう。流れも速かったから、絶対に放してはいけない』と思って、耐え抜きました」

失礼な表現を許してもらえば、これは映画のワンシーンのようだと思った。しかしこれは、現実なのだ。私は息をするのも忘れて、登美枝さんの話に聞き入った。

全員が無事に川を渡りきることができたが、渡った先で登美枝さんたちはソ連兵のいる小屋へ連行されてしまった。「送り返されてしまうのか……?」。ソ連兵と朝鮮人の保安隊員（終戦後、北朝鮮に置かれた警察組織）のやり取りを、固唾を飲んで見守った。

すると、「行きなさい」と朝鮮人の保安隊員が言った。

遮断機がゆっくりと上がる。子供たちは我先にと走り出した。ついに、三八度線を越えることができたのだ。どんなに嬉しかっただろう。「空の上にいる両親に向かって、大きな声で『三八度線を越えたよ！』と私は叫びました」。

遮断機の向こうには、米兵が立っていた。近くにはトラックが停まっている。登美枝さんたちは導かれるがままにトラックに乗り込み、宿舎へと連れられた。そこで一晩を過ごし、あくる日の朝、列車で京城へと向かった。京城に着くと、一行は列車を乗り換え、日本への船が出ている釜山に向かった。

外では、午後の太陽が一層強く照りつける中、セミが懸命に鳴いている。オートバイが一台、軽快に通り過ぎて行く音が聞こえた。平和が、そこにはあった。

帰国後の生活

昭和二一（一九四六）年六月。一行は釜山から船に乗って博多に上陸した。崇福寺というお寺に孤児を送り届けると、弟と二人、広島の祖母の家に向かった。

三八度線へ向かう道のりの途中で医療団に引き取られた直ちゃんから、「妹のみどりが里子に出されてしまった」と手紙が来たのは、三カ月後のことだった。「ほかに相談できる人はいないの？」と返信すると、陸軍士官学校に通う兄がいるという。そこで登美枝さんは、直ちゃんとみどりちゃんの実の兄である中村博充さんに「二人兄妹を離れ離れにさせるのはかわいそう」と相談の手紙を出した。この手紙をきっかけに、東京に住む博充さんとの文通が始まった。

博充さんは戦時中、陸軍士官学校に通っていた。終戦後は公務員になることを志望し、法政大学の夜間部に通っていた。そしてその当時博充さんには、許嫁がいた。

二人は、手紙でお互いの近況報告をするなどして、やり取りを重ねた。そんな中、登美枝さんは胆のう炎を発症し、一カ月間四〇度の熱が続き、危篤状態に陥ってしまった。そこに、博充さんが夜行列車で東京から広島まで駆けつけた。博充さんは、許嫁との結婚を振りきってきたという。二人が会ったのは、それが初めてだった。登美枝さん二二歳、博充さん二三歳の時だった。

博充さんは、危篤状態の登美枝さんを前に、このようなことを言った。「僕は、命を懸けて弟と妹を守ってくれたこの人と結婚したい」。

その後登美枝さんは回復したが、結婚を承諾することはできなかった。初恋の彼に再会することをまだ願っていたのだ。だから「五年ほど待ってほしい」と言った。それを聞いた博充さんは、このような言葉を返した。「僕は今、大学に通っていて、これから公務員試験を受ける予定だ。そうすると、君と同じで、しばらくの間は結婚できないだろう。だから、僕は待っているよ」。


一方、初恋の彼が帰ってくる様子は、一向になかった。

「舞鶴に行って、尋ね人ということで大きな半紙に彼の名前を書いて出したことがありました。三回ほど出したけれど、なしのつぶてで。だから、彼が生きている可能性よりも死んだ可能性のほうが大きいかなって。だけど友達と手相を占いに行ったりすると、『初恋の人は生きています』って言われるんです」

昭和二五年、博充さんは国家公務員試験に合格し、呉の税務署に転勤してきた。そして翌年、登美枝さんは、正式に結婚の申し込みを受けた。登美枝さんは、結婚を承諾した。二五歳だった。それぞれの弟妹を引き連れての新婚生活が始まった。しかし、一年も経たないうちに博充さんが単身で上京してしまったため、新婚生活を楽しむ間もなかったそうだ。

そして昭和三一年の暮れ近くのある朝、登美枝さんにとって衝撃的なことが起こった。新聞に載っていたソ連からの最後の帰国者の名簿に、彼の名前を見つけたのだ。

登美枝さんは、友達に協力してもらい、彼の義兄の居場所をつきとめた。義兄によると、彼は捕虜時代に知り合った大阪出身の友人の農家で働いているという。

年が明けて昭和三二年、登美枝さんは彼が働いている大阪の農家を訪ねた。彼は出かけていて、じきに戻ってくるという。登美枝さんは、家の外で彼を待つことにした。しばらくして、仲間と楽しそうに話しながら歩いてくる、作業着を着た彼の姿が目に飛び込んできた。ついに二人は再会を果たした。一二年ぶりの再会だった。

登美枝さんは、涙が溢れて、やっとの思いで「長い間ご苦労様でした」と言ったという。彼の優しい目は、そのままだった。

「私はその時、スプレーで髪をセットして行ったんです。そしたら彼が、『登美ちゃん、昔の頭と違うね』って。彼は、私の何もしていないストレートの髪を覚えていてくれたんです。私は自分が変わってしまったことが、とても申し訳なく思いました」

そして、大事な話になった。

「彼は私に向かって『もし君が離婚できたとしても、僕は失業中の身だ。仕事もないまま結婚はできない。だから仕事を見つけるまで、二年待ってほしい』と言いました。卑怯だけど、私は彼に『連れて行って頂戴』と言ったんです。そうしたら彼は、『それは男としてできない。二年待つから、ちゃんとけじめをつけてこい』と言ったんです」

登美枝さんは、悩み抜いた。

そして最終的には、自らは弟を引き連れていて、相手も弟妹を引き連れていたため、「お互いわかり合い、助け合うことができるのでは」と、今のご主人との生活を選んだ。

登美枝さんは、彼に別れの手紙を出すことにした。涙でインクが滲んでしまったため、何度も書き直したという。

その後、登美枝さんは、二人の男の子を出産し、五人の孫にも恵まれた。

「私にとっては、孫たちが宝物。何回も死にたくなることがあったけれど、生きていて良かった」

登美枝さんは、笑顔でそう語った。

五五年ぶりに故郷へ

平成一二（二〇〇〇）年九月。登美枝さん夫妻は、戦後初となる北朝鮮のツアーに参加した。

「本当は、国交がないから実現しないんじゃないかと、諦めていました。だけど、慰霊祭を行うことは、長い間の念願だったんです。だから申し込んだんですよ」

大連を経由し、瀋陽から平壌行きの飛行機に乗り継いだ。宿泊先のホテルは電力不足で水が出ず、盛況であるかのように見せかけるための客が呼ばれていたという。登美

平成12年９月、55年ぶりに北朝鮮を訪れた際の写真。両親の冥福を祈って、手を合わせた（右端の手前から２番目が登美枝さん）。

枝さんはここで、北朝鮮の厳しい現実を知った。

翌日は会寧の丘で慰霊祭が行われた。住職の読経に、全員が涙を流したという。

次の日の朝早く、登美枝さん夫妻はホテルの支配人の許可を得て、敷地内にあった庭で供養することにした。

「お父さん、お母さん、博充と登美枝です。いろいろあったけれど、来年金婚式を迎えます。だからもう、心配しないでいいですからね」

木の下に酒やタバコ、羊羹を並べて、二人は声に出して語りかけた。

「子供が二人生まれて、五人の孫にも恵まれました。幸せに暮らしていますよ」

ツアーの最終日に、登美枝さんは家族と楽しい時を過ごした慶興の町を訪れた。

そこは、生まれて初めて恋というものを味わった町だった。慶興には、登美枝さんの青春がすべて詰まっている。その「故郷」に、五五年の時を経て戻ってきたのだ。故郷は、心を安らげることのできる、大事な拠り所だ。そのような場所に、帰りたくても帰ることができないというのは、どれほど辛いだろう。私には、想像がつかなかった。懐かしい景色を見ながら、たくさんの場面を思い出されたに違いない。私は、登美枝さんが再び慶興の土を踏むことができて、本当に良かったと思った。

「アイ・ラブ・ユー」

登美枝さんは北朝鮮を訪れた際に、行く先々で小石を拾って、それを日本に持ち帰っていた。

「慶興橋（朝鮮・元汀～中国・圏河をつなぐ。現在名は元汀橋）で小石を拾って、それを赤い小箱に入れて持って帰って来て、仏様にお供えしていたんです。それをどうしても初恋の彼に見せたくて所在を調べたけれど、なかなか見つからなくて。知り合いの方から電話番号を教えてもらったんです。けれど私は彼に連絡をするのをためらっていました。すると主人が、『電話しなさい』と言ってくれたんです」

初恋の人は、登美枝さんと再会した昭和三二（一九五七）年から二年後に、会社を設立した。そしてその数年後に、結婚していた。

「電話をすると、彼の奥さんが出て来ました。『朝鮮で会った香川登美枝です』と言ったら、『少しお待ちください。旦那は脳梗塞にかかって足を悪くしているもので……』って。しばらくして彼が出たので、『香川登美枝です』と名乗ったら、とてもびっくりしていました。『俺の初恋の登美ちゃんか？　……俺、明日死んでもいい』と言ってくれました。それから何回かやり取りをして、彼と会うことになったんです」

こうして登美枝さんは、彼の自宅を訪ねることになった。最後に会った時から、半世紀近く経っていた。

彼の家の周りには、まるで西峰台のように、つつじがたくさん咲いていた。応接間の窓辺のソファーに、小さくなった彼が腰かけている。言葉もない二人は、ただ手を握りしめ合った。

「ごめんなさい……」

すべての思いを込めて、登美枝さんはそう言った。そして、小石の入った赤い小箱を彼の手のひらに置いた。

「これが慶興の石……登美ちゃん？」

そう言った彼の目には、涙が光っていた。無情にも時は過ぎ、別れの時間となった。登美枝さんが帰ろうとしたまさにその時、背後から声が聞こえた。

「アイ・ラブ・ユー」

なぜ彼は、「愛している」ではなく「アイ・ラブ・ユー」と言ったのだろうか。私はずっと、そればかり考えていた。

これはきっと、彼の「照れ隠し」なのだろうと思う。登美枝さんを想う気持ちを伝えたいけれども、「愛している」ではあまりにストレートすぎて恥ずかしい。そんなふうに思う彼の口からついて出て来たのが、あの「アイ・ラブ・ユー」なのではないだろうか。

五〇年という時を経ても、ずっと変わらずに自分を想い続けてくれる人がいる。私は、登美枝さんをうらやましく思った。

―エピローグ―

取材終了後、私は登美枝さんに「記念に一緒に写真を撮って頂きたいのですが……」とお願いをした。登美枝さんは謙遜されながらも、快く引き受けてくださった。

登美枝さんは、テーブルの近くのドレッサーの鏡を覗き込むと、少しはにかみながら手で髪を整えていた。その姿が、自慢の長いストレートの黒髪を大切そうに触る一九歳の登美枝さんと重なって見えた。

登美枝さんは、生涯乙女であり続けるのだろう。そんな気がした。

登美枝さんのお宅を出ると、辺りはもう真っ暗だった。昼間ほどではなかったが、ムシムシとしていて風が生温かった。

取材が終わったという安堵からか、虚脱感に襲われていた私は、地元の町田駅に着くと人の多さに驚いた。カップルの姿もあちこちに見受けられる。皆、手をつないだり腕を組んだりして一緒に過ごすことのできる喜びに浸っている。楽しそうな彼らを見ていると、先ほど聞かせて頂いたばかりのお話が、現実に起こったとは信じられないという気持ちになってきた。しかし、それはまぎれもない「事実」なのだ。六五年前に、戦争が互いに愛し合う男女をばらばらに引き裂き、そして大切な人たちの命を奪ったのだ。

「もう二度と同じ過ちを繰り返してはならない」。戦争を題材にしたドキュメンタリー番組やドラマなどでよく耳にする言葉だ。今まではこの言葉を聞いても、「何となく賛同する」という程度だった。しかし、今日、目の前で声を詰まらせながら話す登美枝さんの姿を見て、この言葉が初めて実感を伴ったものになった。そして私も強く思うようになった、「もう二度と同じ過ちを繰り返してはならない」と。

帰りの電車の中で、私は取材のことを思い返していた。すると、お孫さんの話をする登美枝さんの姿が、頭の中に浮かんできた。その時の登美枝さんがすごく嬉しそうだったので、強く印象に残っていたのだろう。何回も「私にとっては、孫たちが宝物なのよ」と言われていた。

私の祖母も、「あんたたちだけが、おばあちゃんの宝物なんだからね」と同じような言葉を繰り返し言っている。祖母が何の臆面もなく言うので、聞いている私たちの方が照れくささを感じてしまう。

同じ家の一階に住む祖母は、家族が帰るといつも、わざわざ出て来て「お帰り」と言ってくれる。けれど、私の「ただいま」の声が小さいと、耳が遠い祖母には聞こえない。聞こえるような声で言ったとしても、足腰を悪くしている祖母はゆっくりとしか動けないため、玄関に出て来るまでに少し時間がかかる。待ちきれない私はいつも、若干の後ろめたさを感じながら「ただいま」と言うなり、すぐに二階へ上がってしまう。

けれどこの日は、帰宅するといつもより大きな声で「ただいま」を言った。祖母はいつものようにゆっくりと玄関に出て来た。そして優しく笑いながら私に言ってくれた。

「お帰り」

私は、大切な人が傍にいる幸せを噛みしめながら、二階へと駆け上がっていった。

注

（1）亡くなった人の戒名や俗名、死亡年月日、享年などが書かれている帳簿。

卒業後の学徒出陣

取材・執筆者（つなぎ手）**澤田紫門**
▼中央大学総合政策学部二年

×

戦争体験者（証言者）**郭《カク》秉《ビョン》乙《ウル》**
（創氏改名後▽松山武聖《たけさと》）
▼取材時、九二歳（学徒出陣時、二三歳）

証言者の経歴

大正一〇（一九二一）年…五月一六日、日本統治時代の韓国、全羅北道任実郡《チョルラプクトイムシルグン》に生まれる。

昭和三（一九二八）年…全州第二普通学校入学。

昭和九（一九三四）年…同学卒業。同年、全州高等普通学校入学。

昭和一四（一九三九）年…同学卒業。

昭和一六（一九四一）年…九月、中央大学商科入学。

昭和一八（一九四三）年…九月、同学卒業。一〇月、朝鮮の殖産銀行に就職。一二月、既卒者の適格化により、父親が代理志願。

昭和一九（一九四四）年…一月二〇日、姫路の第五四師団　輜重《しちょう》兵第五四連隊（中部五四部隊）へ入隊。

昭和二〇（一九四五）年…大阪大空襲が原因で、中部五四部隊が長野へ移転。一〇月、韓国に帰還。殖産銀行に復職。

取材日

平成二五（二〇一三）年一〇月三一日

プロローグ

平成二五（二〇一三）年一〇月、私は中央大学出身の朝鮮人元学徒兵の方にお話を伺うため、韓国を訪れていた。ソウル仁川国際空港からリムジンバスに揺られること小一時間。遠方に小さく映るソウルの街がだんだんと大きくなり、いつしかリムジンバスは明洞南大門《ミョンドンナンデムン》市場に到着していた。バスを一歩降りると、ハングルの看板が立ち並ぶ光景、出店の料理が放つ香り、韓国語で会話をする人々の声が一度に押し寄せてきた。些細なことではあるが、それらすべてが、私に韓国へ降り立ったのだという自覚を改めて芽生えさせた。

平成二五（二〇一三）年九月末、「わだつみのこえ記念館」の渡辺総子《ふさこ》さんから、韓国取材のきっかけとなる一通の手紙が届いた。その手紙の内容は、「戦時中、学徒出陣に駆り出された人々の中に、朝鮮人の学生も数多くいます。その中に中央大学ご出身の方々もいますので、ぜひお話を聞かれてみてはいかがでしょう」というものであった。私が実際にお話を伺うことになる、郭秉乙《カクビョンウル》さんの名前もその手紙に記されていた。学徒出陣により日本人の学生が軍隊に入隊させられていたのは知っていたが、朝鮮人学徒兵に関してはまったくの無知であった。私は驚きを隠せなかった。

その後、渡辺さんの紹介により、朝鮮人学徒兵について研究をされている一橋大学大学院生の秋岡あやさんとお会いした。秋岡さんに取り次いでもらい、郭さんに電話をかけることにした。その時、自分の手が緊張で強張るのを感じた。郭さんは日本統治時代を経験し、日本の軍隊へ強制的に入隊させられた人だ。日本・日本人に対してどれほどの怒りや憎しみを抱いているだろうか。自分が電話をしても取材を断られるのではないかと不安でたまらなかった。

手を強張らせながら電話をかけると、向こうから「ヨボセヨ＝もしもし」と韓国語で返答があった。少しかすれた高齢男性の声であったため、すぐに郭さんだとわかった。秋岡さんから郭さんを紹介して頂いたことや、自分が郭さんの後輩に当たる中央大学の学生であることを伝え、ぜひ直接会ってお話をお聞きしたいという旨を伝えた。すると「役に立てるかわからんけどね、韓国に着いたら電話してください」と快諾してくださった。平和しか知らない私のような学生が、戦争を生きた先輩の言葉を受け止めることができるのだろうかと重圧を感じる一方、私は郭さんにお話を聞くことができるという喜びを純粋に噛みしめていた。

郭秉乙さんとの出会い

平成二五（二〇一三）年一〇月三一日、取材当日。その日は雲一つない青空が広がっていた。一〇月末のソウルは東京よりも寒いと聞いていたが、暖かい日差しのおかげで、東京よりも清々《すが》しく感じられた。これから始まる取材への緊張と不安でかすんでいた頭の中が、ほんの少しだけ晴れた気分になった。「会賢駅」から地下鉄に乗り、「誠信女大入口駅」に向かった。「誠信女大入口駅」に到着後、タクシーに乗り、郭さんのご自宅を目指した。人々が忙しそうに働くオフィス街から一転して、閑静な住宅街に着いた。辺りを歩く人々の姿はまばらだ。街の騒音が届かないこの住宅地は、確かに御年九二歳の郭さんにとって理想的な場所だと考えながら歩いていると、郭さんの住むマンション前までたどり着いた。

「誠信女大入口駅」。

郭さんの部屋のチャイムを鳴らすと、五〇代の女性が顔を出し、後ろに向かって何やら韓国語で話している。何を言っているのか理解できなかったが、その後彼女は中へ招き入れてくれた。部屋の奥には、一人の高齢男性が窓際のソファーにゆったりと腰かけている。その方は立ち上がって、「いらっしゃい、遠いところをはるばるよう来た」と歓迎してくださると、杖をつきながらこちらに歩み寄って来られた。すぐに電話の主である郭さんだとわかった。九二歳とは思えないほど力強い握手を郭さんと交わした。日本から来た見ず知らずの私たちを温かく迎え入れてくださった郭さんの優しさが、今まで私が持っていた緊張や不安を一掃した。今思えば、相手が誰であろうが分け隔てなく接する郭さんの性格のおかげで、私は取材に全神経を集中させることができたのかもしれない。これからどんな貴重な証言を聞けるのか、胸の高鳴りを抑えながら、私はインタビューを開始した。

憧れの大学進学

郭秉乙さんは、大正一〇（一九二一）年五月一六日に朝鮮の全羅北道任実郡で三男一女の長男として生まれる。郭さんの父親とおじさんは、ともに精米業を営んでいた。郭さんは六歳の時に、全州のおじさんの家へ養子に入ったため、幼少期を全州で過ごした。全州第二普通学校に六年間通い、その後の五年間は全州高等普通学校に通った。郭さんは当時の日本統治下の学校生活について、「朝鮮で一番はじめに日本語を教え始めたのは私の通っていた全州高等学校と泉州高等学校でした。日本統治に対して特別な感情を抱いたことなんかありません。うちの学校では、朝鮮語を使う人にだけ罰が与えられました」と話した。

当時、朝鮮語を使うことは厳しく制限されていたのか伺うと、郭さんはあまり辛そうな表情を見せることなく答えた。

「二十数名いた先生はほとんどが日本人で、朝鮮人の先生は二人しかいなかったですよ。みんなで一緒に集まった時は朝鮮語使えないけど、そうでない時は朝鮮語を使った。そんなに神経使わなかったんです」

昭和一四（一九三九）年に全州高等普通学校を卒業すると、郭さんは日本の大学への進学を志すようになる。

「親父が精米業をやっておったもんだから、私ははじめから商学を学ぶつもりで日本へ行ったんですよ。最終目標は銀行に入ることでした」

郭さん曰く、当時の銀行という職場は、人々の羨望の的であったそうだ。学校職員の俸給が六〇円以下であったのに対し、銀行員の俸給は九〇円であった。自分の夢を叶えるために、大学を志す。今の自分と変わらず、夢を抱いて大学進学を決めた郭さんに、深く共感した。戦火が広がり続けた時代でも、夢を追う若者の姿は変わらないのだなあと思った。

しかし、郭さんはそう簡単に自分の夢だけを追いかけることもできなかった。精米業を営む父親が郭さんの大学進学に猛反対したのだ。

「親父は、私が大学へ行くのを認めなかったんです。精米業を継がせるために、大学へ行くことに猛反対していたんです。それで、私の一年後輩の人と二人で夜逃げをしました」

ものすごく衝撃的な内容であったため、夜逃げをした以後について、すかさず尋ねた。

「東京へ行って、読売新聞社に後輩が一人務めておったので、その伝手《つて》で、新聞配達の仕事をさせてもらった。しかし、仕事を続けていると、すごく疲れを感じるようになってきてね。そんな時に、同じ町の有志が私の親父と非常に親しい間柄で、実際に吉祥寺へ行ってこの方とお会いしたんです。すると私に大学進学を勧めてくださった。私がこの方に学費調達は難しいと伝えると、彼は息子である私にいくらか仕送りをするよう、私の親父を説得してくれました。それでやっと月に四〇円ずつもらうことができるようになった。私はその後親父に手紙を出して、月六〇円ずつに値上げしてもらいました」

今思えば良き思い出だったと言わんばかりに、郭さんは大きな声を上げて笑った。絶縁状態であった父親との関係を、正しい形というわけではないが、ほんの少し戻すことができて嬉しかったのだろう。

父親とのわだかまりが解け、仕送りももらえるようになった郭さんは、本格的に大学進学を目指した。東中野に下宿して勉強することになった。当時の下宿代は月二四円。大学を目指し、勉強を続ける郭さんにとっては決して安い家賃ではない。食事もすべて自炊しなければならず、郭さんは「大変、苦しい日々でした」と当時の苦労を語った。郭さんは研修会館という浪人生が集まる施設へ通い、そこで入学試験のための勉強に明け暮れた。

「ある日、新聞に中央大学の中途入学募集の記事が掲載されていました。これに申し込んでね。その後中央大学の試験に合格して、九月に中央大学商科に入学したんです。朝鮮人は法科が一番多くて、主に夜間部に通っていました」

昭和一六（一九四一）年九月、郭さんは朝鮮に住んでいた頃から長年憧れていた大学進学を果たした。その上郭さんが一番強く希望していた商科への入学。郭さんはどのような気持ちで、中央大学への入学を受け止めていたのだろうか。

「入学するまでの間苦労したものだから、勉学がこれから本格的に続けられるということで非常に嬉しかった」

大学入学を心待ちにしていた郭さんの大学生活は勉学一筋で、移動は寄宿舎と大学の往復のみ。大学と寄宿舎以外の場所には特に訪れたことはなかったという。友人関係は良好だったようで、郭さんは九月入学だったが四月入学の学生とも交友が深く、周りから頼られるリーダーのような存在だった。

「牛乳配達の仕事をしていた当時の友人が、よく私のところへノートを貸してくれと言って頼んできましたよ」

郭さんは大学時代の思い出を、「楽しいとは簡単には言い難いけれども、大学での勉強が終わったらそのまま寄宿舎へ帰るというもので、苦しかったことはないです。やっぱり、大学生活は楽しかったね」と笑みを浮かべた。

戦時下の就職活動

大学生活を勉学に捧げた郭さんにもだんだんと卒業が迫ってきた。当時の日本の大学は現在とは異なり三年制であったため、現在の大学生活よりも短かった。郭さんは卒業を控え、大学入学以前より熱望していた銀行への就職を目指す。

「中央大学を卒業する前に就職試験があるでしょう。当時、就職の募集が出ていたんですよ。それが満州興業銀行。受験するために大学の庶務課に連絡を取りました。満州には日本の中央銀行と興業銀行の二つがあって、中央銀行には私の妻の兄貴が勤めておったもんだからね。私は満州興業銀行に決めたんですよ」

その後、郭さんは日本銀行の四階で満州興業銀行の就職試験を受けた。この就職試験の時、郭さんは日本に来て初めてある体験をした。

「試験を受けている時に地震が起こったんですよ。その時、私は初めて地震を経験した。私は平気で椅子の上に座っておったんだけども、他の人は全員机の下に隠れるでしょう。私もつられていつの間にか机の下に隠れていたんですよ。そしたら電灯が揺れるのが見えたんだけど、何事もなく無事でした。大きな被害はなかったんですよ」

散々な目にあった就職試験だったが、郭さんは見事この試験に合格した。

「私はすごく嬉しくてね。親父に電話をしたんですよ。『合格したから安心してください』と伝えた。しかし親父には『駄目だ、行かせない』と言われたね。『せっかく結婚したのに、二人だけ遠い所に行って、親父のことは考えないのか』とね」

郭さんが父親に猛反対されたのはこれで二回目。郭さんは満州興業銀行へ就職することを思い止まり、ソウルの殖産銀行へ就職しようと考えたそうだ。当時の朝鮮では、殖産銀行、朝鮮銀行、東洋拓殖銀行の三つ銀行が、植民地政策の先頭を歩んでいた。この三つの銀行の中で、朝鮮銀行と東洋拓殖銀行では朝鮮人に対する差別が顕著だった。この二つの銀行と比べ、殖産銀行では加棒という現代におけるボーナスがあり、朝鮮人にも日本人にも同じように支給されていたそうだ。だが、郭さんが殖産銀行に就職したいと願っても、すでに大学側は郭さんを満州興業銀行へ推薦していた。

「私は大学側を無視して殖産銀行へ行きたいと言い始め

たので、まあ、今思えば無理な話だったんですよね。でも庶務課長のところへ相談しに行きました。そしたら庶務課長は大声で怒り出したんですよ。『お前は私たちが防空壕を掘っている時に、土を持ってきて埋めるようなことをしている。もしお前が他へ就職するようなことがあれば、全部取り消しにしてやるぞ、覚悟しておけ』とね」

郭さんは仕方なく、大学からの推薦がないまま殖産銀行への就職を決めた。大学の代わりに朝鮮奨学会(1)から、殖産銀行への受験を斡旋してもらったそうだ。

「殖産銀行は大学からの推薦があったのではなく、朝鮮奨学会が推薦してくれた。それでやっと殖産銀行に合格できた。満州興業銀行は取り消しにしなければならんかったので、また大学の庶務課へ行きました。そのまま行くのも何だし、だから当時のレモンね。レモンは珍しかったので、それを買って行ったんです。でも『こんなもんを買って持ってくる奴があるか、持って帰れ』と叱られました。今でも私は面目ないと考えておりますよ」

郭さんは昭和一八（一九四三）年九月に中央大学商科を卒業し、同年一〇月に殖産銀行に就職した。郭さんにとって、念願の銀行に就職することができ、『これから自分は銀行で働けるのだ』と、未来への希望が開けた瞬間であったのだろう。しかし、そんな郭さんの希望を、「戦争」が残酷にも閉ざすこととなる。

卒業後の学徒出陣

昭和一八（一九四三）年一〇月、東条英機内閣は勅令七五五号「在学徴集延期臨時特例」を公布し、文系学生の徴兵猶予を停止した。いわゆる「学徒出陣」である。勅令七五五号は日本人が対象とされたが、同年一〇月二〇日に公布された陸軍省令第四八号「陸軍特別志願兵臨時採用規則」は朝鮮人・台湾人を対象とした。表向きは「特別志願兵」として朝鮮人・台湾人学生から志願を募っていた。しかし、志願者が当初の予想を大きく下回ったため、志願しない学生に休学や退学をちらつかせ、志願を強要した。本省令が公布された当初は在学生のみが対象とされたため、すでに卒業してしまった郭さんが志願を強要されることはなかった。しかし、戦闘の激化に伴い既卒者の適格化(2)が行われ、郭さんにも学徒出陣の影が射した。

「当時七〇〇〇名ぐらいの該当者がおったんだけど、そのうち四三八五名集まったらしいです。これでもまだ足りないということになって、後々卒業生で就職している人もこの省令の対象とされるようになりました」

当時の日本はどのように朝鮮人学徒兵を募ったのか。志願と謳《うた》いながらも強制的に朝鮮人を徴集したと聞いていた私は、郭さんに当時の状況を伺った。すると、郭さんはつい最近の出来事のように詳しく語ってくれた。

「私が勤めていた銀行にも警察官が毎日来て、私にしつこく付きまとってきたんだよ。すごく苦しい思いをしました。だから私は隠れるつもりで逃げ回ったし、それで警察も私のことを執拗に探し回っていました。それで銀行では自分の座っていた席を離れることが多かった。だから支店長のところに行って、『陸軍省令が変わって就職した人も全員入隊するようにと言われておりまして、苦しい立場になっております。席を離れる時間が多いので勘弁してください』とお詫びをしたんです。そしたら、『お前が行きたかったら行けばいい。行きたくなかったら逃げてしまえ』と支店長は忠告してくださいました。支店長のお話を聞いた翌日、私は逃げました」

戦時中に、「行きたくなかったら逃げてしまえ」と郭さんに忠告することは、ものすごく勇気がいる行動であったはずだ。郭さんも「そういう忠告をするというのは、日本の方では難しいでしょう」と語った。当時の人々の言動は厳しく制限されていたと誰よりも理解していた郭さんは、支店長の勇気ある発言に心を動かされ、警察の目の届かない場所へ逃げることを決意した。

陸軍省令の志願兵募集期間は当初、昭和一八（一九四三）年一〇月二五日から一一月二〇日までと定められており、この期間郭さんは逃げ続けた。締切日から一カ月ほど経過した一二月二一日に、弟の結婚式に参加するため全州へ戻った。

「全州に帰ってから銀行へ挨拶に行って、銀行の裏門から出ようとした時に警察に捕えられたんです。警察署へ連れて行かれて、牢屋に入れられました。首つりをする人もいたから、ベルトを外されて、ひも類は全部取り上げられました」

郭さんはようやく志願強要から逃れられると思ったが、全州に戻った途端、拘束された。当時、表向きには志願募集期間が設けられていたが、事実上は締切日などないに等しかったのだ。警察が郭さんを逮捕し、牢屋に入れたのも郭さんに志願を強要するためにほかならない。志願を拒み続ける郭さんの消息を、知り合いの刑事と郭さんの父親が聞きつけ、郭さんの処遇について話し合った。

「話し合いの末、親父は仕方なく私に代わって、私が軍隊に入隊することを承諾したんですよ。それで警察が私のところへ来て、私は牢屋から放免されたんです」

期限が迫るにつれて手続きが簡素化され、志願する本人ではなく、親権者が代理志願することも容認された。そのため郭さんは、自分は志願していないが、父親の代理志願によって日本の軍隊に入隊させられるという形となった。

「正直な話がね、私たちの国・民族のためなら喜んで行くんですけど、日本のために何で犬死しなければならないのかと思っていました。誰にも会いたくなかった。どんな表現をしていいかわからんね」

志願強要を受けた当時を振り返る郭秉乙さん。
この時、彼から笑顔が消えた。

「犬死」。この一言が日本人である私に重くのしかかってきた。日本人から差別されたことは特になく、郭さん自身も差別について特に考えたことがないと語っていたため、私は郭さんが日本に対してこれといった抵抗感はないのかと錯覚していた。しかし、郭さんの心の奥底には、日本への決して消えることのない憎しみが存在していた。就職後約一カ月が経ち、仕事も軌道に乗り始めた時期に決まった学徒出陣。人生はこれから始まるというところで、日本の軍隊に入隊することになってしまったわけだから、郭さんの落胆も当然のことだろうと思った。

学徒出陣が決まった時の想いを語る郭さんの表情からは笑顔が消え、一直線に空《くう》を見つめているようだった。

中部五四部隊へ入隊

郭さんの父親が代理志願してから、実際に郭さんが軍隊に入隊するまでの間に全州で学徒出陣壮行会が催された。これから軍隊に入隊する学徒を見送るために、この壮行会には町の有志たちが集まった。日本で行われた壮行会のように大きな競技場ではなく、一般の道路で執り行われた。壮行会に参加した郭さんの心から、「犬死」という思いは決して消えることはなかった。壮行会で郭さんは両親に、「健康に留意してください」というような言葉ばかりかけていたという。自分がいなくなった後の両親の身がよほど心配だったのだろう。郭さんが養子としてお世話になっていたおじさんも、壮行会に駆けつけていた。

「私は幼い頃おじさんのところへ養子にいった。つまりおじさんにとって、息子は私一人なんです。だからね、おじさんは涙を流していましたよ」

　昭和一九（一九四四）年一月一九日に郭さんは全州を後にし、釜山へ向かった。釜山から連絡船に乗り、日本の姫路へ渡るためだ。翌日、釜山から姫路へ渡り、郭さんは第五四師団の輜重兵《しちょうへい》（3）第五四連隊（中部五四部隊）へ入隊した。新兵の派遣場所は、朝鮮・中国・南方・日本と四つの地域に分かれていた。郭さんはその中で日本の姫路へ派遣された。日本へ派遣された兵士の数は一二〇〇名にも上るという。郭さんは軍隊に入隊してから、徴兵検査を受けた。兵士の健康状態をチェックする身体検査だ。郭さんの検査結果は、第一乙種（4）。結果次第ではその場で帰らされた人もいたという。

　そうして、郭さんは中部五四部隊の輜重兵《しちょうへい》となった。輜重隊には、輓馬《ばんば》（5）と自動車の二つの部隊があり、郭さんは自動車部隊への配属となった。自動車部隊には二四～二五名の兵士が所属し、輓馬部隊と合わせて五〇名ほどとなった。郭さんは運良く前線に派遣されることを免れ、輜重兵の一人として軍隊生活を送ることになる。

軍服を着た郭さん。

輜重兵として兵役に従事

輜重兵であった郭さんの日常は、自動車を運転し物資・兵隊を輸送することが主で、訓練も体力訓練が主であった。郭さんは「特に苦しかったことはないです」と訓練を受けていた時期を振り返る。

　入隊当初、郭さんの階級は二等兵であったが、最終的に下士官である曹長まで昇進した。当時の軍隊内では幹部候補生試験という、将校または下士官になるための試験が執り行われており、郭さんも本試験の勧誘を受けた。しかし、郭さんは「下士官になったら一番先に戦場へ行かなけれぱならなくなる、ただの消耗品だ」と考え、この試験の勧誘から逃げ続けていた。だが、郭さんは内務成績が良好と判断されてしまったため、下士官である曹長へ昇進することになったのだという。

　入隊してから月日が流れ、軍務にも慣れてきた頃、郭さんは「許在峻《ホジェジュン》」という友人からある相談を持ちかけられた。それは、「軍隊から一緒に逃げよう」という脱営の誘いだった。その友人は郭さんに、「（日本に）ソウル食堂というのがある。その食堂に行って食器を運んだりする仕事をして暮らせるんだ。だから一緒に逃げよう」と話したという。郭さんはその友人にこう答えた。

「お前ここは島国だぞ。一体どこへ逃げるんだ。そのまま辛抱しておれ。もしどうしても行きたければお前一人で行け」

　郭さんは友人からの脱営の誘いを断ると、誘った本人である友人も脱営を思い止まった。なぜ頑なに脱営を拒んだのか郭さんに伺うと、郭さんは「狭い島国で一体どこへ逃げるのか。どうせすぐ捕えられてしまいますよ」と溜め息混じりに答えた。郭さんの話では、中部五四部隊で入隊してから逃げた人は誰もいなかったという。輜重隊であったということが大きく影響していたのかもしれない。

　郭さんの友人が脱営を試みたという事実を聞いたためか、軍隊内で朝鮮人はよほど激しい差別を受けていたのかと残酷な情景を想像した。恐る恐る郭さんに差別を受けたことがあるか尋ねた。すると意外にも、郭さんからは笑顔が溢れ、上官との思い出を嬉しそうに語ってくれ

輜重隊の戦友と郭さん（左から2番目）。

上官との思い出を嬉しそうに語った。

輜重隊にとって毎日のトラック整備は欠かせない仕事だった（左が郭さん）。

た。

「日本の大阪商科大学を卒業したハチヤツネオ少尉という方と親しくさせてもらって、お互いに楽しく生活していました。一番印象に残っているのは、私の妻、長男、親父、妹の四人が日本まではるばる面会に来た時です。私は特別に一〇日間の外泊を許されたんですよ。そのうちに親父が広島にいる甥のもとへ面会に行ったので、私は軍隊に戻ったんです。そうすると旅館には妻と長男が残るでしょう。宿代も馬鹿にならないといって、ハチヤ少尉が二人を家に招いてくれて、二人を寝かしてくれました。こういうふうにね、お互い睦まじく過ごしていました。だから差別というのも感じなかったんですね」

郭さんから聞いたこの話は、私にとってとても意外な内容であった。私が今まで見てきた映画や書籍の中には、朝鮮人が日本人から極めて差別的な扱いを受けていたという事実が盛り込まれているものばかり。軍隊内では尚のこと、日本人から朝鮮人への差別は激しいと考えていた。しかし、戦時下においても自身の人間性を失わずに、相手が誰であろうと対等に接するハチヤ少尉のような人も中にはいた。暗澹たる思いを抱きながら過ごした戦時中に、ハチヤ少尉から受けた思いやりが、少しもかすむことなく郭さんの心に残り続けていたことを嬉しく感じた。

姫路から長野へ

郭さんは入隊当初姫路に配属されたが、大阪大空襲が原因で中部五四部隊は長野へ移転することになった。急な移転であったためか、営舎が設けられておらず、長野市と交渉して長野商業学校（現、長野県立長野商業高等学校）の校舎を営舎として使用することになった。校舎を使用する代わりに、中部五四部隊は長野県にある鬼無里村《きなさ》（現、長野市鬼無里地区）から製造された木炭を長野市へ運搬する仕事を請け負った。郭さんはハチヤ少尉から、自動車七台を使って木炭を運搬するよう命じられた。郭さんは毎日のように鬼無里村から長野市まで木炭を運搬した。長野での思い出を伺うと、郭さんは「木炭を運搬するだけの仕事だったから、苦しくはなかったですよ。鬼無里村で昼飯もご馳走になったし。ただ険しい山道だったので、運搬している最中は怖かったですよ」と語った。

長野の山奥に移転してしまった中部五四部隊だが、日本の戦況についての情報も少なからず伝わってきた。

「私は当時の日本の戦況を知り、日本はあまり無理をするもんではないと考えていました。満州で止めておけば良かったものを、真珠湾まで攻撃するなんて。私は失敗の原因がそこにあると考えています」

当時の郭さんは日本の行く末を冷静に感じ取っていた。郭さんが予想していた通り、その後日本は敗戦への途を突き進んでいった。

終戦そして戦後

昭和二〇（一九四五）年八月一五日、日本はポツダム宣言を受諾し連合国に降伏した。郭さんが日本の降伏を知ったのは、日本人将校が軍刀を持ち出し、営舎付近の川辺で軍刀を壊している光景を見た時だった。「日本の降伏を知った日本兵は皆一言もしゃべらず、口をつぐんでいました」。こう語る郭さんは、終戦時の日本兵の表情を静かに窺っていた。暗い表情を浮かべる日本兵に対し、郭さんやその他の朝鮮人学徒兵は終戦を内心で喜んでいたという。

「朝鮮人は独立が目標だったから、これで目標が達成されるといってすごく嬉しく思っていました。私もそれはもうすごく嬉しくてね。一番先に、家に帰れるということが頭に思い浮かびました。日本の軍隊での経験を生かして、朝鮮に戻ったら軍隊に入って朝鮮独立のために貢献しようという考えが強かったね。学校在学中に入隊した者は、普通に就職もできないでしょう。だから朝鮮の軍隊に入ろうという考えを持った連中が多かったんですよ」

終戦後、除隊式は行われなかったため、将校が帰り始めたのを機に、各自故郷へと帰って行った。郭さんは長野から汽車に乗り福岡へ向かい、福岡から連絡船に乗って釜山を目指した。釜山に到着後は全州まで汽車に乗り、昭和二〇（一九四五）年の一〇月一七日、全州に到着した。「家に帰った時は嬉しさで一杯だったからね。何日間か遊びました」と郭さんは笑った。その後、郭さんは殖産銀行全州支店へ復職。以前とは打って変わって、日本人は一人もいなかった。

終戦後は、朝鮮人の間で国のために貢献しようという気運が高まっていた。そのため郭さんも、懸命に国のために働いた。その結果、郭さんは五五歳の定年を迎えるまでに、企業分析部長まで登りつめた。

殖産銀行を退職した後、郭さんは鉄鋼会社に勤めながら独占業を探した。「他人を蹴落とすような仕事はしたくなかったから」とその理由を打ち明けた。相当な時間をかけた末、当時韓国ではまだ少なかったウレタン(6)業に携わった。

「独占業だったから競争することもなく、楽しく仕事をしていました」

郭さんの表情からは、「戦後は、仕事が生きがいだった」という思いが垣間見られた。

朝鮮人学徒兵の存在を風化させないために

戦後、ただひたすら仕事に専念した郭さんだが、リタイヤした後は中央大学学員会役員を経て、平成一〇(一九九八)年頃から「一・二〇同志会」に参加した。昭和三八(一九六三)年に創立した同会の「一・二〇」とは、朝鮮人学徒兵が日本軍に入隊した時の日付。同会は学兵史記の編纂や、記念碑の建立を通して、朝鮮人学徒兵の存在を風化させないために活動している。

郭さんは、はじめに学兵史記第四巻の編纂に携わった。

「私が第四巻の編纂を始めた時はすでに約一三〇〇名の朝鮮人元学徒兵の名前を探し出していて、私はこの名簿を倍ぐらいに増やした。今では約二七〇〇名もの名前が名簿に載っていますよ」

郭さんは、記念碑建立のためにも心血を注いだ。当時の会長であった安東濬《アントンジュン》さんと共に、同志会参加者から寄付を募り、平成一〇(一九九八)年に約五〇〇〇万ウォン(日本円で約五〇〇万円)をかけて記念碑を建立した。

「この記念碑建立は本当に誇らしいことです。同志会参加者のみで全部資金をまかなった。それ以外の人たちからの寄付は一銭もありません」

平成二〇(二〇〇八)年から同会の会長となった郭さんは、現在も会長として活動を続けている。しかし、参加者の高齢化に伴い、当初四〇〇名ほどいた参加者が現在では一六〇名ほどに減ってしまった。郭さんも、金銭、健康の面で会長の仕事から離れたいと考えているが、受け継ぐ人がいないというのが現状だそうだ。

「今の八〇代以上の人であれば、我々が日本の軍隊に入隊させられたことを知っているけれども、それ以外の人たちは朝鮮人学徒兵の存在を知りません。私たちが記念碑を建てたのも、少しでも多くの人に朝鮮人学徒兵の存在を伝えて歴史を知ってもらうためです。私たちが持っている

朝鮮人学徒兵の慰霊碑。この碑を見るために
足を止める人の姿はなかった。

『生きた歴史』をです」

郭さんとの別れ

取材が終わりに近づき、戦時中のことをどう振り返るか伺った。郭さんの口からは、「日本での軍隊生活は苦労したことがなかったからね。別に苦しいことはなかったですよ」と先ほど聞いたことと同じ内容が返ってきた。なぜここまで「苦しくなかった」と強調するのかがわからなかったが、郭さんが「一・二〇同志会」の活動に参加していたということを聞き、少しばかり理解できた。郭さんはきっと、他の元学徒兵の方々が過酷な体験をしていることを知り、その方々に比べれば自分の体験はまだましな方だったと感じたのだろう。多くの朝鮮人元学徒兵の方々と接した郭さんだからこそ、抱くことができた思いなのかもしれない。

最後に、私は戦争体験者である郭さんに「戦争」とは何なのかを伺った。

「『戦争』は人殺し、『平和』は発展。戦争は二度と起こしてはならない。平和一本でいかなければなりませんよ」

日本統治時代に学徒兵として駆り出された経験と、戦後の祖国発展のために尽力した経験の両方を持つ郭さんが導き出した答えに、私は言葉を発することなく、ただただ頷いていた。

約二時間半にも及ぶ取材に、終始笑顔で受け答えしてくださった郭さん。とても御年九二歳には見えないと思い、長生きの秘訣を伺った。郭さんからは「怒らないことだな」と笑顔で返事が返ってきた。今を生きる私たちとは比べものにならないほど過酷な体験をしているからこそ、郭さんは満面の笑みを浮かべながら優しく人に接することができる。そうでなければ、見ず知らずの、ましてや日本人である私たちを快く受け入れてくれることはなかっただろう。

取材も終わり、郭さんと固い握手を交わして玄関を出た。郭さんは足が悪いにもかかわらず、杖をつきながら玄関の外まで見送りに出てくださった。私は何度も何度も郭さんにお礼を言った。外に出ると、郭さんの家に到着した時と変わらず閑静な街並みが広がっていた。その街並みを一度見渡してから、地下鉄へ向かった。歩きながら、私の頭の中では、郭さんの「犬死」という言葉が何度もフラッシュバックしていた。

エピローグ

地下鉄「誠信女大入口駅」から二駅乗ったところに「恵化《ヘファ》駅」がある。この駅には郭さんが建立に携わった朝鮮人学徒兵の碑が建っている。私は途中下車して、実際にこの碑を訪ねた。その碑は東星高等学校の敷地内にあるが、一般の人たちも見られるよう道路に面した場所に建てられている。碑の正面には大きく「大韓國主權守護一念碑」と書かれていた。郭さんをはじめ「一・二〇同志会」参加者の想いが込められている。碑の裏面、側面には、朝鮮人学徒兵の存在を後世に伝えていくために、二七〇〇名以上もの名前がこの碑に刻まれていることに気づき、強く心を打たれた。

今までほとんど明るみに出てこなかった朝鮮人学生たちの「もう一つの学徒出陣」。学徒出陣七〇周年という大きな節目の年に、郭秉乙さんという一人の朝鮮人元学徒兵の方に、大学の後輩である私が取材できたことを心から嬉しく思った。日本人として、日本によって翻弄された朝鮮人学徒兵の存在を決して忘れまいと心に誓いながら、私はその場を後にした。

注

(1) 昭和一六（一九四一）年に前身の朝鮮教育会奨学部から改称され、朝鮮奨学会となる。目的は日本へ留学する朝鮮人学生らの保護・監督であったが、陸軍省令第四八号の公布を機に朝鮮人学生を志願兵に勧誘する役割を担った。

(2) 卒業した朝鮮人にも、特別志願兵の対象が広げられたこと。

(3) 物資や兵士を輸送する任に就いた兵士のこと。

(4) 徴兵検査の判定区分で、「現役に適する」と診断されたもの。

(5) 馬車などを曳かせるための馬。

(6) イソシアネートとアルコールが反応して形成されるウレタン結合を持つ化合物のこと。ポリウレタンはその一種で、スポンジや防音材などに使われる。

農耕勤務隊員としての記録

取材・執筆者（つなぎ手）**秋山美月**

▼中央大学法学部二年

×

戦争体験者（証言者）**黄《ファン》敬《キョン》[馬+春]《チュン》**

（創氏改名後▽鴨井敬春《かもいけいしゅん》）

▼取材時、八九歳

証言者の経歴

大正一三（一九二四）年…二月二六日、福岡県鞍手《くらて》郡で生まれる。

昭和一八（一九四三）年…四月、中央大学専門部法科入学。

昭和一九年…春、徴兵検査を受ける。

昭和二〇年…三月一〇日、龍山《ヨンサン》の第二〇師団野砲兵第二六連隊入隊。四月、茨城県真壁町谷貝村《まかべちょうやがいむら》、第二農耕隊配属。八月、谷貝村で終戦を迎える。一〇月一〇日、米軍が南海に進駐し通訳として雇われる。

昭和二一年…九月一日、釜山公立工業学校教員を務める。

昭和二二年…一〇月、釜山の朝鮮生活品管理公社（OCC）で通訳を務める。

昭和二四年…四月、釜山の駐韓米広報院（USIS）職員。

昭和二九年…五月、渡米し米国国務省でUSISオリエンテーションプログラムを受ける。一〇月、韓国へ戻る。

昭和三三年…一月二〇日、AP通信記者。

昭和六二年…一月、TIME記者（二〇〇二年引退）。

平成二〇（二〇〇八）年～…自由コラムグループMALCOなどで執筆活動。

取材日

平成二五（二〇一三）年一一月一日

プロローグ

音楽やドラマなどで人気もあり日本から多くの観光客が訪れる韓国。私は日本の成田空港を出発した後、ソウルの仁川国際空港に降り立った。その後、バスに乗りソウル市内を目指した。紅葉が鮮やかな韓国は日本よりも少し肌寒かった。

私がお話を伺った方は、黄敬騂《ファンギョンチュン》さん（取材時、八九歳）。彼は中央大学に入学した昭和一八（一九四三）年の一〇月に、学徒兵として志願を強要されたが運良く逃れることができた。しかし徴兵制によって、昭和一九（一九四四）年四月に徴兵検査を受け、昭和二〇（一九四五）年四月二五日、二六日に茨城県真壁郡谷貝村の第二農耕隊に配属され、日本で兵士として戦争を経験された。

ソウルの中心街から少し離れ、少し急な坂の上にある住宅街の中に黄さんのご自宅はあった。私は緊張をほぐすために軽く深呼吸をしてから、ご自宅のベルを鳴らした。ドアが開いた時に、小柄で優しそうな男性と目があった。

「韓国までよく来てくださいました。どうぞお入りください」

流暢に日本語を話される様子を見て、緊張と不安が少し和らいだ。

自己紹介をして、しばらく世間話をしてから、私は取材を始めた。

学問に励んだ幼少期

黄さんは大正一三（一九二四）年二月二六日、福岡県鞍手郡で四人兄弟の長男として生まれた。

黄さんの父親は鞍手郡の炭鉱町で、朝鮮人を炭鉱労働者として雇って働かせていた。黄さんは教育熱心な父の影響もあり、幼い頃から勉強に励み、小学校では級長なども務めていた。しかし小学校三年生に進級する時に黄さんだけが朝鮮の南海に帰ることになった。

「遠足に行くみたいにね。とにかく親父に連れられて、関釜連絡船に乗って母方の実家がある南海に行きました。あんまり反抗はしなかったかな」

幼少期の思い出を懐かしそうに語る黄さんの表情が、やがて次第に険しくなっていったことに私は気づいた。家族と離れ、朝鮮に戻ったことで裕福な生活は一変したそうだ。

「母方の叔父がとても不真面目なうえに、大酒飲みでかなり苦労しました。炭鉱場では物資が豊富でしたが朝鮮に来てみると麦飯でおかずもなく、生活は苦しくなりました」

私は「なぜ、お父さんは黄さん一人を朝鮮に帰国させたのですか」と質問した。

「まだ幼かったので父から直接聞いたわけではないけれど、姉によれば、父が仕事の現場で民族的な差別を感じたみたいです。あとは朝鮮語の勉強をさせるためですかね」

日本人と同じように日本で暮らしていたにもかかわらず、黄さんのお父さんは日本人との壁を感じていたのかもしれない。当時の日本が朝鮮人に対して民族差別をしていたという事実を少し垣間見て、私は悲しい気持ちになった。

「日本では小学校三年生だけど、朝鮮に戻ったらハングルがわからないという理由でまた一年生になりました。ハングルに慣れてからは日本で勉強した内容と同じことを繰り返すので、とてももどかしかったですよ。でも、ハングルがわかるようになると成績は一番で、六年生まで級長を務めました」

住み慣れた日本を離れ、家族と暮らすことなく幼少期を過ごしていた黄さんは相当苦労されたと思う。そんな状況下でも黄さんは学問に励み続けた。

「小学校は二クラスで一〇〇人ぐらいいました。しかし中学校に入学することができるのは、その中の三名か四名でとても競争が激しかったです」

進学することさえも難しい時代であったが、黄さんは成績も優秀であったため中学校に進学することができた。その後、憧れの先輩が第三高等学校（京都大学教養部、現在は総合人間学部）の学生であったことから同じ三高に進学しようと熱心に勉強した。しかし、とても難しい試験であったために合格することができず、中央大学の専門部法科へ進学することとなった。

志願勧誘の忌避

「中央大学は御茶ノ水に図書館があったので一生懸命通いました。当時は入学しても受験に落ちてしまったことが悔しくて、法科の専門部に通いながらもう一回三高に挑戦し直そうと思っていましたね」

当時の中央大学は今よりもレベルが高く、司法試験の合格率は他大学と比較しても群を抜いて高かった。そんな中央大学に合格しても、もう一度受験をしようと考えていた黄さんに驚いた。しかし驚きと同時に志望校に合格したいという強い気持ちと現状に満足しないで向上心を持ち続け

志願勧誘を忌避していた当時を語る黄さん。

ていた黄さんに尊敬の念も抱いた。私は、勉強以外に中央大学の思い出があるか質問をした。

「中央大学は運動会がたくさんありました。団長が長い竹の竿を振り回しながら、『応援の練習に出て来い』って言うんですよ。応援歌は今でも覚えていて、思い出しますよ」

しかし充実した学生生活は長くは続かなかったという。昭和一六（一九四一）年に始まった太平洋戦争から日本は少しずつ戦況が悪化し、兵力不足に陥った。そこで当時の東条英機内閣は昭和一八（一九四三）年一〇月に勅令七五五号「在学徴集延期臨時特例」を公布し、学生の徴兵猶予を撤廃し学徒出陣を行った。同年一〇月二〇日、陸軍省令第四八号「陸軍特別志願兵臨時採用規則」が公布され、朝鮮人・台湾人学生を対象に、「特別志願兵」が募集されることになった。

「一学期は勉強をしたり、応援の練習をしたりして学生生活を過ごしてたんですけどね。昭和一八（一九四三）年には戦況が悪化していて、文科系の学校は閉鎖されるという噂が立っていたんですよ。私は夏休みに故郷の南海で徴兵検査を受けることになっていたので、故郷に帰っていました。そしたらちょうど九月の下旬頃に学徒召集があり、一〇月に志願兵の募集があったんですね。それを知って私は日本には戻りませんでした」

事実を淡々と話されているように見えたが、時折遠い目でどこかを見つめている様子が悲しげであった。

「志願兵の募集が始まってからは朝鮮でも、朝鮮奨学会（1）が主になって、地方の警察署長と、村長が中心となって、日本から帰ってきた留学生たちを志願させるために探し始めました。『徴兵よりも、学徒兵に参加したほうがもっと良いんじゃないか。学徒兵に参加することは光栄じゃないか』ってそういうふうに言ってね。強制、半強制だったわけですね。でも私は長男ですからね、家のこともあるし、親父もとても心配していました。警察の人とか、いろんな人が訪ねてくるけど、会わないように逃げていました」

当時の志願勧誘はとても強引であった。本来ならば、勉学に励んだ学生たちは、国を担うための重要な存在だったはずだ。そんな学生たちを戦地に赴かせることは、国家として大きな損失になるのではないだろうか。にもかかわらず日本政府が積極的に志願勧誘を強要した事実は、当時の戦況の悪さを如実に物語っていたのだろうと思った。結果として多くの学生は志願勧誘を拒否しきれず戦地に赴いた。私は必死で学問に励み入学したにもかかわらず、わずか半年で戦争に巻き込まれてしまった当時の黄さんの心情を考えるとやるせない気持ちになった。

言葉に助けられた軍隊生活

黄さんは志願勧誘を何とか回避することができた。しかし、昭和一九（一九四四）年に法令で定められていた徴兵検査を受ける順番がやって来た。南海国民学校で徴兵対象者への日本語教育の補佐をし、昭和二〇（一九四五）年三月はじめ、召集令状が届いた。

「私が入隊したのは三月一〇日でした。母親なんかは赤紙が来たと言ったら腰を抜かしてしまって、ものすごく悲しみました。毎日壮行会で、酒も飲めないくらい飲まされてね。多くの人が一緒に赤紙をもらいました。プレゼントをもらったりもしましたね」

戦時中は物資が少なく贅沢をすることは禁止されていた。しかし警察や役所も、戦場に向かう者に対しては何も言えなかったそうだ。黄さんは昭和二〇（一九四五）年三月九日、南海から船で釜山《プサン》へ渡り、汽車で龍山《ヨンサン》へ向かった。そして翌一〇日、龍山の第二〇師団野砲兵第二六連隊に入隊した。

「基礎訓練は四週間ありました。入隊して基礎訓練が終わったのは四月二〇日を過ぎた頃で、ちょうどその時アメリカ軍が沖縄に上陸しました。新聞は読めなかったけど、日本兵から話は聞いていました。私たちは船がどこに行くのかを知らされずに汽車に乗りましたね。満州や台湾などの南方に行くんじゃないかと心配していました」

黄さんの予想とは裏腹に汽車は釜山へ向かい、釜山から船で下関に渡ったそうだ。そして下関からは汽車で移動し、一九四五（昭和二〇）年四月二五、二六日頃茨城県真《ま》壁町《かべちょう》谷貝村《やがいむら》の第二農耕隊に配属された。

私は、農耕勤務隊員として過ごすことになった黄さんがどんなことをしたのか質問をした。

「農耕勤務隊には武器なんて一つもなかったですよ。私たち兵士には、ただクワとシャベルしかなくて田植えや木

徴兵された時の黄さん（真ん中）。

の伐採などの作業を行いましたね」

黄さんから説明された農耕勤務隊員は私が予想していた兵士とは大きく異なっていた。黄さんの仕事は日本で暮らす人々の護衛や農作業をすることであった。今まで兵士と言えば戦地で武器を持って戦う人を思い浮かべていたが、黄さんの話を聞いて軍内にも様々な兵種があるのだと知った。

「仕事の中で一番多くやったことは蛸壺《たこつぼ》掘りでした。蛸壺とは空襲から身を守るための一人用の塹壕で、一日何本掘るように、という決まりもありました」

しかし、黄さんは肉体労働があまり得意ではなかった。そんな黄さんを助けてくれたのは同じ部隊に配属された朝鮮人だった。

「蛸壺掘りでは一日三つ掘るように指示が出ました。仕事は重労働で、倒れてしまったこともありましたね。一日仕事を休んでしまった時は、同じ部隊に配属された朝鮮人に助けてもらって何とか仕事をしました。私は仕事が苦手でしたが、他の者は農家の出が多かったので仕事はとっても上手でした」

黄さんには他の兵士から頼りにされる大きな強みがあった。それは日本語が堪能であったということだ。黄さんと同じ部隊に配属された兵士四〇名のうち日本語を話せるのは黄さんを含め三人だけだった。そのため、少尉に頼まれて、朝礼等で日本兵が話した内容を通訳することもたびたびあった。

「毎週日曜日は小隊長から故郷へ手紙を書くようにとハガキをもらうんです。でも、多くの兵士たちは文字を書くことができませんでした。だから住所を聞いたりしてみんなの分も書きました。そんなことをしていたからか、周りの者たちが自分を助けてくれるようになったと思います」

強制的に日本の軍隊に入隊させられ、日本語もわからない朝鮮人兵士たちはさぞ不安だっただろう。そんな兵士たちと日本兵のパイプ役となった黄さんが重宝されたのは言うまでもないと思った。戦争中でもお互いを助け合っているのはとても素晴らしいことで心が温かくなった。私は戦時中の出来事で印象に残っていることを黄さんに伺った。

「昭和二〇（一九四五）年三月一〇日に東京で一番大きな空襲があったでしょ。それから同じ年の五月にも東京方面で大きな空襲があったんですけど、あれは直接見ましたね。東京方面の夜空が真っ赤になってね、翌朝起きてみると地面の上に灰がすごく積もっていて、掃除をしに外へ出ると米軍のビラなんかがまだ焼けずに残っていました」

東京から茨城までは相当な距離があるはずなのに、風に乗って灰が茨城にまで積もった。この事実だけでも空襲の凄まじさが感じられた。

さらに農耕勤務隊の作業中にも幾度となく危険は訪れた。

「米軍の援軍の戦闘機がやって来た時はとても怖かったです。低空飛行だから機関銃を撃っているのが見えるんですよ。弾が飛んでくるから急いで自分たちで掘った蛸壺に逃げましたね」

私はこれほどまでに生と死が隣り合わせで過酷な状況を耳にしたことがなかった。国のために必死で働くが、命の保証をされない時代。学校の歴史の授業で聞いた時には何も思わなかった「空襲」や「戦闘機」という言葉がどれほど恐ろしいもので人々を苦しめていたか。黄さんからお聞きした当時の状況を考えれば考えるほど、私は心の中が重くなるのを感じた。

生死をかけた帰還

昭和二〇（一九四五）年八月一五日、日本は連合軍に敗れ、終戦を迎えた。

「突然、今日は仕事がないって言われ、営舎に残るように、と言われたんです。日本兵だけが民家にラジオを聞きに行きました。帰ってきても、何も教えてくれませんでした。その時は皆、もう仕事をしなくていいって喜びました。そして晩御飯を食べた後、村人たちと手をつないで盆踊りをしました。しかし、灯火管制(2)がなかったことが不思議でした。その日はうまい食べ物も出て、いい気持ちになって寝ました。次の日も何もしなくていいと言われ、どうしたんだろうと少し不安になりました。一七日になり、営舎のトイレで用を足していると近所からとても大きなラジオの音が聞こえました。すると、『東久邇宮が内閣総理大臣に任命された』と言っていたのです。おかしいなと思い、すぐ上官に聞くと『日本は負けたんだ』と教えてくれました。すごく驚きました。でも、生きている、もう死ぬことはない。朝鮮も独立できるんだと思い、安心しました」

終戦時、日本兵は敗戦のことを朝鮮の兵士たちに伝えなかった。朝鮮の兵士たちが暴動を起こしたりするのではないかと恐れたからだという。黄さんは、上官から終戦のことや今後のことを朝鮮の兵士たちに伝えるようにと指示を受け、新聞を見せてもらったそうだ。

「朝鮮半島が三八度線で分断されていました。北はソ連、南はアメリカと、両方に分断されていてとても心配でした。でも、北朝鮮から来ていた人もいたので、周りの者に伝えることはできませんでした」

そして八月三〇日に除隊式があったと黄さんは話した。

「全員整列させられて、ポツダム少尉(3)として階級が一等兵に昇進しました。その時、褒章として二〇〇円が入った封筒ももらいました」

当時の二〇〇円はとても価値が高く、朝鮮兵たちはとても喜んだそうだ。そして八月三一日に谷貝村から汽車で東京を経由し、下関に向かった。

「広島に近づく時、車掌から『絶対に外を覗くな』と言われ、カーテンを下げるようにと指示がありました。私はその時広島に新型爆弾が落とされたと聞いていたので、そのことが原因だとすぐわかりました。ちょっとカーテンを開けてみると、広島は電柱が数本立ってるだけで、全部焼け野原になっていました。びっくりしましたね」

九月一日、下関に到着後、山間の国民学校に宿泊し、船の準備を待ったという。

「明け方になると、婦人会のお姉さんたちがおにぎりを届けてくれて、それを食べて待っていましたね。しかし、どの船に乗って帰るか全然指示がなかったんです。二、三日過ぎてこれは大変だと思いました。そこで、周りの者とグループを作って離港の相談をし、褒章で手に入れたお金を資金にして漁船をチャーターすることを決めました。ただ、アメリカ軍が流した魚雷や、台風などもあり、船が沈むこともよくありました。もう生死をかけてですね。死ぬ覚悟でやりました」

家族との再会を喜んだ当時の思いを語る黄さん。
笑みがこぼれた。

戦後すぐの日本は混乱していたために、黄さんはなかなか朝鮮に帰還するための連絡船に乗ることができなかった。しかしどんなに危険であっても国へ帰りたいという気持ちは変わらなかったという。黄さんは下関の波止場から政府が手配した船で出発したのではなく、夜中に小さな船で出発したのだった。

「漁船の下部にある魚を入れる水槽のようなところに三〇～四〇名一緒に入れられて蓋も閉めていたので、中は真っ暗でしたね。でも、船に乗ってからは皆、『国へ帰るんだ』と言って喜び、興奮していましたね。長い間船に乗っていましたが、苦しかったという記憶はありませんでした」

夜中に出発した船は明け方頃、釜山に到着した。釜山の埠頭は日本へ帰る兵士で溢れ、混雑していた。黄さんは正々堂々と胸を張って韓国へ帰還した、と話した。その話をするまでの黄さんの表情はずっと険しかったが、この時だけは本当に嬉しそうで目が輝いていた。私は当時の黄さんもこんな表情をして韓国に戻ったのかなと想像した。釜山に着いてから、汽車で親戚のいる晋州へ向かった。

「汽車は一日に二、三回しか出ていませんでした。そのため一度に汽車に乗る人がものすごく多く、屋根に乗った人もいました。ところが、汽車は薪や石炭を燃料としていて、エンジンがあまり強くなかったんですよ。だから、坂を上る時はちょっとした勾配でも汽車を押しました」

夕方頃、晋州に到着し、徒歩で親戚の家に向かった。親戚の家に到着し、中に入るとそこには偶然にも黄さんの父親がいた。黄さんの父親は仕事の都合でたまたま晋州に来ていたそうだ。

「母方のいとこに会えるだけでもとても感激で、それを想像しながら入ったところ、目の前に親父がいたんです。涙が溢れてきて、ものすごく泣きました。号泣したと思います」

当時の日本は、終戦になってからも混乱が続き、家族と連絡を取ることは一切できなかった。

「突然息子が帰ってきたので、親父も涙を流していましたね。あの時の涙は最高の喜びの涙でした」

黄さんのお父さんが戦争から無事に帰ってきた息子の姿を見て涙する姿が目に浮かび、私も思わず目頭が熱くなった。

黄さんは六日に晋州を父親と出発し、南海へ帰郷した。到着してから数日間は、村人などが全員集まり、黄さんの帰国を祝った。黄さんの父親が地主だったため、食事も満足にできたそうだ。

その後の生活

昭和二〇（一九四五）年九月中は故郷の南海で教師を務め、同年一〇月一〇日に米軍が南海に進駐すると、通訳の仕事に就いた。

「私の故郷である南海に米軍が進駐してきた時、連中は通訳を連れてこなかったために英語を話せる人を探していました。連中は私のほうを見て『大学行った奴は英語がしゃべるだろう』と言って、私を呼び出したんですよ」

ところが学生時代に英会話を勉強する機会はほとんどなく、流暢に英語を話すことはできなかった、と黄さんは話す。

「呼び出されてから一週間後に、一緒に働こうと誘われました。自分は、『辞書があったら簡単な会話はできるけど、通訳が行うような重要な仕事はできない』と言いました。そしたら、連中は『ともかく電話を受け取ってつないでくれるだけでいいから。一緒にいよう』と言ってきて、翌年の七月頃まで二四時間寝泊まりして仕事を行いました」

米軍は昭和二一（一九四六）年七月頃、治安が安定したことを確認すると、黄さんにこのまま仕事を続けるか、あるいは就きたい職業があれば斡旋すると提案をしたそうだ。黄さんは、通訳としての経験を生かすために英語の教員を志望した。そして昭和二一（一九四六）年九月一日、釜山工業高校の英語教員となった。教員を務めた後、昭和二二（一九四七）年一〇月に釜山にある朝鮮生活品管理公社（OCC）の通訳を経て、昭和二四（一九四九）年四月、釜山の駐韓米広報院（USIS）職員となった。昭和二五（一九五〇）年六月二五日、朝鮮戦争が起こると、釜山が臨時首都、USISが臨時大使館となり、新聞課に配属された。昭和二八（一九五三）年秋には大使館がソウルへ戻り、黄さんもソウルに異動することとなった。昭和二九（一九五四）年五月、渡米し、米国国務省でUSISオリエンテーションプログラムを終了し米国本土、ハワイ、東京などを訪問後、同年一〇月に韓国へ戻った。

日本、韓国、アメリカの三カ国の狭間で生き抜いてきた黄さんに、祖国や母国語についての思いを伺った。

「もちろん、コリアンというアイデンティティはちゃんと持っています。ただ、朝から晩まで英語を使っていた時はアイデンティティ・クライシスもありました。それに、一番知能が発達する時に日本で教育を受けたりしたので日本語のほうが書きやすかったんですよ。二〇歳の時まで私は日本人で、それから、朝鮮人となりましたが、仕事の関係上アメリカ人と過ごしました。朝鮮戦争が始まって、戦闘が激化してからは移民しようと思った時もありました。でも、私は長男で、親のこともありましたから移民はできませんでした。苦しかった時もありましたが、韓国人としてのアイデンティティもなんとか確立しました」

黄さんはしっかりとした眼差しで私と向き合ってくださった。ただ、話している時の表情が何度か曇ることがあり、黄さんの複雑な心情を察した。

現在、そして未来へ

私は、黄さんになぜ、朝鮮人学徒兵の体験について語ってくださったのか尋ねた。

「韓国では、昔の辛い体験を語り継ごうという活動がないんです。学徒兵として何千人もが犠牲になっているにもかかわらず、私のような元学徒兵が経験したことを正式に調査し、記録として残そうとする動きが見られない。だから、インタビューしたいと言われた時は驚いたけど、正直、嬉しかったんです。日本でもいいから私たちが苦労した記録を残してくれたらいいんじゃないかって」

さらに黄さんは中央大学についてこのように私たちに伝えてくださった。

「私は戦後二回ほど中央大学に行きました。ものすごく大きなキャンパスで、とても良かったと思いました。中央大学は私にとっての唯一の学歴です。名誉ある、白門健児だと思っているんですよ。私は中央大学を卒業したことに誇りを持っています」

黄さんの言葉が私の心に深く響いた。先輩の思いが私の心にひしひしと伝わってきたからだ。

私は最後に、戦争について今何を思うか、黄さんに伺った。

「戦争は絶対にやめなきゃ駄目ですね。しちゃいけないと思う。私は大東亜戦争も経験したし、その後の朝鮮戦争も経験したからわかるけど、戦争は絶対駄目です」

エピローグ

取材を終えた時、時計の針がかなり進んでいた。私は黄さんの話に夢中になってしまい時計を見ることさえ忘れてしまっていたのだ。黄さんは私たちに特別卒業証書(4)が授与された時（一九九八年）に撮った記念写真とその時胸につけていたバッジを見せてくださった。

「特別卒業証書を授与された時はとても嬉しかったですね。当時の私の学籍番号は二五二番だったんです」

黄さんは終戦後、命からがら韓国へ帰還した。そのため、中央大学の学生ということを証明できる物を持っていなかった。しかし、記憶の片隅にあった学籍番号が、黄さんが中央大学の学生であったという証拠となり、特別卒業証書が授与されることになったのだ。

私は、黄さんが当時の学生生活を話されている時の和やかな表情を見て、戦争が起こらなければ黄さんも平穏な大学生活を送れたのにと、胸が締め付けられた。

学徒出陣から七〇年以上の時が経っても、黄さんは戦争のことを決して忘れることはできないという。お話を伺って何より感じたことは、「戦争」によって本当に多くの人の人生が台無しにされ、夢や希望を絶たれたということだ。黄さんはとても勉強熱心な方であった。多くのことを学びたいと思って日本に来たにもかかわらず、わずか半年で大学を去ることになった。私は今まで大学に行って勉強することは当たり前だと思っていた。黄さんのお話を聞いて自分が恵まれていることに改めて気づいた。

特別卒業証書贈呈式の時に授与されたバッジ。

正直、生まれてきてからずっと平和な暮らししかしたことがなかった私にとって「戦争」はどこか遠くに存在する歴史の一つにしか感じられていなかった。さらに、朝鮮人学生が日本の兵士として戦地に駆り出されたという事実さえ知らなかった。しかし、取材を通して約七〇年前に起こった戦争は、遠くに存在する歴史の一つではないということがわかった。

私と同じように暮らしていた学生に突然起こった、辛く悲しい出来事だった。平和な時代を生きる私たちは、今自由に好きなことができる。普段私は何をしているのだろうか、と自分の生活を振り返った。統制が厳しかった時代の中、必死で生き延びた先輩方に恥じない生き方をしているだろうか。

私は今回の活動を通して、自分自身の生き方を深く考えさせられた。戦争の時代を生きてきた先輩方は一日一日を大切に過ごされた。平和な時代しか体験したことのない同年代の若者は「生きる」という大切さの重みを知らないと思う。黄さんの話を聞いて、今ある環境がどれほど幸せなのかが改めてわかった。今を生きる私たちは平和な世の中を築き上げた先輩方の思いを絶対に無駄にしてはいけない。

韓国でふと見上げた空は夕暮れでオレンジ色だった。その優しい色をした空はどこまでも広がっていた。空を眺めて平和だと感じられる、この環境がいつまでもずっと続いていきますように。戦争体験者の話を聞くことのできる最後の世代として、多くの人に「戦争体験」を語り継いでいこうと心に誓った。

注

（1）戦前には朝鮮総督府が監督する朝鮮人留学生の支援部署であったが、実際には留学生の思想調査や取締機関として機能した。一九四三年に財団法人の認可を受ける。戦争末期には協和会と連携して朝鮮人学徒動員の支援など、戦争体制を推し進める役割を担った。

（2）夜間空襲に備え、ろうそくや電球の明かりを消したり覆ったりして光が漏れないようにすること。

（3）ポツダム宣言受諾後に戦闘が基本的に終了した八月一五日から一一月三〇日まで継続した陸軍省と海軍省によって、この間の日本軍において少尉に任官した軍人の通称である。全員が一階級昇進して除隊した。

（4）中央大学は太平洋戦争中に退学・休学を余儀なくされ、卒業できなかった朝鮮・台湾出身の元留学生たちに特別卒業証書を授与することを決めた。対象者は一五〇〇人以上。

癒えない傷を負って

取材・執筆者（つなぎ手）

野崎智也

▼中央大学総合政策学部三年

×

戦争体験者（証言者）

金《キム》鍾《ジョン》旭《ウク》

▼取材時、九三歳

（創氏改名後▽金井光雄）

証言者の経歴

大正一〇（一九二一）年…一月二五日、韓国光州に生まれる。
昭和一二（一九三七）年…帝国商業学校に入学。
昭和一七（一九四二）年…中央大学商科に入学。
昭和一八（一九四四）年…一月二〇日、陸軍中部十三部隊に入隊。
昭和二〇（一九四五）年…一二月、光州商業学校教員になる。
昭和二八（一九五三）年…光州商業学校教頭に就任。
昭和三一（一九五六）年…海南中学校校長に就任。
昭和三三（一九五八）年…麗岩中学校校長に就任。
昭和三五（一九六〇）年…唐津中学校校長に就任。
昭和三七（一九六二）年…木蒲高等学校校長に就任。
昭和四〇（一九六五）年…アメリカに移住。
昭和五四（一九七九）年…光州に帰郷。

取材日

平成二五（二〇一三）年一一月二日

プロローグ

私は大学で、韓国語を履修している。大学入学当時、韓国ドラマやK-POPアイドルに憧れて、履修を決めた。韓国語の勉強は面白く、すぐに夢中になってしまった。日本語と同じ意味や発音を持つ言葉が多く、文法も似ているため、理解しやすいのだ。例えば「약속」。これは「ヤクソク」と発音し、日本語の「約束」と同じ意味を持つ。日本語も韓国語も、言葉のルーツは中国の漢字だからだ。「日本語と韓国語は兄弟なんだよ」。韓国語の先生は、普段からこう話す。

だが今、その兄弟言語を持つ国同士の関係は、良くない。新大久保では毎週ヘイトスピーチが行われ、韓国での反日抗議活動が日本でニュースになる。日韓併合や従軍慰安婦などの歴史問題が、現代に尾を引いている。だが、平和な時代に生まれ育ってきた私には、どうしてもピンとこない話だった。なぜ今も過去の戦争が原因で関係がこじれてしまうのか、私は不思議で仕方がなかった。

そんな中、松野ゼミの下に一通の手紙が届いた。都内にある「わだつみのこえ記念館」から届いたものだ。その手紙には、実は学徒出陣した学生の中に朝鮮人も多かったこと。そしてその朝鮮人の中には中央大学の学生もいた、ということが書かれていた。私はこの手紙を読んで、衝撃を受けた。今まで遠い存在のように受け止めていた日韓関係に、実は身近な大学の先輩も深く関わっていたことに驚いたからだ。

さらに手紙にはこう書かれていた。「約七〇年前に日本の軍隊に入隊させられた朝鮮人元学徒兵の方々には、一九九八年に『特別卒業証書』が渡されました」。

私は『特別卒業証書』という存在を知らなかった。興味を持ち、調べてみると、意外な事実がわかった。

昭和一九（一九四四）年、中央大学に在学していた朝鮮人学生たちは、卒業することなく入隊させられた。そして彼らは、軍の配属先で終戦を向かえ、そのまま祖国へ帰った。その後も、大学から彼らへの連絡はなく、平成一〇（一九九八）年になってようやく、中央大学側が『特別卒業証書』を、学徒出陣等によって卒業することができなかった方々へ授与した。実に、戦後五三年目の出来事だ。

一体彼らは、日本兵として出陣したことをどう思っているのだろうか。戦後はどのような思いで過ごしてきたのだろうか。私は無性に知りたくなった。そしてそれが、今日の日韓関係を考えるための、重要な材料になる気がした。

一〇月二七日、私は初めて韓国に住む取材対象者へ電話をかけた。相手は、金鍾旭《キムジョンウク》さん。戦時中、中央大学に留学し、学徒出陣した朝鮮人の中の一人だ。

これだけ緊張した電話は初めてだった。もしかしたら日本への恨みで、相手にしてもらえないかもしれない。日本語が通じるのかどうかさえも、わからなかった。

「アンニョハセヨ。チョヌン イルボンサラム ノザキトモヤ イムニダ……（こんにちは。私は日本人の野崎智也です）」。何とか韓国語で自己紹介をし、取材のお願いをすると、「日本語で大丈夫ですよ。もう生存者は少ないからね、私で良ければどうぞ」と、金さんは取材を快諾してくださった。私はとても嬉しかった。だが一方で、金さんが流暢な日本語をしゃべる背景には、辛い過去があるのだと考えてしまった。そんな複雑な思いからか、受話器を置いた後も、しばらく動けなかった。

韓国光州へ

平成二五（二〇一三）年一一月二日、韓国の光州を訪れた。成田空港から仁川国際空港までは約三時間。そこから一時間ほどかけてバスでソウルへ行き、ソウルから光州までは鉄道で約四時間の長旅となった。

一一月の光州は、かなり寒かった。街はソウルほど観光地化されておらず、ハングルばかり。日本語はほとんど見かけない。容赦なく吹き付ける冷たい風が、私の不安と緊張を倍増させた。

教えられた住所の近くに行っても、家が見当たらない。何も知らない場所で迷ってしまった。焦って金さんに電話をかけると、迎えに来てくれることになった。数分後、遠くからゆっくりと歩いてくる男性が見えてきた。「こんにちは。遠くからわざわざありがとう」。光州で久しぶりに聞いた日本語は、金さんのものだった。

金さんは、とてもゆっくり歩く。日本軍に所属していた時に、上官に殴られた腰が今でも痛いからだという。金さんの腰痛については電話で聞かされていた。私は金さんの歩幅に足を合わせ、ゆっくりと自宅に向かった。

光州駅前の風景。ソウルと比べ高層ビルが少ない。

金さん（左）と取材者。自宅まで案内してもらった。

自宅へ着くと、「どうぞ中へ入ってください」と、奥さんに声をかけられた。彼女もまた、植民地時代に日本で暮らしていたという。日本語で話しかけてもらったからだろうか、私は何となく気分が落ち着いた。反対に、私が韓国語を使うと、二人はとても喜んでくれた。韓国語を勉強していて良かったと、強く思えた瞬間だった。そうして自己紹介を終え、さっそく取材が始まった。

夢の実現のために日本へ

金さんは、大正一〇（一九二一）年一月二五日に、光州で生まれた。幼少時代は、米を作っていたため、生活にはあまり困らなかったという。瑞石《ソソク》普通学校を卒業した後、日本にやってきた。はじめは神田の電機学校に通ったが、二年次で帝国商業学校に編入した。

「将来は、朝鮮で会計士みたいな仕事ができたら良いなあ、と思っていたんだ。だから、帝国商業学校に行ったんだよ。それにそこなら、朝鮮人も何人かいたからね」。金さんは、少し照れくさそうに当時の夢を語ってくれた。商業学校には、友人三人と一緒に受験をして、合格したのは金さん一人だけだったという。

話をしながら金さんは、帝国商業学校の卒業アルバムを見せてくれた。「これが私だ」。そこには、二一歳の金さんの顔が載っていた。だが、金鍾旭という名前はどこにもない。そこに書かれていたのは、金井光雄という名前だった。

帝国商業学校に通っていた時の金さん（右）。

「当時の朝鮮人は、日本名を名乗ることが義務付けられていた。私の日本名は『金井光雄』だったんだよ」。これがいわゆる、創氏改名だった。今まで歴史の中の話としてしか考えていなかった言葉が、突然目の前に出てきて、私は言葉を失った。「生まれた時からのことだから、その時は特に深く考えなかった」と、金さんは言う。だが、自分の名前を奪われる苦痛を思うと、私は胸が苦しくなった。それでもアルバムに写る二一歳の金さんである「金井光雄」氏は、真っ直ぐな眼差しで私を見つめていた。

中央大学での生活

昭和一八（一九四三）年、金さんは中央大学に入学した。なぜ中央大学を選んだのか、私はその理由を尋ねた。

大学在籍時の金さん。学生帽がよく似合う。

「私は二つの大学を受験して、二つとも合格したんだ。それで中央大学はね、学帽が格好よかった。あの帽子をどうしても被りたくて、それで中央大学を選んだんだ」。写真を見ると、若き日の金さんは中央大学の学帽がよく似合っていた。映画俳優のような顔立ちで、実際に友人に「日活の俳優になったらどうだ」と勧められたこともあったそうだ。男としては、少しうらやましい。

金さんは日本にいる間、高円寺で暮らしていたという。当時はどんな学生だったのか、聞いてみた。

「学生時代は、朝日新聞の新聞配達のアルバイトをしてね。学費もそこで稼いだお金で払っていたよ。早朝から新聞配達をして、学校に行ったら必死に勉強をした。両親に迷惑をかけないように、本当によく働いていたよ。

それに、私は人気者だった。『お前は朝鮮人じゃなくて、日本人と同じだな』と言われるくらい日本語もできたから。だから日本での生活も良かったなあ」

「志願兵」

昭和一八（一九四三）年、戦況はすでに悪かった。二月には日本軍がガダルカナル島から撤退し、五月にはアッツ島で日本軍が玉砕。こうした戦況を受け同年一〇月、「在学徴集延期臨時特例」が公布された。これにより、それまで大学等の学生に与えられていた徴集猶予が廃止された。「学徒出陣」の始まりである。

しかしこの時に徴集の対象となったのは、日本人学生のみ。金さんのように、朝鮮や台湾から来ていた留学生は、対象にされなかった。

「日本人の学生はみんな戦争に行ってしまったから、学校には私たち朝鮮人や台湾人の学生だけが残されたよ」。当時のことを振り返りながら、金さんは話を続けた。

「その後、朝鮮人や台湾人の学生にも出兵の要請が来たんだ。『志願兵』ということだった。でも、それは到底『志願』と言えるものではなかったんだ。

『もし私が入隊しなかったらどうなるか?』と聞いたら、『お前の家族に配給はやらん』と言われた。それが嫌になって、光州に帰ったんだ。すると光州の自宅に軍人がいて、『おお、待っていました』と言われた。どうして軍人がここにいるのかと疑問に思ったが、その軍人に『入隊してください』と言われた。私が『行かない』と言ったら、一週間の猶予をくれたんだ。その間に家族とよく話し合った。だけど結局、『配給のために行ってくれ』と。私は行かざるを得なかった。これは、強制以外のなにものでもない」

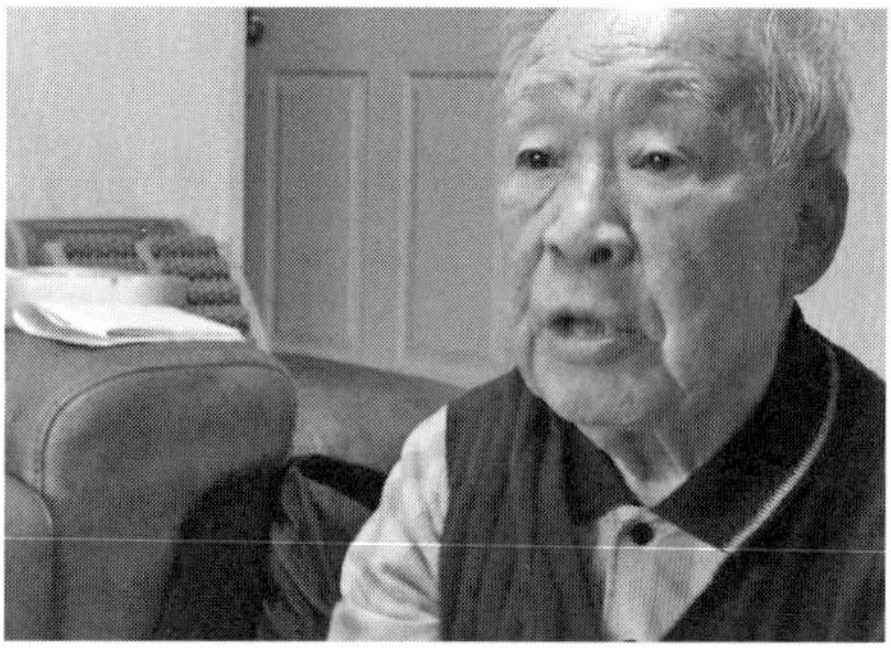

志願強要の体験を語る金さん。

話しながら金さんは、どんどん語気を荒げた。私はその言葉の一つひとつを、丁寧に聞くことしかできなかった。金さんら留学生を徴集するために公布されたのは、「陸軍特別志願兵臨時採用規則」。「志願」という言葉は表向きで、実際は「半強制的」という裏があったのだ。

「私はそれでも友達を誘って逃げようとした。けどその友達は、『私にはできない』と、逃亡を断った。なぜなのか。聞くと彼は、『私には生まれて一週間にしかならない子供がいる。だから奥さんと子供のためにも、行くしかないんだ』と言った。その言葉を聞いて、私も思い止まったんだ。もし私が逃げたら家族がどうなるのか、ということがわかったからね」

金さんは、両親をとても大事にしていた。在学中は、両親に負担をかけないために一生懸命働いた。さらに、迷惑をかけないために悪さをしないようにしていたという。その優しさに漬け込むようなやり方に、私は強くショックを受けた。

　言葉を失っている私に、金さんは追い討ちをかけるようにこう言った。「もし君が今、韓国の兵隊になれと言われたらどうする?」。今までまったく考えたこともない問いだった。特攻の話を聞くたびに、「お国のために命を捧げるなんて、自分には到底できない」とは思ったことがある。それを、祖国でもない国のためになんて……。

中央大学の同級生と金さん（一番手前中央）。
これが学友との最後の記念写真になった。

「私が何のために日本へ行ったか。勉強をするためだ。一生懸命勉強をして、会計士になる夢を叶えたかった」。無残にも、金さんは夢を諦めざるを得なくなった。

入隊

昭和一九（一九四四）年一月二〇日、朝鮮人学生たちは、日本軍に入隊した。入隊前には、東京はもちろん朝鮮でも、各地の大学の講堂などで「学徒出陣壮行会」が行われたという。

「私は壮行会には、一回も参加しなかった。友人も出なかった人は多かったと思う。出たところで、何も意味はないからね」と、金さんは言う。

入隊後、金さんは陸軍中部十三部隊に配属された。

「私が所属した部隊には、二二一人の兵士がいた。そこには輜重隊《しちょうたい》と輓馬隊《ばんばたい》があってね、私は輜重隊だった。車を運転して物や人を運ぶ仕事をしたんだ。車は運転できなかったけど、上等兵に教えられて覚えた。輓馬隊と違って馬の世話もないし、戦闘の前線に立つわけでもない。だから仕事で苦労することはあまりなかった。だけどやっぱり一年目は、辛かった。この腰を悪くしたのも、一年目の時だ」

入隊当時の金さん。

金さんはそう言いながら、着ていたシャツを捲り上げ、私に腰を見せた。「ここを上官に殴られたんだ」。腰には、シップが貼ってある。このシップの下には、今も傷跡が残っているという。「なぜ、殴られてしまったのですか?」。私は恐る恐る聞いた。

「あれは、朝の点呼の時だった。上官の理不尽な命令に、私は逆らったんだ。『そんなことをしたらいけない!』と。そうしたら『何だお前! 伏せろ!』と言って、上官に腰を殴られた。大きな棒で、二回も。

その時腰は、何ともなかったんだ。だけど、年を取るにつれてだんだんと痛くなってきた。タバコも吸わないし、酒も飲まない。本当に健康な体なのに、この腰だけはどうしようもない。今ではあまりの痛さに、夜も眠れない時がある」

痛めた腰をさすりながら語る金さん。

金さんは本当に正義感の強い人なのだと感じた。この時代、上官に刃向かえばどうなってしまうか、容易に想像がつく。それでも、おかしいことを「おかしい」と言った金さんを、私は尊敬する。

腰の痛みが残り続けるということは、戦争の被害を受け続けるということだ。金さんにとっての戦争は、まだ終わっていない。

上海へ

昭和二〇(一九四五)年になると、「お前は態度が悪いから」という理由で、金さんは転属を命じられた。まず、四国の金毘羅山《こんぴらさん》の神社に集合させられ、そこで転属先を発表された。転属先は、上海の浦東《プートン》。上海に向かう途中の船が何隻も沈没していたため、まずは釜山《プサン》に行き、そこから満州・南京を経由し、陸路で上海に向かったという。

上海の浦東に着くと、そこでまた新しい生活が始まった。

「浦東の部隊では、高橋中将という方に良くしてもらった。そして彼に、『お前は帝国商業学校を出て、大学も商科だったんだな。その力を生かして、炊事の責任者になれ』と言われたんだ。その時私は上等兵だったから、責任のある仕事を任された。

とにかく、米も魚も肉もすべて手配した。私が点呼をかければ、みんなが動いてくれる。そうして私は、食事という形で一二〇〇人の師団の生活を支えたんだ」

上海で軍隊生活を送った時の金さん。

帰郷

昭和二〇(一九四五)年八月一五日、金さんは浦東《プートン》で終戦を迎えた。どのようにして終戦を知ったのかは、覚えていないという。だが、敗戦を聞いて、金さんは喜んだ。

「終戦はとても嬉しかった。これでやっと祖国が独立できるからね。そして何よりも、生きて帰れることが一番嬉しかった。この時、早く帰って家族に会いたいと思ったんだ」

「だけどお金がないのにどうやって帰ろうか迷ってしまった。その時、高橋中将に声をかけられた。『お前、食品庫の鍵を持っているだろ? そこにある食糧を将校たちに売りなさい。そのお金で帰ることができるだろう』と。高橋中将は本当に良い人だったよ。私は言われた通り食糧を売って、お金を手に入れた。さらに、一二人の朝鮮人を集めて、一緒に帰ることになったんだ」

光州までの道のりは、半分は鉄道、もう半分は歩き。約三カ月もかかる旅になった。終戦したにも関わらず、道中たくさんの悲惨な光景を見たという。

「途中、中国南京の公園で、日本人の女や子供が集まって泣いているのを発見した。私はそれを見捨てることができなくてね。食糧を売って手に入れたお金はすでに、帰郷のために朝鮮人一二人で使ってしまっていた。だから、私の通帳と印鑑を渡してあげたよ。まったく知らない日本人だったけど、『ここに一二〇円入っているから、使いなさい』と。そのお金を誰がどう使ったのかは、今もわからないね。

その先の済南《サイナン》では、八路軍が線路を爆破してしまった。線路の上に寝ていて、後進した汽車に轢かれてしまった人もいた。本当に険しい道のりだったんだ。故郷に帰るまでの間に亡くなった朝鮮人も、たくさんいたんだよ」

金さんのように、「早く帰りたい」という思いで、自力で故郷を目指した人は多かったという。その思いとは裏腹に、故郷にたどり着けなかった人が大勢いた。金さんが通帳を渡した日本人は、その後帰ることができたのだろうか。家に帰ろうと思えばいつでも帰れることが、どれだけ幸せなことなのか、気づかされた。

「三カ月かけて、やっと光州に着いた時は嬉しかった。家族もとても喜んでくれた」。入隊から帰郷まで、約一年一〇カ月が経過していた。どんなに時間がかかろうとも、どんなに険しい道のりでも、それでもくじけなかったのは、「故郷に帰りたい」という思いがあったからだ。

金さんはここまで話して、私にコーヒーを勧めた。

現在

戦後金さんは、光州で商業学校の建設に尽力した。建設後、日本の帝国商業学校や中央大学の商科で学んだことを生かし、簿記を教えていたという。八年間光州で教諭を務めた後、三年間教頭を務めた。その後も、海南《ヘナン》・霊岩《ヨンアン》・唐津《タンジン》・木蒲《モッポ》の中高で校長になり、教育に力を入れた。

その間、七人の子を授かった。取材を行ったリビングには、所狭しと家族写真が並べられていた。子供の話になると、金さんの声は弾んだ。

「子供たちはみんな優秀だ。博士になった子も、社長になった子もいる」。そう言って金さんは、隣の部屋から何かを持ってきた。それは、ヨーグルトだった。「息子が発見した菌で作ったヨーグルトだ。身体にすごく良いから、毎日食べている。君も食べるかい？」。私は、ありがたく頂戴した。

頂いたヨーグルトは、とてもおいしかった。金さんの息子さんたちは、皆一生懸命に勉強をし、夢を叶えている。一方で金さんは、夢半ばで軍に駆り出された。息子たちの活躍はまるで、金さんの思いを受け継いでいるかのように思えた。ヨーグルトを嬉しそうに口へ運ぶ金さんの笑顔が忘れられない。

　棚に並べられた写真の中に、ひときわ目立つ賞状があった。そこには、「特別卒業証書」と書かれていた。その隣には、「中央大学特別卒業証書贈呈記念」と書かれたメダルが置かれていた。金さんは、その卒業証書とメダルについて語ってくれた。

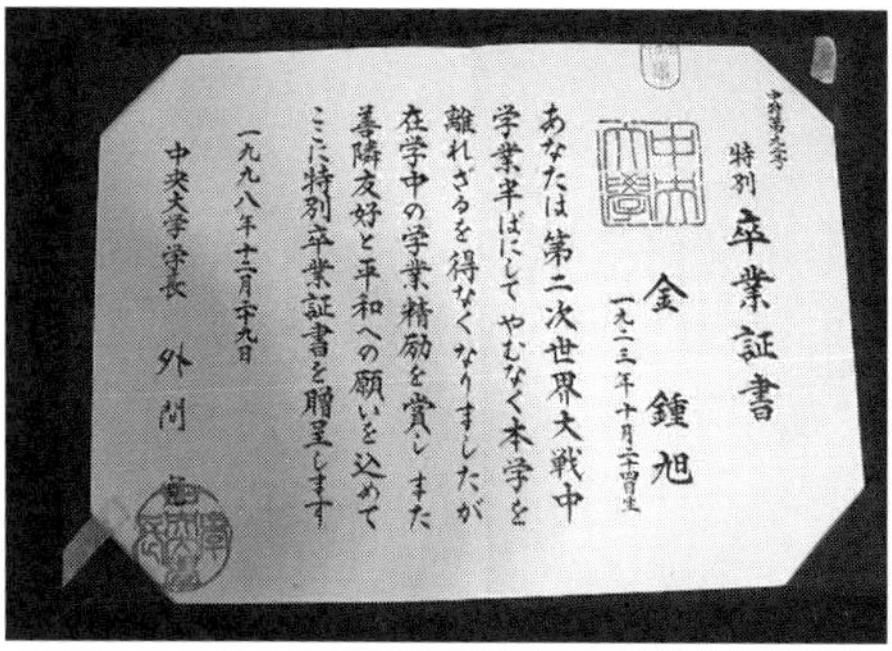

中央大学が戦後、金さんに授与した「特別卒業証書」。

「これは平成一〇（一九九八）年にもらったものだ。その時は嬉しいというか、七七歳になっていたし、もらっても、もらわなくても、もう関係ない、と思っていた。でも『もらって当然』、という気持ちはあったね。それにしても、戦後五三年という月日は長すぎた。もう、亡くなっている人もいたんだから」

　卒業証書には、「金鍾旭」と、しっかり書かれている。帝国商業学校の卒業アルバムに「金井光雄」と書かれた時からの、時代の流れを感じた。メダルの裏に彫られた、「祝 金鍾旭」という文字が印象的だ。金さんご自身で彫ったものだという。

　日本と朝鮮の間で、金さんは翻弄されてきた。言葉と名前を奪われ、夢を奪われ、身体の自由も奪われた。大日本帝国という時代を生き抜いた金さんは、今日の日韓関係をどう思うのだろうか。聞くと、答えは意外なものだった。

「日韓は、もっと仲良くするべきだ」

日本のことを恨んでも仕方ないような方の言葉とは思えなかった。そして、強い口調でこう言った。「若者の夢を奪うことは、一番やってはいけないことだ！」。

　そうか、と思った。金さんが一番憎んでいるのは、「戦争」そのものだった。もちろん日本への怒りの感情もあった。だがそれ以上に、「戦争をしてはいけない」という思いが強い。

　金さんの言葉を聞いて、夢を持って生活できることがどれだけ幸せなことか、改めて考えさせられた。私たちの世代では、「夢を追いかけて本気になることは格好悪い」というような風潮がある気がする。でも、それは大きな間違いだ。夢を追いかけることは、格好いい。金さんの姿が、私にそう思わせた。

気づくと、すでに二時間が経過していた。帰り際、金さんは玄関の外まで私を送り出してくれた。「こんなに遠くまで来てくれた後輩は初めてだ。本当に感謝する」。

私も金さんにお礼を伝え、タクシーに乗り込んだ。こんなに名残惜しい別れは生まれて初めてだった。

エピローグ

取材を終えた後、韓国人の友人とソウルで食事をした。「何のために韓国に来たの?」と聞かれ、私は少し戸惑った。戦争の話は、日韓にとってデリケートな話題だと思ったからだ。友人との関係を壊したくなかった。だが、言葉を選びながら金さんに聞いたことを話すと、とても興味を持ってくれた。「そんな話知らなかった。もっと教えて」と。私はそれが、素直に嬉しかった。

私の中での日韓関係は、冷え切ってなんかいない。そう思った。「日韓はもっと仲良くするべきだ」という金さんの言葉を、頭の中で反芻《はんすう》していた。大事なのは国と国の関係ではなく、人と人の関係なのではないだろうか。

戦争は、人間の尊厳さえも傷つけてしまう。金さんの人生が、私にそう教えてくれた。いつの時代も、戦争の被害者は市井の人々だ。当たり前の生活が、一瞬にして崩壊する。もう二度と、金さんのような辛い思いをする人を出してはいけない。大事なのは、対話をすることだ。金さんの話を聞いて、そして韓国の友人と会話をして、そう痛感した。

ホテルへの帰り道、ソウルの凍てつく寒さの中、町中の看板を見つめた。その多くが、日本語と同じ発音や意味を持つ、漢字由来の言葉であった。これからも韓国語の勉強を続け、いろんな人と話をしていきたい。

都会の喧騒の中を歩きながら、私は強くそう思った。

台湾人学徒出陣

取材・執筆者（つなぎ手）**堀内　新**　▼中央大学経済学部三年

×

戦争体験者（証言者）**葉《よう》登《とう》城《じょう》**　▼取材時、九二歳（学徒出陣時、二三歳）

（創氏改名後▽葉山義溥《はやまよしひろ》）

証言者の経歴

大正一一（一九二二）年…七月二二日、台湾嘉儀市《かぎし》西門町に生まれる。

昭和四（一九二九）年…玉川公学校入学。

昭和一〇（一九三五）年…同学卒業。同年、県立嘉儀中学校入学。

昭和一二（一九三七）年…同学卒業。

昭和一二年～昭和一四（一九三九）年…持病が悪化したため療養。

昭和一七（一九四二）年…九月、中央大学経済科入学。

昭和一九（一九四四）年一月一〇日…防空第五連隊、東部一九〇一部隊（高射砲部隊）へ入隊。

昭和二〇（一九四五）年…九月、中央大学経済科卒業。同年、電機工業専門学校（現在の東京電気大学）入学。

昭和二四（一九四九）年…三月一九日、同校卒業。同年、早稲田大学第二商学部入学。

昭和二七（一九五二）年…三月二五日、同校卒業。同年、ヤマワ商事設立。

平成一七（二〇〇五）年…合同会社山和の代表取締役を退任。現在は役員をしている。

取材日

平成二六（二〇一四）年七月二日

プロローグ

昭和一八（一九四三）年一〇月一日。戦況が悪化したことに伴い、東條英機内閣は勅令七五五号「在学徴集延期臨時特例」を公布し「学徒出陣」を行った。これとは別にもう一つの学徒出陣がある。それは、当時日本の統治下にあった朝鮮、台湾からの学生の学徒出陣である。同年一〇月二日、陸軍省令第四八号「陸軍特別志願兵臨時採用規則」が公布され、朝鮮人・台湾人学生を対象に「特別志願兵」が募集された。表向きは志願兵であったが、志願しない学生に対して当時の文部省は、休学・退学措置を各大学に命じた。つまり、名目は「志願」であったが、実質的には、半ば強制だったという。そうして、中央大学からも多くの学生や卒業生が戦争に参加した。私は特別志願兵として戦争に行くこととなった台湾人の中央大学出身者、葉登《ようとう》城《じょう》さん（日本名▽葉山義溥《はやまよしひろ》）（九二）に取材を行った。

私はこれまで「戦争」というものを教科書に載っている「歴史」として学んできた。だから、戦後の生まれで戦争の名残もほとんど感じたことのない私にとって「戦争」は無機質な「歴史」でしかなかった。そのため、私は戦争についで深く考える機会を持ってこなかった。ただ漠然と「悪いこと」くらいにしか思っていなかったほどだ。そんな私に今回、戦争を知るチャンスが訪れた。私と同じくらいの年で戦争に巻き込まれた人は何を考えていたのか。ただそれを知りたくて、不安と好奇心が入り乱れる中で震える手を押さえながら、葉さんに電話をかけた。そして、ガチャっという音の後に男性の声が聞こえた。「はい、葉山です」。自己紹介に続けてお話を聞かせてほしいという旨を伝えた。しかし、葉さんは取材にあまり積極的ではなかった。それでも大学の後輩ということもあってか、消極的ではあったが取材を承諾してくれた。私はお礼を言いながら、電話越しに何度も何度も頭を下げて受話器を置いた。そして、戦争体験者への取材も、ルポルタージュを書く経験も初めてだった私は、取材ができるかどうかわからないという底知れぬ不安を抱えながら、東京都杉並区にある葉さんのお宅に向かった。

葉登城さんとの出会い

平成二六（二〇一四）年七月二日、私は葉登城さんにお話を伺うため、東京都杉並区に足を運んだ。新宿駅から中央線に乗り換え、電車に揺られること一〇分。JR荻窪駅に到着した。改札を出ると、まだ梅雨も明けていないというのに真夏のような晴天だった。平日の昼間ということもあって、荻窪の駅前はサラリーマンやＯＬでごった返していた。葉さんの家を示した地図にしたがって歩いていくと、一本の路地に入った。そこは駅前の喧騒からは想像もできないほど静かだった。細い道で車も通らないからだろうか、道路脇では三毛猫がのんびりと昼寝をしている。そんな閑静な住宅街の一角に葉さん宅はあった。

　チャイムを鳴らすと、中から「はーい」という元気な声がした。取材に伺う前、一度お電話した時に九二歳と伺っていたので「まさかこんなにお元気ではないだろう」と思っていた。しかし、そのお年寄りは私が「葉さんはいらっしゃいますか」と聞くよりも先に「待っていました。葉登城です」とおっしゃった。その元気な様子に、私は驚きを隠せなかった。笑顔で話しかけてくださる葉さんを見て、不安は、いっぺんに吹き飛んでしまった。葉さんは「暑かったでしょう」と私たちをねぎらい、離れに案内してくださった。自己紹介をした後、葉さんと向かい合ってテーブルにつき、さっそく取材に移った。

母の提案で、日本へ

葉登城さん（日本名▽葉山義溥さん）は、大正一一（一九二二）年七月二二日、台湾の嘉儀《かぎ》市西門町で生を受ける。葉さんの両親は日曜雑貨商を営んでいた。八人兄弟の次男だったが長男との間には六人の姉がおり、女所帯だった。葉さんは幼い頃から病弱で結核の初期症状も出ていたという。昭和四（一九二九）年に嘉儀の玉川公学校入学。そして、昭和一〇（一九三五）年に嘉儀県立嘉儀中学校へ入学した。葉さんは「玉川公学校の一年生になってすぐに言葉（日本語）を強制されました。中学校では、勉強なんかほとんどせずに飛行場を作らされていました」と話した。

　昭和一五（一九四〇）年、県立嘉儀中学校を卒業した葉さんは持病が悪化したことにより、二、三年ほど嘉儀の郊外で療養生活を送っていた。母親はそんな状態の葉さんに対して、日本へ留学することを薦めたという。

「結局ね、台湾にいると兵役はなくても徴用っていう形で軍夫とか軍属[1]になるんです。うちの義理の兄貴もやっぱりなっているんですよ。それでおふくろに『台湾にいると徴用されてしまうから日本に行ったらどうか』って言われて、それで日本に行くことにしたんです」

　どんな時代も子を思う母親の気持ちは変わらないのだと実感した。しかし、母親の思いとは裏腹に、葉さんは日本で学徒兵として出征してしまうことになる。

筆者（左）に当時のことを思い出して語る葉さん（92歳）。

慣れ親しんだ故郷を離れ日本に渡ってすぐに、杉並区の大久保を下宿先に決めたという。当時、中央大学は朝鮮人や台湾人の留学生を積極的に受け入れていた。そのことを知った葉さんは昭和一七（一九四二）年、同大学の専門部経済科に入学した。しかし、葉さんの気持ちは次第に中央大学から離れていったそうだ。

「とにかく、文系を卒業してもね、台湾に帰ったって植民地だから待遇がよくないんですよ。台湾から来ている留学生はほとんどが医者か、医者じゃなければ獣医か薬剤師になることを目指していた。だから、僕もだんだんとそういう気持ちになって、中央大学には籍は置いているけど、補習学校に通っていました」

将来を考える若者の気持ちは今と何ら変わらない。だが、夢の実現に向けて動く姿には今よりもずっと覚悟と行動力があるように感じた。

学徒出陣から、一九〇一部隊へ入隊

葉さんが中央大学に入学した翌年の昭和一八（一九四三）年一〇月二〇日に陸軍省令第四八号「陸軍特別志願兵臨時採用規則」が公布された。

「僕は兵隊なんかになりたくなかったです。だけど、僕が兵隊にならないと台湾で家族が嫌がらせに遭う。それは嫌だから、友達と願書を出したんです。はじめはそういう気持ちだったんですよ」

当時は「徴兵に応じなければ家族が嫌がらせに遭う」という噂が流れていたそうだ。戦中の日本の異様な雰囲気を感じた。

台湾人や朝鮮人は日本人の学徒出陣から五〇日後の一九四四年一月一〇日に日本軍へ入隊した。日本から戦争に行く葉さんたちの壮行会は行われなかった。それでも、誰が言うわけでもなく、中央大学の講堂の前にはおよそ一〇〇人が集まり戦争へ行く学生たちに向かって旗を振ったという。後日、葉さんは小岩にあった高射砲陣地で入隊検査を受けた。当時の日本では戦況の悪化によってより多くの兵士を必要としていたことから、至極簡単な検査しか行われなかった。検査の結果、葉さんは第三乙種(2)だった。生まれつき体が弱く、兵士に選ばれることはないと思っていた葉さんは、思いがけない結果に戸惑いを隠せなかったという。

「入隊検査の時には甲種《こうしゅ》、乙種《おつしゅ》、丙種《へいしゅ》ってあるでしょ。それで、僕は身体が悪いし、他の病気もあるしね、第三乙種になった。だからまあ、これで戦争に行かないで済むぞと思った。それでみんなが兵隊へ行く前に遊んだりしている時に、僕は大学に行くための準備を始めていました。それで、願書だしたりしていろんなことをやっている最中だったんですよね。そこへ赤紙が来たわけなんですよ。第三乙種だから昔だったら兵役免除なのに、戦争が長引いたことで、第三乙種と丙種も戦争に行かなければならなくなった。それで結局、軍隊に入ったわけです」

正式に入営した葉さんは市川(現在の千葉県市川市)で編成された防空第五連隊、(通称▽東部一九〇一部隊)に入隊した。葉さんははじめ小岩にあった高射砲陣地に配属となった。高射砲とは、敵の航空機の攻撃から自国の軍を守るために作られた火砲で、地表から敵国の航空機に攻撃をする役割を負った。葉さんは自らが高射砲部隊に配属になった理由を「入った時におそらく高射砲部隊と決まっていたんでしょう。もうそこしかないんですよ、こんな弱い体では。第三乙種は砲兵なんですよ」と話した。

葉さんのお話によると、高射砲部隊はあまり体力を使わない部隊だったことから、第三乙種で入営した兵士が集められた。それでも訓練は厳しく行われた記憶があるそうだ。

「高射砲の手入れや体を鍛えるために装具をつけてずいぶん走った覚えがあるよ」

当時のことを懐かしそうに語る葉さんの顔には笑みが浮かんでいた。葉さんにとって軍隊での厳しい経験は、今は若かりし頃の思い出となっているようだった。

東京大空襲から終戦へ

入隊してから月日が流れ、葉さんは小岩の高射砲陣地か

戦争中、最も悲しい思いをしたという東京大空襲の記憶を語る葉さん。

ら荒川の土手にあった高射砲陣地へ移動となった。この頃には軍隊にも慣れてきて「自分が日本軍の一員だ」という自覚も芽生えていたという。それでも葉さんは一人になると故郷を思い偲んだ。

「夜に荒川の土手を歩いて一人で兵舎のトイレに行くでしょう。すると途端に寂しくなったり台湾の空襲を考えたりして、泣いたことがあった」

戦争中で最も悲しかったことは何かと問うと、葉さんは東京大空襲のことだと話してくれた。東京大空襲では民間人を含む一〇万人以上が亡くなった。

昭和二〇（一九四五）年三月一〇日、葉さんは荒川の対岸からその様子をただ見ていることしかできなかったという。

「（東京大空襲の時）川の対岸が火事で燃えて真っ赤になっているのは今でもよく覚えています。やっぱりね、その時には僕も一人前の軍人みたいな気持ちになっていたから、悲しかった。そして、何より自分たちが無能。アメリカの飛行機はどんどん進歩しているけど、高射砲は旧式のやつだから撃っても届かないんですよ。それは自分たちのせいではないことはわかっているんだけど、それでも悲しくて自分を責めましたよ」

葉さんの話によると、戦争が長引くにつれて日本とアメリカの兵器の性能には大きな差ができていったという。その結果、荒川の土手にあった高射砲陣地に首都防空のために配備された砲の性能では高度一万メートルを飛ぶB29を打ち落とすことはできなくなっていたという。私は、葉さんから説明してもらって、この事実を初めて知った。そして、「彼らは一体何のために厳しい訓練に耐えていたのだろうか」と考えると、とてもやるせない気持ちになった。

戦争が終わりに近づいた頃、葉さんは荒川の土手にあった高射砲陣地から国府台《こうのだい》（現在▽千葉県市川市）にあった高射砲陣地に異動になった。そして、葉さんはこの地で戦争中に最も苦しい経験をしたという。それは飢餓だ。

「国府台《こうのだい》が一番苦しい思いをした。食べるものも飲むものもなくてね。だいぶ辛かった」

日中戦争と太平洋戦争での日本の戦没者三一〇万人のうち、六割が飢餓で亡くなっている。葉さんのお話を聞いて改めてその事実を実感した。葉さんは飢餓を体験したものの運良く生き残ることができた。だが、何も食べることができずに亡くなっていった人々のことを想像すると辛い気持ちになった。

敗戦そして、戦後

昭和二〇（一九四五）年八月一五日、日本はポツダム宣言を受諾し、連合国軍に降伏した。

葉さんを含む一九〇一部隊は千葉県市川市の高射砲陣地で終戦を迎えた。葉さんは玉音放送を聞いて日本の降伏を知ったという。

「完全に負けたっていう意識はないんですよ。天皇の声もはっきりとはわからなかったです。後で聞いて、やっぱり悔しいという気持ちでしたね。これからどうするかっていう見通しはまったくなかったです」

終戦後、除隊式は行われず追い出されるように国府台を後にした葉さんは、出征する前に住んでいた大久保のアパートに向かった。しかし、そこには一面に焼け野原が広がっているだけで、住んでいたアパートがどこにあったのかさえわからない状況だったという。

葉さんは「やっぱり悲しかったですよ。だって自分の持っているものをすべて失ったんだから」と語った。しかし、笑ってこう付け加えた。

「でもね、不思議と不安にはならなかったんですよ。軍隊で鍛えられたのがよかったのかな」

恩人との出会い

住む場所を失った葉さんは、行く当てもなく新宿に向かった。終戦後、兵役を終えた人々や、外地から引き揚げてきた人々が都市部に集中したことで政府が統制した物品が底をついた。そのため、新宿では闇市が開かれていた。

葉さんが闇市を見て回っている時、後ろから葉さんを呼ぶ声が聞こえた。「肩を叩く人がいたんですよ。だから、振り返ってみると『あんた葉君じゃないか』って言うんです。はいそうです、って言ったらその人は、僕の中学校時代の同級生の兄貴だったんですよ」。

その日、泊まるところもなかった葉さんは同級生の兄に事情を話した。すると、その人は葉さんのことを快く受け入れ、自宅に泊まらせてくれたという。その後、同級生の兄夫婦が引き揚げ船で台湾に帰るまで、高井戸にあった家

戦後、葉さん（右）をお世話してくれた
同級生の兄（左）との１枚。

で居候を続けた。

「『俺のところに来い』って拾ってくれたんだよね。それも一つの運命の分かれ道っていうのかね。それがなかったら今となってはどうなっていたか…」。遠くを見ながら落ち着いた口調で話す様子から、葉さんがどれだけこの夫婦に感謝しているのかが、わかった気がした。そして私は、終戦直後の誰もが余裕のなかった時代に、人の世話をしようと決めた同級生の兄の情の深さに感動した。

恩人の夫婦が台湾に帰った後も葉さんは日本に残り、阿佐ヶ谷で暮らし始めた。葉さんは中央大学経済科を卒業し、高射砲部隊にいた時に興味を持った電気関係の勉強をするため、日夜アルバイトをしながら電機工業専門学校（現▽東京電気大学）に通った。

「当時は兵隊帰りも多かったんだよね。だから、月謝を払えない奴の名前を張り出すわけよ。それで払った人から名前が消されていくんだけど、最後に残っているのはいつも僕なんだよ」

苦しい生活を続けながらも、葉さんは様々な方法でお金を稼いだという。

「阿佐ヶ谷の闇市で小麦粉が売られていた。それを毎日セメント一袋分買い、神田小川町のパン工場に委託してパンを作ってもらって、昼と夜に学校の食堂で売らせてもらったんですよ。売り終わったらまた粉を小川町まで持って行って、夜間部があるからパン工場に委託して。だから今考えると大変だったけど、よく頑張ったと思っているよ」

当時、小麦粉は禁制品だった。そのため、電車に乗ると改札にいる警察に捕まってしまう。そこで葉さんは約三〇キログラムの小麦粉を担いで新宿から小川町まで毎日歩いたという。得意げに話す葉さんは「腕っ節は強かったんだ」といって私の前で腕をまくり力こぶを誇らしげに見せ

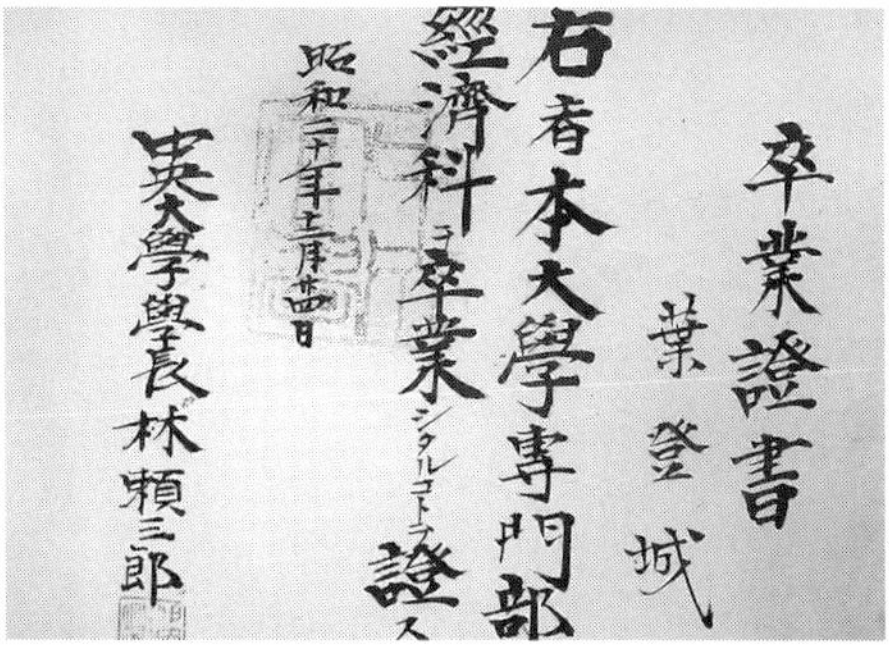

中央大学の卒業証書。70年近く経った今でも大切にしているという。

てくれた。戦後の日本を生き抜くために鍛えあげられた筋肉は七〇年ほど経った今も健在だった。

その後、一九四九年三月に電気工業専門学校を卒業した葉さんは、同年四月の学制改革によって新設された早稲田大学第二商学部に編入し、一九五二年に卒業。在学中に興した電気の看板や空調などを設置する会社の経営者となった。そして、数年前まで社長として事業を拡大してきたという。現在、会社の経営は二人の娘に任せているそうだ。そんな葉さんの現在の楽しみは、休日に娘や孫と一緒にご飯を食べることだという。

葉さんとの別れ

取材も終わりに近づいてきた。私は葉さんに「戦争についてどう考えるか」と聞いた。すると、今までで一番大きな声で「そりゃもちろん戦争は反対ですよ。でも平和を叫ぶだけでは平和にはならない。平和になるように努力しなければ……」

あれほど笑顔で話していた葉さんが急に真剣な声で発した。私には、この言葉に葉さんの人生そのものが詰まっているように思えた。終戦後、働きながら必死に勉強し、会社を設立して家族を守ってきた葉さんは自ら平和を勝ち取ってきたのだ。平和が与えられるものではないと知っているからこそ言える言葉だと思った。

ふと時計を見ると、取材を始めてから三時間が経とうとしていた。

最後に、中央大学の後輩が戦争体験を聞きにきたことについてどう感じたか伺った。

「僕は、本当は来られても困るんだよ。正直な話、人に会うのも大嫌いなんですよね。ましてやこういう忘れた昔のことを、だから、嫌だ、嫌だと断り通しだったんですよ。でも結局、会うだけ会わしてくれって言うから負けちゃって、まあいいでしょうって。でも、今日会ってみてよかったと思うよ。会うまでは嫌だと思っていたけど、それも相手次第だね。あんたたちだから、言わなくていいことまで言っちゃって……」

葉さんはそう言って、笑った。

この時にはもう、取材前に感じていた不安はすっかりなくなっていた。取材が終わり葉さんに挨拶をして外に出た。膝が悪いにもかかわらず、立ち上がって見送りまでしてくださる葉さんに向かって、私は何度も深くお辞儀をしてその場を後にした。

エピローグ

私は今回の取材の中で葉さんに対して『戦争中辛かったことはありますか』『戦争中一番悲しかったことは何ですか』と何度も質問した。これには戦争の悲惨な現実を聞きたいという強い想いがあった。私は戦争とはイコール辛いものであり、残酷なものである。そう勝手に思い込んでいたのだ。

しかし、今回、葉さんの取材をさせて頂いてこの認識のみでは不十分だと気がついた。それは葉さんのこの言葉を聞いた時だった。

「軍隊は、僕を再教育した学校だと思っている。別に僕は軍隊を恨んだり、そういうことはない。むしろ僕の人生の中で思い出深いものになっている」

葉さんは決して戦争に賛成しているわけではない。戦争には反対だ。しかし、自分の九二年間の人生の中で、軍隊生活によって心身ともに鍛えられたと認識していた。葉さんの人生も、『戦争』というものが生んだ真実の一つなのだと思った。

今回のことで、体験者からお話を聞かなければわからないことがあるのだと知った。私たちはこれからも『戦争』や『平和』という問題に直面するだろう。そんな時、私は葉さんの取材で学んだことを思い出したいと思う。

注
（1）軍人ではなくて軍に所属する文官・文官待遇者など。
（2）旧日本軍の徴兵検査において甲種に次ぐ合格順位である乙種の中で第二乙種に次ぐ順位。昭和一四年一二月に新設。

参考文献
大濱徹也、小沢郁郎『改訂版　帝国陸海軍辞典』同成社、一九九五年。
新村出『広辞苑　第四版』岩波書店、一九九一年。

取材・執筆者（つなぎ手）梶　彩夏
▼中央大学文学部二年

×

戦争体験者（証言者）梁《りょう》　敬《けい》　宣《せん》
▼取材時、八七歳

証言者の経歴

大正一四（一九二五）年…三月二八日、台湾桃園県平鎮市に生まれる。

昭和一一（一九三六）年…四月、世田谷中学（現在の東京都・私立「世田谷学園」）に留学。

昭和一九（一九四四）年…四月、中央大学予科第一部（経済）に入学。

昭和二〇（一九四五）年…八月、終戦。

昭和二一（一九四六）年…中央大学予科第一部（経済）を卒業せず、台湾へ帰国。

取材日

平成二三（二〇一一）年八月三一日

遠き日本を思い続けて

――台湾人留学生の思い――

プロローグ

平成二二（二〇一〇）年夏。私は大学の図書館で偶然に、ある一冊の本を手にした。『康子一九歳 戦渦の日記』。私と同い年の女性が、戦時中何を思い、生きていたのか知りたいと思ったのがきっかけだった。この本は、戦争の時代を生きた女学生、粟屋康子さんが書き綴っていた日記をもとに、ジャーナリストの門田隆将氏が関係者を訪ね歩いて著したノンフィクション作品である。

私は帰りの電車の中で、さっそくこの本を取り出し、読み始めた。一人の女性の日常生活や心情だけではなく、一般の人々が戦争に巻き込まれてゆく当時の世相までもが日記には克明に描かれていた。

戦争が長期化するにつれて、勉学が本分の学生までもが戦闘や勤労動員に駆り出されるようになった。昭和一九（一九四四）年秋、当時一八歳だった康子さんも例外ではなく、学徒勤労動員のために、東京第一陸軍造兵廠で働くことになった。読み進めていくうちに、私は意外な事実に気がついた。主人公の康子さんと一緒に造兵廠で働いていたのが、中央大学予科（学部の予備教育機関）に通う学生たちだったのだ。時代は違うけれど、私も同じ中央大学に通っている。そう思うと、とても親近感が湧いた。

そしてその先輩方の中で私が興味を抱いたのは、台湾から日本に留学をしていた、梁敬宣さんという方だった。戦時中、台湾から日本に留学をしていた人がいたということに私は驚いた。この本では、梁さんが造兵廠で学徒勤労動員に従事しながら特攻隊にも志願していた『日本人より日本人らしい人物』だと紹介されていた。日本に統治をされている国の人が、なぜ特攻隊を志願し、日本のために死にたいと願ったのか。私には、その思いを理解することができなかった。だからこそ、私はいつか梁さんにお会いし、その思いを直接お聞きしたいと思っていた。

月日は流れ、平成二三年四月。私は、「戦争を生きた先輩たち」という企画に参加する機会に恵まれた。各自で取材対象者を探すよう指示が出たが、私は取材対象者をすでに心の中で決めていた。梁敬宣さんだ。手帳に大きく書いた、「梁さんと会うために台湾へ行く」という文字を眺めながら、私は梁さんの連絡先を調べ始めた。そして『康子一九歳 戦渦の日記』の著者、門田隆将氏と交流がある中央大学職員の方のご協力により、門田さんと連絡を取ることができた。

門田さんにさっそく連絡をしてみた。お忙しい方であるということを十分承知していたので、返事を頂けるか不安だった。しかし、門田さんはすぐに返事をくださった。

七月に入り、私はいよいよ梁さんに電話をかけることにした。生まれて初めてかける、国際電話。もし、梁さん以外の方が出られたら、どうしよう……。そんな不安を胸に、私はダイヤルを回した。二コール目で男性が電話に出た。しかし、日本語が通じない。私は、『中央大学』という単語を繰り返した。なぜならば、私と梁さんをつなぐものは『中央大学』というたった四文字の日本語だけであったからだ。

しばらくやり取りをして、やっと私が日本人であるということ、そして中央大学の学生であるということをわかって頂けた。電話に出られた男性が、梁敬宣さんご本人であったのだ。梁さんの声は、私がずっと頭の中で思い描いていた通り、とても優しかった。そして、梁さんは取材を快諾してくれた。私は受話器を置き、手帳の八月三一日のところに大きく「梁さんと会う」と書いた。

台湾へ

平成二三（二〇一一）年八月三〇日。私は、梁さんが住んでいる台湾へと、成田空港から飛び立った。約三時間後に、無事に桃園国際空港に到着した。台風の影響で雨が降っていて、とても蒸し暑かった。ホテルに着いた私は、次の日の取材のため、梁さんに関する資料をチェックし始めた。早く寝なければいけないということはわかっていても、梁さんにお会いできるかと思うと、なかなか寝付けなかった。梁さんとは、一体どのような方なのだろうか……。そう思いながら、私は眠りについた。

そして、八月三一日。とうとう取材日を迎えた。前日に台北駅の下見はしていたのだが、きちんと切符が買えるかどうか、とても不安だった。台北駅構内は、会社へ向かうサラリーマンや若者、家族連れなどで、ごった返していた。朝のラッシュの時間帯は、どこの国も変わらないのだなと思いながら、私は切符売り場を目指した。そして、日本円にして約三〇〇円程度の自彊《じきょう》号

台北駅から中壢駅へ向かう車中からの風景。台北駅を少し離れると、のどかな風景が広がっていた。

中壢駅。ここで、私は梁さんの息子さんたちと待ち合わせをした。

の切符を手にした。自彊号とは、日本で言う特急に相当するもので、台湾の在来線としては最も種別等級の高い電車だそうだ。台北駅から南西へ、電車に揺られること約四〇分。私は、中壢《ちゅうれき》駅に到着した。梁さんとの待ち合わせは、中壢駅の改札口だった。しかし、約束の時間が過ぎても改札口には、梁さんと思われる男性はいなかった。だんだんと不安に駆られる私に向かって、一人の男性が歩いてきた。その男性が持つ紙には「梶さん」と私の名前が書いてあった。梁さんの息子さん（長男、次男）が、迎えに来てくださったのだ。無事に約束の場所に到着できたという安心感と、これから梁さんにお会いできるという喜びで、私の胸はいっぱいだった。そして私は、息子さんが運転する車で、梁さんのご自宅へ向かった。

中壢駅から、車で一〇分ほど走ると、とても立派な家屋が見えた。梁さんの家だった。後で梁さんからお聞きした話では、築一二〇年の歴史を持つ家だということだった。

車が到着すると梁さんが玄関で待っていてくださった。「よく来たね」と、梁さんは、笑顔で私を迎えてくれた。想像していた通り、優しい温かい雰囲気を持った方であった。梁さんに会いたいとずっと願っていた私は、とても嬉しかった。

台湾での生活

梁さんは、大正一四（一九二五）年三月二八日、台湾に生まれた。当時の台湾は、下関条約（日清戦争の講和条約）により、明治二八（一八九五）年に清朝から日本へ割譲されていたため、日本の統治下にあった。だから、梁さんのおじいさんもお父さんも皆、日本語しか話さなかったそうだ。他国に統治されるというと、統治している国に対しあまり良い印象を持たないものなのではないかと私は思っていた。しかし、梁さんは次のように答えた。

「確かに台湾にいる日本人の方は、台湾が植民地ということで少し高ぶっているところがありました。でも、私は、日本に対してマイナスなイメージは持っていなかったですね」

また、梁さんは公学校（戦前の台湾に置かれていた、台湾人の子供たちが通う学校。日本人子弟が通う小学校とは区別されていた）に通っていた六年間、朝会で東の方向を向き、宮《きゅう》城《じょう》遥拝《ようはい》をしていたそうだ。宮城遥拝とは、皇居（宮城）の方向に向けて敬礼（遥拝）する行為である。この行為は、第二次世界大戦中、日本や大東亜共栄圏において天皇に忠誠を誓い、国民の戦意高揚を図る目的で行われていたという。このようなことから、梁さんは自然と当時の日本国民同様に、天皇に対して、特別な思いを抱くようになっていったという。

梁さんの自宅。築100年以上、経っているという。

「当時、私は自分を日本人だと思っていた。私は、生まれた時から戦争が終わるまで日本人なのです。だから、天皇を崇《あが》めることに対して抵抗はありませんでした」

統治をしていた日本という国に対し、憎しみよりも、むしろその国の国民だと感じていることに、私は驚きを覚えた。しかし、周りにいる人が皆日本語を話し、学校でも日本語を習い、天皇陛下を崇める行為を行うという状況を考えてみると、梁さんが、自分は日本人だと思うことは自然なことのように思えた。

日本へ

台湾の公学校で学んでいた梁さんだが、台湾の地元にある中学校へ入学する試験に落ちたことが日本で勉強するきっかけになったという。

「中学校に通うには、試験があったんだけど、私はその試験に落ちてしまった。そうしたら、公学校の日本人の校長先生が『あなたは頭が良いのだから、日本の中学に行ったほうがよいのではないか』と勧めてくれました。当時私は、日本人の先生と親しくしていたこともあったし、私自身、日本に対して憧れも抱いていたんです。親父も賛成してくれて、日本へ行くことにしました」

当時台湾から日本へ勉強しに行く人の大半は、台湾の中学校を出てから日本へ進学したため、梁さんのように中学から日本の学校へ行くという人は少なかったという。

表情豊かに、日本に留学していた頃の
思い出を語る梁敬宣さん。

日本へ行くことができたのは、梁さんの実家が裕福だったことも関係している。梁さんの祖父は漢方医であったため、患者が来てお金ができるたびに土地を買い、地主になった。また、梁さんの父は村長をやっており、子供を厳しく育て鍛える方針だった。それも、日本行きに賛同した理由の一つだそうだ。

世田谷中学での生活

梁さんは、船で三日かけて日本へ向かった。日本で勉強できることは、とても楽しみだったそうだ。そして、梁さんは世田谷中学（現在の私立・世田谷学園中学校）に入学し、中学の校長先生の家で下宿をすることになった。

「校長先生は厳しかったけれど、立派だった。『台湾人であっても、日本人と同じように勉強させないといけない』と言って、引き受けてくれた。とにかく日本人と同じような生活をした。朝起きたら、廊下の雑巾がけ。どんなに寒くても毎日やった。校長先生は、自分を本当の子供のように育ててくれました。あそこでの生活は、厳しかったけれど、とても楽しかったですね」

そして、五年間通った世田谷中学を卒業し、中央大学予科へ入学する。

中央大学予科へ

梁さんが、中央大学予科第一部（経済）へ入学した理由はとてもユニークだった。多くの友人が進学する、世田谷中学と同じ曹洞宗系の大学に進学すると、頭を坊主刈りにしなければならなかったからだ。

「大学生になっても、坊主になるのが嫌でね。それで、奨学金があった中大予科を受験したんです。でもあまりいい成績ではなかったから、中大の中でも一番みんなが受験しない経済を選びました」

時代は異なれど、坊主刈りを嫌がる若者の思いは同じなのだなと思った。また、「中央大学予科での生活は、今振り返ってもとても愉快だった。みんなで踊ったり、どんちゃん騒ぎをするんですよ」と梁さんが楽しげに語るのを聞いて、今も昔も、若者というのは、あまり変わらないなあと実感した。

しかし、梁さんと私との間にある差異。それは、戦争があるかないかであった。梁さんは、大学生活の思い出を明るく話した後で、小さな声で、「でも、大学に入ってすぐ学徒勤労動員が始まってね……。勉強どころではなかったんですよ」とつなげた。一年生の二学期が始まった頃から、学徒勤労動員が始まり、毎日大学で授業を受けることはできなくなった。

「日本人の学生と同じように、私のところにも学徒勤労動員の手紙が届きました。あの時友達と一緒に造兵廠へ行き、配属されたのが旋盤工でした。工場の中で、一番大きくて新しい旋盤のところで、小型の高射砲の信管を作っていました。高射砲を撃てば、弾はなくなる。だから、どんどん弾は必要になる。私は張り切って作っていました」

梁さんは東京第一陸軍造兵廠の第三製造所火具旋造工場

予科の学友と。大学で勉強できた時間は短かったが、梁さん（右）はドイツ法とイギリス法の勉強が好きだったそうだ。

写真を見せながら、当時の様子を細かく筆者（左）に教えてくれた。

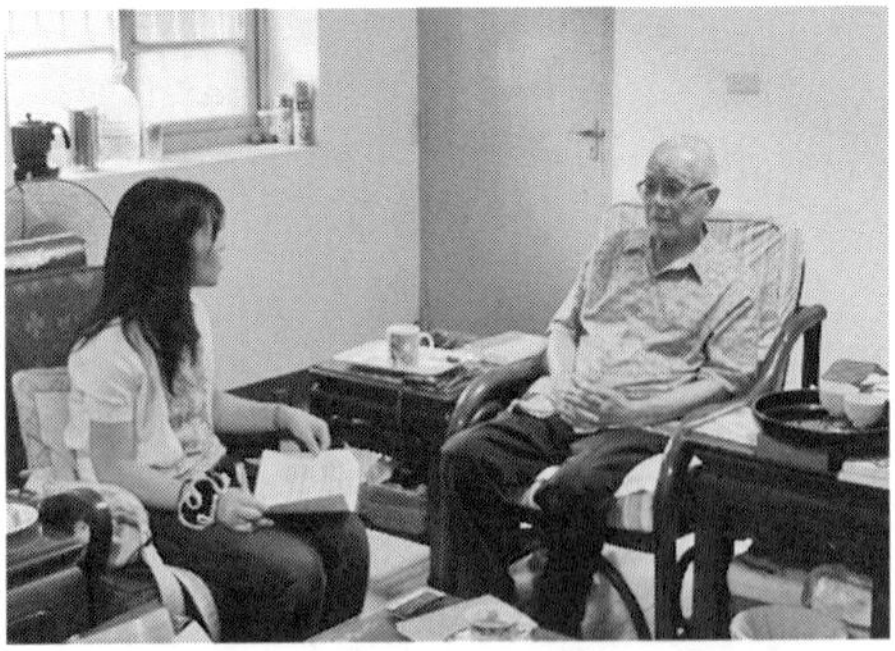

戦争当時の様子を思い出しながら語る梁さん。

へ配属され、高射砲の信管作りを担当した。高射砲とは、高高度を飛行する敵の航空機を撃ち落とすために作られた大砲である。信管は、弾薬を作動させる火薬類を内蔵する装置のことで、梁さんは毎日仲間と一緒にそれを作っていた。

「あの時は何も考えることができなくて、必死に作っていました。信管は、少しでも間違って削ってしまったら終わりなんです」

梁さんは、「風邪を引いても、空襲で下宿先が焼失しても、毎日造兵廠へ通った。あの時は、自分が行かないとあそこは動かないという責任があった。日本が勝つということだけを信じ、働いていたね」と続けた。

梁さんにお会いする前は、当時の若者がここまで国のために尽くすということを理解することができなかった。なぜ、国のためにそこまでするのだろうか。しかし話を聞くうちに考えが少しずつ変わっていった。一人ひとりは微力であるが、自分たちが国に貢献できているという意識が、当時の勤労学生にはあったように思えた。

そして私は、ずっと気になっていたあの質問を、梁さんに問いかけた。「なぜ、台湾に生まれたにもかかわらず、特攻隊を志願したのか」と。梁さんはこう答えた。

「当時、自分が台湾人という意識はまったくなかったのです。あの頃は、私は日本人だったんです。だから、日本のために死のうと思い、志願しました。それと、飛行機を操縦するということに当時の若者は、皆憧れていたんです。だから、私も友人と一緒に大学一年時に、特別操縦見習士官の試験を受けて、合格もしていたんです」

当時の若者が、なぜ自分の命を犠牲にしてまで特攻隊を志願するのだろうか……。その気持ちを私はそれまで理解することができなかった。しかし、梁さんの言葉を聞き、自分の命を犠牲にすることで戦争に勝つことができるのならば、自分の命さえ惜しくはないと思っていたことがわかった。そして当時の若者は、そうすることが正しいことで、それが、日本が戦争に勝つための方法だと考えていた。

一方、厳しい生活の中にも、楽しみはあったそうだ。

「造兵廠での生活は、みんなでワイワイ騒いで一緒にいたから、辛いというより、楽しかったかな。でも、仕事をしなければいけなかったから、学校に行っているという感じでもなかった。そして、一週間が終わるとあんこが入った丸い饅頭がもらえてね。あの頃は、麦飯の中に野菜と梅干しが少し入ったものくらいしか食べられなくて、甘いものは食べられなかった。だから一週間に一度もらえるこの甘い饅頭が、とても楽しみでしょうがなかったんだよ」

粟屋康子さんとの出会い

そして、この殺伐とした造兵廠で、梁さんは一人の女性に出会う。それが、粟屋康子さんだった。粟屋さんは、東京女子高等師範学校（以下、女高師。現在のお茶の水女子大学）の学生であり、梁さんとは造兵廠の第四区隊で一緒に働いていた。

「最初は変わった人だなと思いましたね。当時の女高師は簡単に入れる学校ではなかったから、みんな偉ぶってって、会っても絶対に話をしないんですよ。でも、粟屋さんは気さくに話をしてくれました。また、彼女は工場に花を持ってきたんですね。工場に花を持ってくる人なんていないですよ」

粟屋さんは、同じ第四区隊の男子それぞれに、赤いバラを一輪ずつ渡した。みんなが切羽詰まっている状態の時に、花を持って行こうと思った粟屋さんの思いに私はとても感動した。造兵廠での活動中、粟屋さんと梁さんは特攻隊や戦争などについて様々な話をした。そして梁さんは、だんだんと粟屋康子という女性に惹かれていった。そんな中、梁さんは粟屋さんにあるお願いをした。

「あなたの髪の毛を、一房、私にください」

戦争当時、思いを寄せている人から髪の毛をもらうということがあった。それは、「好意を抱いている人の髪の毛

中央大学予科在籍当時の写真。
梁さんは、２列目左。

を持ち、戦地へ赴く。死ぬなら、死ぬ時は思いを寄せる人と一緒にいたい」という思いからだったそうだ。

「私は、髪の毛をもらった時に、これだけもらえれば本望だと思いました。これで、何も思い残すことがなく死ぬことができるという思いだったんですね」

当時の男子学生が好意を抱いている相手から、髪の毛をもらうということは、とても大きなことだったようだ。渡した女子学生も、髪の毛を渡すということで、戦地に行った人を思いながら、内地で一生懸命生きていく決意をしたという。

そして、梁さんは粟屋さんの髪の毛をもらった後、すぐに粟屋さんと離れ離れになった。梁さんは、埼玉県春日部の造兵廠へ、粟屋さんは、女高師の友人とともに新潟へ集団疎開したのだった。

「戦勝国の人間」になって

昭和二〇（一九四五）年八月一五日、梁さんは、春日部の造兵廠で玉音放送を聞いた。

「これからどこをやっつける、という話だと思って聞いていたら、戦争を終結すると天皇が言ったのです。みんな泣いていましたよ。悔しかった。そして、私にはもっと悔しい理由があった。戦争が終わった途端に、私は『戦勝国』の人間になったんですね」

梁さんは、感慨深く私に語りかけた。

第二次世界大戦の結果、ポツダム宣言により、台湾は中華民国の統治下に置かれることになった。日本人として二〇年間生きていた梁さんにとって、日本人ではなくなるという現実は、どれだけ心を傷つけることだったろうか。日本人として、日本の勝利を願い、日本のために命を捨ててもかまわないと決めていた梁さん。当時の思いを察すると私は胸がいっぱいになり、言葉が出なかった。

梁さんは横浜に中国人が戦勝国の証書をもらいに行っているということを耳にし、大学の友人と一緒にもらいに行った。その時のエピソードを話してくれた。

「私は、そこで中国語も台湾語も話すことができなかったんです。そしたら、『お前は何人だ』と言われたんだよね。そして、その後客家《はっか》っていう言葉だけはわかったから返事をしたんだ。でもその時、ぞっとしたね。一体自分は何人なのだろうと」

終戦とともに、梁さんの胸に去来したもの。それは、梁さんを一生苦しめ続ける「自分は一体何人であるか」というアイデンティティに対する問いであった。

「戦争に負けたとはいえ、なぜ日本は台湾人を日本人と同じように扱わないのかと憤りを感じていましたね。同じ日本人じゃないのか、という調子でした」

私は、この話を聞き、涙が流れた。梁さんは自分がどこの国の人間であるかということさえわからない。それを奪ったのは日本だった。そう思うと、私は日本人として申し訳ない気持ちでいっぱいになった。戦争に翻弄され続けた梁さんが、この言葉を発した時の悲しそうな目を、私は一生忘れないだろう。

その後、梁さんは、もう一つの悲劇を目の当たりにすることとなる。粟屋さんが、疎開先から帰ってきたことを友達から伝えられた梁さんは、世田谷にある粟屋さんの家へ会いに行った。その時、粟屋さんは梁さんに「広島へ行きたい」と言ったそうだ。粟屋さんのお父さん、粟屋仙吉さんは当時の広島市長であり、母、弟、そして姉の娘である姪が広島にいた。粟屋さんは、父の死を新潟の疎開先で知っていたが、他の家族の安否を心配し一刻も早く広島に行きたいと康子さんは願っていた。しかし、一般人の粟屋さんが切符を入手することはとても困難な状況下であったため、戦勝国の証書を持っている梁さんに頼んだのであった。その願いに応えた梁さんは、上野駅で広島行きの切符を買った。梁さんが買った切符を受け取った粟屋さんは、すぐに広島行きの列車に飛び乗った。しかし、粟屋さんは広島で母親の看病などをした結果、自分も二次被爆してしまう。

「広島から帰ってきた後、粟屋さんはずっと病気を患っていました。何回か私は見舞いに行ったんです。そしてペニシリンという薬があれば助かるかもしれないということを聞いて、私はあっちこっちにペニシリンを頼みました。けれども、手に入れることができませんでした。あの時は、アメリカもペニシリンを必要としていたみたいでね……。戦勝国の証書を持っていても、ペニシリンは手に入れることができなかったんだよ」

粟屋さんは病によって、一一月二四日、一九歳という若さでこの世を去った。

「粟屋さんに切符を頼まれて買ったんだけれど、今考えると私が彼女を殺したみたいで……」

梁さんは、当時のことを思い出し、言葉を詰まらせた。自分にとって大切な人を、自分の手で死なせてしまったのかもしれない、と思わなければならない。戦争というものは何と残酷なものなのか。あの日、原子爆弾が投下されなければ、粟屋さんは亡くなることはなかったかもしれない。そして、梁さんも、愛する人を自分の責任で殺してしまったかもしれないという後悔の念を引きずりながら、生きていく必要もなかったかもしれない。そう思うと、戦争は、人の命を奪うだけではなく、残された人の心にも深い傷を残すものだということを痛感した。

日本人ではなくなったこと、好意を寄せていた女性が亡くなったこと……。戦後、梁さんは、生きがいをすべて失ってしまった。悲痛な思いを抱えたまま、梁さんは日本を後にすることを決める。

「愛する人を亡くしたことの辛さから、何事に対しても無気力になりました。台湾には、祖父、父、母がいるから帰ろうと思いました。今でも日本を離れた時に船から見えた富士山を覚えています。きれいでしたね。それを見て、『さようなら』と言い、日本に二度と戻らないということを決めました。もう二度と訪れないと決めたのは、好きな人を失った思いと、日本に裏切られたという思いからです」

台湾での生活

台湾に帰国した梁さんは今の奥さんと結婚し、新たな生活が始まった。しかし、梁さんを待ち受けていたのは、二二八事件に始まる白色テロの時代だった。

台湾は、日本の支配から解放されたのも束の間、蒋介石率いる国民党によって接収・統治される。国民党の支配は日本以上に厳しいものだった。中国本土から来た「外省《がいしょう》人《じん》」と、戦前から台湾に住んでいる「本省人《ほんしょうじん》」の対立はますます深まっていた。

そして昭和二二（一九四七）年二月二七日。台北市内で、政府の専売特許だったタバコを、生活のために売っていた本省人の女性が、外省人の役人に暴行される事件が起きた。翌日二月二八日には、本省人による大々的な抗議デモが発生した。これをきっかけに、外省人への批判とデモが台湾全土に広まり、国民党政府は窮地にたたされる。外省人による一方的な政治に対して改革を求めた本省人の多くは、日本の植民地時代に高度な教育を受けており、当時の台湾社会のエリートであった。そこで、国民党軍は、事件の関係者や、今後も国民党政府に逆らう可能性のある本省人を逮捕し、処刑した。この一連の暴動と殺戮が、二二八事件と言われているものだ。死者、行方不明者は二万人以上ともいわれる。

その後も、台湾全土に敷かれた戒厳令によって、本省人は弾圧され、白色テロと呼ばれる恐怖政治が昭和六二年まで続いた。

「日本で勉強していたことがばれたら、どうなるかわからなかった。だから、国民党の兵隊が来ると裏の山に逃げ込みました。いつ来るかわからなかったから、本当に怖かったですね。そして、二二八事件によって多くの人が殺されました。これにより私は、自分の気持ちを人には伝えられない、そんな意気消沈した人間になってしまいました」

日本を愛し、日本人であることを誇りに思っていた梁さん。しかし、戒厳令が解消されるまで自分が『日本人』であったことをずっと隠して生活していた。戦後も、運命の渦に巻き込まれた梁さんのことを思うと、やるせない気持ちでいっぱいになった。

日本人として生きる

白色テロの時代を生き抜いた梁さんは、一旗あげようと一度アメリカに渡った。その後、お父さんから、台湾に帰って来いと言われたことや、梁家の長男として故郷に戻り、暮らしたいという思いから、再び台湾へ戻り現在に至っている。

長年、『日本人』だったことを隠して生活していた梁さんだが、生活習慣は変わらなかったようである。今でも白米と味噌汁の朝食をとり、ＮＨＫのニュースで日本の時事問題にも精通している。

「日本を離れたとしても、愛着がありますね。だから、日本で生活していた時の習慣が今でもまだ残っているんです。でもね、テレビを見ていると日本人の若者が話す最近の略語がまったくわからないんだよ……。マジで？　リアル？」

と、笑った。

梁さんは、日本人より日本人らしい人であった。

「私は台湾語、福建語、日本語そして英語を話します。でも、どれも中途半端。わからない言葉をわかる言語で補いながら話すんですね。だから、私は中途半端な人間なんです。国語は北京語。でも完全には話せない。母国語は、何になるんだろう。でも一番馴染みがあるのは、日本語だね」

梁さんにとって、二〇年間日本人であったということは、とても大きなことだった。

私にとって、日本人であるということは、自明のことだ。しかし、それが突然、日本人ではないと言われてしまったら、喪失感でいっぱいになってしまうのではないだろうか。

戦争とは

「今、太平洋戦争を振り返ってみると、無茶なことをしたなと思いますよ。私は、アメリカに行って初めてわかったことがあるんです。それは、日本がなぜ負けたのかということ。日本は国土が小さすぎたんですね。アメリカは、地平線の端から端まで河が続いていた。そして大きな河の近くには、基地がありました。それを見た時、ああ、日本が負けるのは当たり前だ、と思いました」

最後に、現代の若者たちへの願いは何かと聞いてみた。

「戦争はしないほうがよいです。なぜ、してはいけないのか。戦争をすると弱い人たちがひどい目に遭うのです。平和な良い国を作ってほしい。皆さんの力でね。私の願いは、それだけです」

取材が終わると、梁さんは自宅裏の庭に連れて行ってくれた。そこに植えられていたのは、小さな赤いバラであった。梁さんは、台湾に帰国した際に、この赤いバラを「あるもの」の上に植えたそうだ。

「粟屋さんからもらった髪の上に、赤いバラを植えました。台湾では、なかなかバラは育たないんだけれど、このバラは植えて六〇年くらい経つんだよ」

バラの背丈はあまり高くはないが、幹の部分はとても太かった。バラが育ちにくいという環境で、今もなお可憐に咲き続けているこの赤いバラは、日本に別れを告げ失意のまま台湾に帰って行った梁さんをずっと見守り続けている、粟屋さんなのではないだろうか。私は、その赤いバラが、そのように見えた。

満開のバラの様子。このバラの下には、粟屋さんの髪の毛が埋められている。

粟屋さんが、造兵廠で梁さんにプレゼントした花が「赤いバラ」だった。

エピローグ

取材後、梁さんは私に、「今、幸せですよ」と語った。家族に囲まれて、そう語る梁さんの笑顔は、私にはまぶしすぎるくらい輝いていた。戦前、戦中、戦後と時代に翻弄され続けた梁さんが、「今、幸せですよ」と言えるまでには、どれほどの辛い思いをされたのだろうか。

そして、梁さんは、言った。

「私は戦後から、ずっと自分が何人であるかわからないんです。でもね、今はもう、自分が何人であるかということは考えない。過ぎ去ったことだからね……」

たとえ終戦になっても、戦争は生き残った人々を苦しめ続ける。だから、戦争は「過去」の出来事として捉えてはいけない。それと同時に、平和な時代を生きる私たち若者が、戦争は過去のものだと一線を引くのではなく、戦争があったという事実を忘れないように努力する必要があると思った。

帰り際、梁さんは「また、会いましょう」と私の手を、両手で握りしめた。

その時の梁さんの笑顔と手の温もりを、私は、一生忘れない。

あとがきにかえて ――「戦死墓」に隠された物語

中央大学総合政策学部教授　松野良一

ある日中戦争の戦死者

二〇〇七年から、中央大学出身の戦争体験者を中心に、証言を記録するプロジェクトを進めてきたが、その対象者は全て昭和一六（一九四一）年以降の戦争体験者であった。そこで最後に、それ以前の日中戦争時代の戦死者について記しておきたい。

私が小学生の頃、つまり四〇年以上も前の話だ。墓参りに行くたびに、不思議に思っていたことがある。墓石には通常、「〇〇家の墓」「〇〇家累代の墓」と刻まれている。しかし当時は、墓地内にいくつか、個人名の墓が立っていた。「故陸軍歩兵〇〇之墓」という具合に。

私の母の兄つまり伯父の墓も、個人の墓として立っていた。墓碑には、「故陸軍歩兵軍曹　勲七等・功六級　松野浅一之の墓」とあった。墓石のてっぺんが尖っており、高さは、掃除するのが大変なぐらい高かった。母は、「戦死墓」と呼んでいた。

その後、周囲の「戦死墓」はいつのまにか無くなり、現在は伯父の墓石一基だけとなってしまった。地震や地盤の緩みで傾いた場合、修正するのにお金がかかる。さらに、「〇〇家の墓」としてまとめたほうが掃除しやすい。個人の墓を引き継ぐ人がいない、などの理由だと思われる。

私は、母がこの「戦死墓」を残し続けてきた理由について、あらたまって聞いたことはなかった。しか

伯父の「戦死墓」。現在は台座を一段地中に埋め込み低くして管理している＝宮崎市内で。

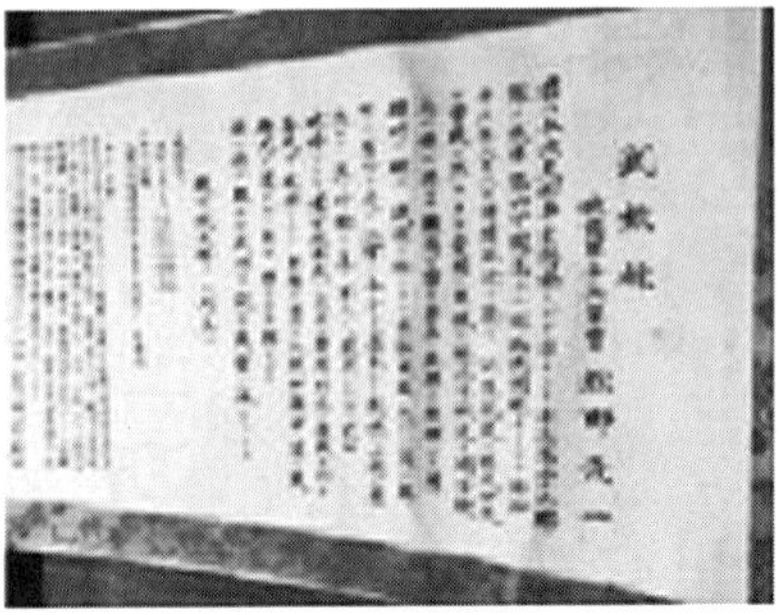

中隊長から送られて来た「武勲録」。

し、今回のプロジェクトを進める中で、どうしてもこの伯父の「戦死墓」について、調べておきたいと思うようになった。身内の話で恐縮だが、中国戦線での貴重な資料も残っているので、簡単に紹介しておきたい。

この墓碑には、側面から後面に回り込むように、戦死した経緯が記してある（筆者が、ルビ、西暦を入れ、句読点を打ち、（　）で補足して読みやすくした）。

君は今次支那事変勃発するや召されて歩兵第二三連隊に応召。第四中隊第二小隊軽機関銃手として昭和一二（一九三七）年八月八日勇躍征途に発つ。（中略）噫《ああ》惜しくも漢口攻略戦の途次、廣済付近の激戦に於いて奮戦中敵弾のため重傷を負い入院加療中、遂に戦傷死を遂ぐるに至る。悼《いた》みても余りあり。茲《ここ》に特に奉せる武功を記し英霊に捧げんとす。

昭和一三年一〇月一日

歩兵第二三連隊第四中隊長　陸軍歩兵中尉　井上良忠

井上良忠中尉から送られてきたより詳細な「武勲録」によれば、伯父は昭和一二年一〇月に河北省趙州城攻略戦、同年一二月に南京城攻略戦を軽機関銃手として戦っている。そして翌一三年九月五日、漢口攻略作戦の途中に湖北省廣済付近（現在の武穴市付近）で中国軍と交戦。この際に、弾丸が左肩甲部に達する重傷を負った。山西省九江第五兵站病院に搬送され治

台湾で、戦車をバックに写真に写る伯父（左）。

伯父が送ってきた台湾の水牛の写真。

療を受けていたが、昭和一三（一九三八）年九月一六日午前一一時に、戦傷死を遂げたとされている。享年二五。

兄一人、妹一人の運命

中国戦線に投入される前は、どういう生活をしていたのだろうか。戸籍や軍隊手帳を調べると、次のようなことがわかった。

伯父の松野浅一氏は大正二（一九一三）年二月六日生まれ。宮崎市内の尋常高等小学校を卒業後に、父である松野倉兵衛が経営する酒造・販売業に従事していた。昭和七（一九三二）年一二月一日に台湾歩兵第一連隊第一二中隊に入営。昭和九（一九三四）年一〇月二一日まで兵役に就き、上等兵まで昇進したと記されている。

母の母親、つまり私の祖母は早世しており、父親と兄、妹の三人家族だった。しかし、伯父が台湾で兵役中の昭和八（一九三三）年二月に、父親の倉兵衛が不慮の事故で死亡した。台湾から急遽駆けつけた伯父は、まだ小学生だった妹（私の母）を連れて、親戚の家に預かってくれるようにお願いに行った。その際に、「小生は戦死する可能性があるので『松野姓』だけは変えてくれるな」と頼んでいたという。

台湾に戻った伯父は、現地の写真をたくさん送ってきている。戦車とともに写ったもの、水牛、台湾女性、同僚と一緒のものなど、この時代には珍しく多様な写真が残っている。さらには、射撃大会で優秀な成績をおさめたとする表彰状もある。これらはまだ、妹である母の手元に保存されて

伯父の葬儀。葬列は100メートル以上にもなったという。

戦地から戻ってきた財布と軍隊手帳。財布を開けると、朝鮮銀行券と軍用手票（軍票）が出てきた。

いる。

伯父は台湾で兵役を終え予備役状態になり、昭和一〇（一九三五）年に簡閲点呼《かんえつてんこ》を受ける。そして、いつでも軍隊に復帰できることが確認されている。

昭和一二（一九三七）年七月に盧溝橋《ろこうきょう》事件が勃発し、戦線が中国華北部に拡大していく。伯父は、同年八月に第二三連隊（都城）に応召されて、中国戦線に向かう。その後は既述の通り、河北省趙州、南京攻略戦を経て、翌年九月一六日に漢口攻略戦の途中で負傷し、山西省九江の兵站病院で戦傷死した。まだ二五歳の若さで、婚約者を郷里に残したままの死であった。

伯父の戦死後に待っていたものは

伯父が死んだことで、私の母親は一人になった。そして、様々な公的な行事に追われたという。現在九二歳になる母、松野アキ子は、こう語る。

「まず、いろんな人が何日何日も挨拶に来ました。葬式は、大がかりなもので、在郷軍人会、愛国婦人会、県関係、市関係、小学生たちが参加してくれました。葬列は非常に長いものでした。あまりに行事が多すぎて、兄さんが死んだことを、ゆっくり悲しむ時間もありませんでした」

葬儀が終わっても、いろんなことが続いたという。

「葬儀が終わると、今度は遺族が集められて、東京に靖国神社参拝に行きました。九州から東京への汽車賃等の旅費は、国から支給されました。

遺骨を持つ妹のアキ子（左から三番目）。遺骨に息が吹き掛からないように大きなマスクを付けさせられたという。

左から「支那事変従軍記章」「功六級金鵄勲章」「勲七等青色桐葉章」「軍人遺族記章」。

「遺児教訓」と題された絵画。「陸軍恤兵《じゅっぺい》部発行」と裏面に記されている。

靖国神社参拝には全国の遺族が集まっていました。参拝後、班に分かれて少しばかりの東京見物もさせてもらいました。浅草寺、そして、歌舞伎も見ました。代々木の練兵場の兵隊さん（下士官）たちが案内してくれました」

いくつかの勲章類も贈られてきた。「支那事変従軍記章」「功六級金鵄《きんし》勲章」「勲七等青色桐葉《せいしょくとうよう》章」「軍人遺族記章」の四つだった。

さらに遺族向けに、慰問を主務とする陸軍恤兵《じゅっぺい》部から、早田三四郎画伯謹筆と記された絵画が送られてきた。残っているのは、「天皇陛下靖国神社御親拝」「遺族靖国神社昇殿参拝」「遺児教訓」の三枚である。

私はこの三枚のうち、「遺児教訓」と題された絵画に、目が釘づけになってしまった。それは、戦死した父親の遺影が床の間に飾られ、母親が子供たちに父親の遺書らしきものを見せながら説明している風景が描かれたものであった。

遺品である軍刀、飯盒《はんごう》、トランクなども左側に描かれている。さらに、畳の上には、父親が買って送ったと思われる「世界偉人伝」という本が置かれているのが印象的である。

情緒的なものを伝えるには、活字より絵の方がダイレクトで効果的である。この絵は、「名誉の戦死であること」「父の意思を受け継いで、残された子供たちも本分を全うし、お国のために尽くすべし」というメッセージを伝えているように

小倉陸軍造兵廠に勤務時代の松野アキ子（前列左から２番目）。裏面に、昭和17年11月１日撮影、第二製造所第二工場事務所庶務班とある。退勤時には木琴演奏の「宵待草」が流れたという。

思える。

太平洋戦争突入後に

兄が戦死した後、母は親戚宅から女学校に通い、昭和一七年三月無事に卒業した。しかし、ちょうどその頃、日本は米英との戦争に突入したばかりだった。

「兄を戦争で亡くしたことで、お国のために私も尽くそうと思い、小倉陸軍造兵廠の軍属の試験を受けました。親戚は反対しましたが、志願して受け合格しました。卒業してすぐに小倉に行き、四月から事務官の補佐をする筆生《ひっせい》の職に就きました」

小倉陸軍造兵廠といえば、原爆投下の目標となった場所である。昭和二〇（一九四五）年八月九日に小倉上空の天気が悪かったため、米軍のB29は原爆投下の目標を小倉から長崎に変えた。もし、小倉に母親がいて原爆が投下されていたら、私はこの世に存在していなかったことだろう。

母は時々小倉から宮崎に里帰りして、「戦死墓」の掃除とお参りをしていたそうだ。沖縄地上戦が始まると、宮崎の赤江飛行場（現宮崎空港）には、沖縄攻撃のために戦闘機、爆撃機が集結していた。私の父（松野芳雄）は当時、四式重爆撃機「飛龍」の搭乗員（航法）だった。その後、夫となる人物との出会いを、母はこう語る。

「出撃する時はいつも、私の親戚の家に、軍刀を預けに来ていました。飛行機乗りの人は死んだら遺骨が戻ってきません。だから、軍刀は遺品と

搭乗員服（冬用）に身を固めた父。出撃する前に、必ず軍刀を預けに来ていたという。

して預けて出撃して行っていたと聞いています」

たまたま、母が里帰りしていて親戚の家にいたことで、最初の出会いとなったという。

「爆弾の代わりに魚雷を積んで、沖縄方面に出撃して行っていました。いつ死んでもおかしくない状況でした。ある時、飛行場のそばにあった線路の上で、紙片をもらいました。『もし生きていたら、また会いましょう』というような内容が書かれてありました。きれいな字を書く人だなあと思いました」

やがて、父の部隊は本土決戦に備えるために、関東地区に転属になり、そこで、終戦を迎えたという。

そして、戦後に二人は再会し、昭和二二（一九四七）年七月九日に結婚している。父は二男だったため、後に母方の「松野姓」を名乗ることになった。

今一度、戦争の時代を振り返って

今回、伯父の「戦死墓」に隠された物語を、いろいろと調べてみた。これまで、一度もちゃんと見たことのなかった遺品、文書、などを手に取ってみることになった。まだ日中戦争開始時期であり、日本にも余裕があったのだろうと思った。太平洋戦争末期の「戦死墓」は、小さく、一基ずつではなく台座が一つでまとめたものもあることがわかった。

小学生の頃、不思議に思いながら見上げていた「戦死墓」。今回いろいろ調べてみて、いろんな意味の遺産として、これからも保存していきたいという思いが強くなった。

最後は、母親の次の言葉で、締めくくりたい。

「兄さんが戦死して、国から手厚くしてもらいました。立派な葬式も出してもらいましたし、勲章もいただきました。それに、弔慰金ももらって、大変助かりました。だから、国には感謝しております。靖国神社にも、何度も参拝しております」

「でも、やはり兄さんが生きていてくれたらなあと、毎日思います。母親と父親を早く亡くして、兄さんだけが身内でした。優秀で優しい兄さんでした。亡くなってからというもの、寂しくて悲しい毎日で、兄さんの写真を見ては涙しました。兄さんはさぞ痛かっただろうと思うと可哀そうで、今でも仏壇の遺影に話しかけています。これから先、二度と戦争が起きず、平和であり続けてほしいと思います」

平成二八（二〇一六）年三月

編著者 ▷ 松野良一（まつの りょういち）

1956年生まれ。中央大学総合政策学部教授。
専門はメディア論、ジャーナリズム論。
中央大学大学院総合政策研究科博士課程後期課程修了。博士（総合政策）。
2003年4月から中央大学FLPジャーナリズムプログラムを担当している。

戦争の記憶をつなぐ　十三の物語

二〇一六年三月三〇日　初版第一刷発行

編著者――松野良一
発行者――神﨑茂治
発行所――中央大学出版部
東京都八王子市東中野七四二－一
〒一九二－〇三九三
電　話　〇四二－六七四－二三五一
ＦＡＸ　〇四二－六七四－二三五四
http://www2.chuo-u.ac.jp/up/
装　幀――松田行正
印刷・製本――藤原印刷株式会社

ISBN978-4-8057-5229-6